三民叢刊 165

從張愛玲到林懷民

高全之著

三民書局印行

修訂版序

高全之

本書是《當代中國小說論評》（臺北幼獅文化公司，一九七六年十二月初版）的修訂版，所收文章仍按各篇定稿之時序排列。前面四篇（林懷民、顏元叔、子于、歐陽子）寫於大四那年。大學畢業以後，服兵役以前，寫了第五篇（張愛玲）。退伍後在臺北永豐餘造紙公司電腦室上班，完成第六至第八篇（水晶、司馬中原、七等生）。草就最後一篇（黃春明）時候，我已在美國紐約州立大學布法羅分校唸書。

書名換新，用意在避免原書名的兩種籠統：「中國」與「小說」。中國意指廣義中國，本無不妥。可是評家與學者為了討論方便與教學需要，常以寫作地點或國籍來歸類作家，多以中國指大陸地區。從這個界定習慣而言，本書所論九位作家，除了張愛玲以外，大概都可算是臺灣地區的作家。然而為了糾正這項標籤的缺失，把原書名裡的中國改為臺灣也不妥，因為張愛玲從來沒有在臺灣實際從事寫作——雖然她許多重要的作品都在臺灣皇冠雜誌發表。

原書名的另種含混是「小說」一詞。本書涉及顏元叔先生，實屬文學與文化關係之討論，與他的小說創作無關。由此可見本書論述對象並不限於小說。一九七六年顏先生來紐約州立大學布法羅分校教書，我正於該校電腦科學研究所就讀，真正有了同校師生的輩份。他欣然接受我當面尊稱他「顏老師」。我們多次在冰天雪地裡暢談國事，視嚴冬為無物。當時他不可能不知道我曾撰文頂撞過他，然而他從來不提本書所收這篇文章的事。為此我親身驗證了顏先生度大能容的一面。

新的書名比較搶眼，也有其理由。從各家發表作品之先後順序而言，本書論及九位作家以張愛玲最早，林懷民最晚，所以《從張愛玲到林懷民》意指他們排起隊來——非常壯麗的文學隊伍——的起點與終點。當然這個書名也有諸多缺點，必須在此預做說明。這個書名可能引起為張愛玲與林懷民兩位之間傳承關係做研究的錯誤印象，本書自然力不及彼。另外一個缺點是涵蓋面可能的錯誤的影射。研究中文小說並沒有自張愛玲始、至林懷民止的任何的特殊的文學意義。當時選評這些作家，只是遷就一己體會與了解的方便，非常任性。九位作家在這些評述之前早已揚名立萬，本書絕無「發掘」他們的功勞。就以從張愛玲到林懷民所代表的時段來看，本書只做了點的發揮，而未求面之完整，應該論及而漏列的臺灣小說家很多，白先勇、陳映真、王禎和、朱西寧、段彩華、王文興等等，真是林林總總。較林懷民晚出而值得研讀的如李永平、李昂、張大春、朱天文、朱天心等等，也是不一而足。所幸坊間不乏宏文專著為本書漏列的作家做了可資參考的評介。

舊書新出，不免面臨以下兩個問題：事隔多年，受評作家是否仍值得研究？本書論述是否仍有參考價值？我相信讀者會同意我對前項問題肯定的回答。後項問題卻由不得我自己來置喙。我只能希望那個答案是肯定的。如書末〈發表索引〉所示，本書有四篇文章曾被收入不同的文學批評選集裡——有些文學批評選集今天在臺灣書店裡大概已不容易找到了。廿多年來這些文章多次承方家不棄而援引。一九九三年張誦聖的英文著作《現代主義與鄉土派的抗拒——當代臺灣中文小說》（暫譯，英文書名：*Modernism and the Nativist Resistance–Contemporary Chinese Fiction From Taiwan*, Duke University Press）引用了〈七等生的道德架構〉。這本書註明拙作出處時，列了張恆豪編《火獄的自焚——七等生小說論評》（臺北遠行，一九七七）。我猜想張誦聖手上沒有《當代中國小說論評》可做參考，因此覺得舊書新出或可便利流通。如果讀者能由本書分享文學帶給我的喜悅，從對拙見之同意與不同意裡產生自己的寶貴的閱讀心得，真得歸功於瘂弦先生大力促成原書之出版，以及三民書局支持修訂版之實現。

為了維護現存援引原書的方家宏文之可參考性，本書對原文之修訂僅限於錯別字的改正，書名、篇名號之換新等等，完全不做意見之更動。這樣做的缺點，是讀者必須繼續容忍原書年輕氣盛、語氣急切、過度夾用英文等等慘綠少年笨拙的學步姿態。我希望本書對文學的尊重、嚴肅的態度、析評的方法、以及粗淺的小說意見，能夠使得那項容忍成為可能。

原書後記曾表明「文學批評是一件經常的價值重估的工作」。這項信念至今不變。然而這不是說舊的評見就應全面否定或拋棄。在任何一個時刻我們都可以用新的眼光與資料來重估過去，淘汰不再合宜的昔見。可是我們常會在回顧裡發現某些舊評的新生命。經得起考驗的陳年評見可以與新見併立，顯出受評作品的韌性與複雜程度。

所有補充資料都以簡短附錄的方式，放在相關的正文之後。一共添了三個附錄：

〈歐陽子的讀後意見〉收錄歐陽子對〈由幾個形構學觀點論歐陽子〉的回應文章。歐陽子兼具小說家與文評家兩種身份。《秋葉》是臺灣受現代主義影響的代表性小說之一，《王謝堂前的燕子》早已成為研究白先勇《臺北人》的必讀書籍，然而除了〈「那長頭髮的女孩」自序〉以及〈「秋葉」作者的話〉以外，她對自己小說的解析則不多見。本書所收歐陽子這篇文章至今仍未納入任何文集之內，所以彌足珍貴，現在不收，恐怕就要散失了。

〈誰說張愛玲小說膚淺？〉簡略地回應陳炳良、羅小雲師生對〈張愛玲的女性本位〉的指正。我只就他們解讀拙文與我原意不符合之處略做澄清。除非再寫張愛玲小說之評論，我不會對他們兩位做任何細節的析辯。所有善意的文學意見都值得尊重。

〈當時不便說明的意見〉收錄我追念姚一葦先生的一篇短文，記錄他過目〈司馬中原英雄的衰亡與昇揚〉的事件。姚先生桃李滿門，在文學藝術上成就非凡的學生很多。我不敢在文字裡依照交談與信件那樣尊稱他「老師」，就是覺得做姚門弟子是項殊榮，我不夠資格僭越門檻。

這些補充資料不足以盡覆多年來方家對本書諸文所做的後續討論。藉由修訂版，也許我的魯莽和淺薄可以刺激引發更多的行家的宏文高論——無論對本書褒獎或貶斥——增進我們對臺灣、以及臺灣地區以外的中文小說的興趣與了解。

我看高全之的《當代中國小說論評》

白先勇

臺灣年青一輩寫文學批評的作家中，像高全之這樣能以嚴謹誠虔的態度，客觀分析的筆調，來評論臺灣當代小說的人，實不多見。高全之在大學研究數學，但他個人真正的愛好卻是文學。這樣的結合，賦予他一種特殊的優點：數學邏輯的頭腦，文學藝術的感性。因此他的批評文章，文理縝密，冷靜清晰，免卻了臺灣文學批評界囿於個人喜惡而感情用事的弊病。這本選集，一共收了九篇論文。從林懷民到司馬中原，從張愛玲到黃春明，九位作家的風格迥異，題材不同。這顯示高全之文學興趣之廣，而更難得的，是他能夠拋除成見，深入每一位作家的作品裏，仔細研究，企圖了解各人的特點，而道出一些前人所未能論及的創見來。

張愛玲是當代重要作家，論她作品的文章汗牛充棟，褒貶兼之，然而高全之在〈張愛玲的女性本位〉裏，卻提出張愛玲的小說世界中一項重要的關切來：「在急遽變動的以男性為中心的中國社會裏，中國女性的地位與自處之道」。這項關切，別的批評家也曾涉及，但還未能像高全之這樣有系統的分析張愛玲以女性為本位，在作品中如何描寫中國婦女在中國社會新舊交替的狂飆時代，求存之道。他從張愛玲的短篇小說及〈怨女〉、〈半生緣〉兩本長篇小說中，選擇了幾位有代表性的女主角，詳細討論她們在中國傳統社會分崩離析的過渡時期，各人如何「表現了不同形式和程度的妥協，或反抗。」或如白流蘇〈傾城之戀〉、顧曼楨〈半生緣〉之委曲求全；或如曹七巧〈金鎖記〉或銀娣〈怨女〉之瘋狂報復，害己害人。高全之認為這些故事有其「社會性色彩」，這是一項非常有趣的論點，值得深思，因為有人曾批評張愛玲，認為她的前期小說人物和題材，侷限於小資產階級的兒女私情，不涉及革命抗日的大時代，因此缺乏社會意義。這就牽涉到小說與社會學及歷史的基本區別了。小說不是歷史記錄，亦非社會學資料。小說是作家透過他個人對人生社會特殊看法，以文學技巧表達出來的一種藝術形式。誠然，從歷史眼光批判，張愛玲那些亂世兒女或無重大社會意義。但是張愛玲能以成熟的人生觀及卓越的文字技巧將三十、四十年代上海香港那些亂世兒女的故事寫得生動傳神，替那個大時代裏苟全性命的一些小人物——尤其是中產階級的中國女性——作了一項忠實的藝術見證，這大概就是高全之所謂的「社會性」吧。張愛玲的前期小說題材雖狹窄，因藝術表現成功，仍不失為文學佳品。文學作品不以題材大小類別分優劣。巴金寫過許多同時代「革命青年」的故事，他的小說題材確實聲勢浩大，富有社會意義，但他的人生觀幼稚，文字技巧低劣，因此他那些轟轟烈烈的「革命故事」，只能算是一些不成熟的二流文學作品。當然，偉大的題材，如能配上高超的技巧，也有偉大文學作品產生的可能。張愛玲被捲進了共產洪流後，就寫出了她後期的傑作〈秧歌〉，對共產制度作了深刻的批判。高全之認為這是她「對變亂中國，對人生命運的嗟嘆」，其社會意義當然就比她早期小說深刻得多了。

高全之論黃春明，提出了黃春明作品中「人性尊嚴」這項論題來。他認為黃春明的小說人物最重要的特徵，是為保持人性尊嚴成功或失敗的掙扎——這是對黃春明作品一針見血的看法。黃春明的名作〈兒子的大玩偶〉中的坤樹為了肯定他作父親的身份，不惜把自己扮成小丑，這個舉動雖然寓有悲愴的反諷，但黃春明卻賦予這個裝了小丑的「父親」一種人性的尊嚴。論者常把黃春明稱為「鄉土作家」，我覺得這是一項不幸的「美稱」。有鄉土色彩的文學不一定就是好文學。黃春明有些作品成功，不一定得力於他的鄉土色彩，而是因為黃春明對於臺灣的鄉鎮人物有深刻的認識與了解的緣故。他把那些鄉鎮人物寫活了，因為他了解鄉鎮人的特性，但更重要的，他也賦予他們人類的共性。他沒有把他們當作一個階級來理想化，硬加給他們一些抽象的美德或罪惡。因此，他的小說人物，是有血有肉的「人」，而不必要是「鄉土人物」，鄉土色彩只是他小說人物的背景。這樣，他的小說就不是「鄉土文學」所能規範的了。高全之把黃春明的中篇〈鑼〉作了詳盡的分析，結論以為這是一篇憨欽仔性格悲劇的故事。憨欽仔成為悲劇人物因為他未能免除人性中的懦弱及虛榮心，沒能跟白癡女子瘋彩結婚，而失去了他維護人性尊嚴的機會。憨欽仔這個人物寫得成功，也是因為黃春明給予他人性的複雜面的關係。一個作家的生活經驗有限，恐怕選擇他最熟悉，了解最深刻的題材人物，成功的公算較大。黃春明有幾篇寫都市的小說，確實不如他寫鄉鎮的小說成功。我們試比較〈莎喲娜啦・再見〉及〈甘庚伯的黃昏〉，就可分其高下。兩篇都是反日小說，甘庚伯的兒子被日軍拉去打仗，變成了白癡回來。甘庚伯任勞任怨，百般呵護他這個白癡兒子。全篇並沒有叫囂的抗日情緒，但小說結尾，甘庚伯在夜裏掄動鐵鎚，每一下鎚頭，都是中國農民對日軍暴行最有力的無言的抗議。至於〈莎喲娜啦〉，反日的憤怒全由敘述者喊了出來，也許能滿足我們一時抗日之快，作為文學作品，遠不如甘庚伯的鎚頭有力。也許黃春明對於新興的臺北市工商文化深惡痛絕，不得不一吐為快。然而他寫得最真實的，還是甘庚伯這個鄉下人。甘庚伯一方面代表了中國農人的堅忍，但更重要的他那份哀矜的父愛，使他具有一份凜然不可侵犯的尊嚴。臺灣的文壇現在流行「社會寫實」的作風。如果按字面解，任何社會現象，以寫實手法寫成的作品，都可稱為「社會寫實」。然而有些人好像對於「社會寫實」

的期許要高得多，似乎是要藉文學作品揭發社會黑暗，改良社會問題，近乎所謂「社會抗議」。「社會抗議」的文學，往往將社會問題極端化，小說人物簡單化，主題是非分明，不容許人生種種的曖昧與複雜。二十、三十年代，中國文壇高唱「普羅文學」，暴露社會黑暗，歌頌「工、農、兵」。然而一般作家對於當時複雜多變的社會既沒有深刻的認識，對於工農兵階級只有抽象的觀念而沒有實際體驗，留下的作品，大都幼稚膚淺，近乎宣傳。「普羅文學」的困境，是將小說人物當作整個社會階級來處理，把整個階級的優點或缺點加諸個人身上。但是這個基本假設與真實人生不符，因為在真實人生中，個人有階級的特性，但一定也有超階級人類的共性。小資產階級的人有虛榮心，農人也有虛榮心，軍人勇敢，有時知識份子也會變得勇敢。普羅文學中小說人物，往往只是一種抽象的階級觀念，而不是具有複雜人性的真人。而小說第一大課題就是研究複雜的人性。因此普羅文學的作品，呈現的人生，往往是公式化，簡單化了的人生。倒是當時不叫口號的老舍寫下了普羅文學的傑作《駱駝祥子》。這是因為老舍對北平人力車伕的生活，有深入的了解，不為當時一般流行口號所矇蔽。《駱駝祥子》是當時最好的「社會寫實」。〈甘庚伯的黃昏〉也是上乘的社會「寫實」。作家對於社會的關切，最有實效，恐怕還是發表於報章的論文特寫，正視社會問題，提出討論要求改革，如同中國時報「人間副刊」的特寫作家們。他們對於世道人心的影響比較直接有效得多。

高全之論七等生標為〈七等生的道德架構〉，這真是高全之的「大膽假設」。七等生的小說不容易了解，就是因為他的小說不合於我們世俗的道德架構。高全之了解這一點，所以他「小心求證」，在七等生的作品裏，找出一套特殊的價值觀念來，試圖替七等生建立一個個人的道德架構。我們依據這個架構作基點，也可以逐漸探聽出七等生那個特殊的小說世界中一些消息來。高全之這種批評的態度是值得推薦的，他並沒有固執一己的道德觀，亦沒有仰賴社會習俗，去批評七等生的「離經叛道」，他卸下了自己道德的眼鏡，去觀察七等生小說世界中「光怪陸離」的現象。他引用了福克納的至理名言：「我們讀小說，首要了解，而不是褒貶。」如果一個寫批評的人，對於作家的作品連基本的了解都不夠，那裏有資格去褒貶呢？何況文學中的道德觀有那樣複雜多面的可能性，批評家固執己見便會顯得狹隘偏陋。如果我們以世俗眼光，批評七等生的小說人物行為，真是「荒謬絕倫」：在洪水中，李龍弟手擁妓女目睹妻子讓洪水沖走而不伸援。我們對此如何下道德判斷？高全之提出了「自由」與「神」兩項價值觀念，慘淡經營，分析了七等生小說世界中，人對神，人對社會，人對人（男女之間）種種錯綜複雜的關係。當然，看了高全之的論文，我們對七等生的作品也未必能完全領略其中奧妙，但至少高全之替我們鋪下了第一塊引到七等生那個奇異的世界中的踏腳石。

司馬中原在《狂風沙》裏成功的塑造了關東山這個英雄人物。高全之將這個草莽英雄的面面觀剖析得異常精闢。從關東山的「衰亡與昇揚」，提出了英雄意象的三種層次：神明英雄、厄運基層人、有德者的英雄。司馬中原確實企圖賦予關東山民間英雄（關羽、關勝）的神性。但關東山也是與勞苦大眾共存亡的「人」，唯其他是「人」便有了先天種種「為人」的限制，當他未能超越本身限制拯救苦難中的人們，他便變成一個失敗的悲劇人物，但由於他耿直不屈的性格，他最後留給讀者的印象還是一種有德的英雄意象。《狂風沙》的中國北方「鄉土色彩」非常濃。但是我覺得這本小說成功，得力於關東山這個人物的塑造，其中的「鄉土色彩」反而往往變成累贅。許多北方草莽黑話，作者不得不一行一註。

從高全之這一系列九篇論文觀之，我們發覺作者一直在進步成熟中。第一篇論林懷民，標題取為〈林懷民的感時憂國精神〉，似乎有點好大喜功。林懷民小說中的那些年青人對於社會國家的問題，還徘徊在徬徨少年時，「感時憂國」恐怕他們承受不了。第二篇論顏元叔，高全之初生之犢，不懼權威，以卵擊石，與顏元叔辯論科學與人文的關係。顏元叔疾呼「人文主義應該有挽狂瀾於既倒的宏願」，大概顏元叔在臺灣大學教書，深感科學教育壓凌人文教育之危機。臺灣大學到現在為止，還沒有設立藝術系、音樂系、戲劇系、宗教系，這實在是我們國內教育一大缺陷。如果藝術、宗教、音樂、戲劇是一國文化的重要指標，那麼，做為一國最高學府的臺灣大學教育方針是十分不健全的。顏元叔這種鑒於臺灣學界偏廢人文教育而發出呼籲的苦衷，大概高全之是了解的。但是他還是沒有放過顏元叔，要質問他在《文學的玄思》裏，所創「文化的行列式」是什麼意思？「分角線」與「對角線」顏元叔搞錯了，他也指了出來。他不同意顏元叔所創文學是一元方程式，音樂是多元方程式這種大膽的假設。高全之是學數學的，當然他對這些數學名詞比較熟悉。

當高全之寫到第六篇論水晶的時候，他的胸襟就變得寬闊多了。水晶為文，筆鋒犀利，容易引起偏見。而高全之這篇論文，卻寫得出人意外的公允。這是高全之第一本論文集，可是已經有了可喜的成就。

一九七六年三月十二日

略論文學批評的本質

——序高全之的《當代中國小說論評》

柯慶明

一本文學批評的集子出版了，這和一本文學作品或者文學作品的集子出版了，它們的意義決不相同。一本文學批評的著作或許有希望像一部文學作品一樣，多少影響到文學史的改寫，但他將不會如後者一般名正言順的以主角的姿態給介紹出場；並且所有誠摯的批評家，都會像高全之一樣，反覆再三的強調：「讀原作比讀批評，更為重要。」他們都得承認：讀批評不能代替讀原作。所以假如讀者的時間不多，……。那麼，讀小說假如只是一種還算有趣的消遣，讀小說的批評，則恐怕只是一種消遣剩餘的附帶逍遣，而且通常未必有趣。

但讀小說，或者擴大一點說：文學作品的閱讀，是一種消遣嗎？因而，文學批評的著作就是只供消遣剩餘的附帶消遣的嗎？這個問題的答案，同時是：「是」；也是：「否」。這同時牽涉到為了討論的方便，至少可以簡單分成兩類的不同的文學作品，兩種不同的閱讀方式，以及兩類不同的文學批評。由於語言指示的單面性質，我們使用「小說」一語時，只指示出它在文體上的敘述、或虛構的這一系列性質時，我們已經同時涵括了：基本上是消遣性質的作品與基本上為非消遣性質的作品。同樣的「閱讀」，在指陳透過文字符號獲悉某些寫定信息的行為時，我們也涵括了各種不同目的、不同態度的閱讀方式。而「文學批評」若只是意指一切對略具「小說」、「詩歌」、「戲劇」、「散文」等文體性質作品的具有價值判斷意味的文字，那麼它自然也包涵了只供作消遣剩餘的附帶消遣的寫作。

正如有些小說是供人消遣的，而且它們在出版物上所佔的比率並不小；許多所謂的「批評」，只是一種廣告，或者消費服務。就像一般針對消費大眾的產品介紹一樣，這類「批評」論述作品的著眼點在消費者的需要：刺激或引發某種需要（這時是廣告）；或者說明可以滿足或不能滿足某些種類的需要（這時是消費服務）。一種明顯而常見的寫作方式是採用電影預告片的結構，截出原作某些可能引人的片斷，重新加以剪輯、組合，給人一種浮光掠影的速成的印象。是的，就像許多電影預告片往往比原來的影片好看一樣——假如你所要的原來就是娛樂的話——這類「批評」真的是一種很方便的消遣對象，一則節省時間照樣享受，再則保持與市場的接觸，避免在這商業世界中顯出不通行情的孤陋寡聞。通常為了使自身像「文學作品」一樣的具備可消遣性，這類「批評」大抵文筆是，或者要求是：「好的」，也就是修辭巧妙，風格漂亮、明快、流麗，甚至再帶一點俏皮更好。這類「批評」是要當作「散文」來讀的，因為它原來就是當作「散文」來寫的。這是今天最具創造性之實用藝術的「廣告」裏的一支，專為出版事業服務的一種「廣告」形式。正如「廣告」是企業時代裏不可或缺的社會機構一樣，這種「批評」一樣的發揮著相當重要的社會功能。當然，這類「批評」有時也保護消費者，或者站在消費者的立場發言，就像看過某某影片的觀眾，告訴還沒去看而尚未決定是否去看的朋友說：「××很棒，可以去看」或「××很差，別上當」。而已經看過的觀眾，不論覺得「很棒」或覺得「上當」，也都很希望有人幫他們吐吐苦水或甜汁，使自己在情緒共鳴中，甚至不必共鳴都可，獲得有所歸屬認同的滿足。消費服務式的「批評」也深具它們重要的社會功能。站在社會服務的立場，這兩類「批評」都是需要的，甚至重要的。但是我想討論的卻是另外一種的文學批評，正如另外一種的文學作品，以及對這類文學作品的另外一種的閱讀的態度與方式。

或許是對「文學」一語通常涵括著上述兩種不同性質的作品的歧義未曾先做明晰的劃分，為文學辯護的一種古典的觀點，往往強調：文學同時予人愉悅與知識；或者，文學像糖衣的苦藥，使人在愉悅中獲得知識。這種簡單的說法，有些地方顯然是含混的。首先，是不是所有的「文學」，也就是具有我們所謂「文學」之文體類型的作品都予人愉悅？都予人知識？或者都同時予人愉悅與知識？另外一個值得思索的問題是：知識，任何知識，的獲得本身不就都是會予人某種愉悅的嗎？那麼，什麼是文學作品所要予人的愉悅？消遣的愉悅？獲得知識的愉悅？或者二者同時？但，人們可以在消遣的心態下獲得知識嗎？雖然，某些特殊的人可能會以尋求知識為其「消遣」，但這時所謂的「消遣」，其實只是語言的誤用，他們的真正的意思已是「興趣」了。並且與文學批評的關係更為密切的是：「愉悅」，是不是可以決定一個作品的價值？假如《紅樓夢》中劉老老的漫遊大觀園使你欣然歡笑；林黛玉的焚稿魂斷令你黯然心傷，那麼是不是前者的描寫比後者更具文學價值？這些問題都逼使我們必須重新檢討一般常見的以文學為欣賞之事的態度。這種態度或許《浮生六記》中的女主角——芸的這段軼事是一個很具說明性的例子：

> 吾母誕辰演戲，芸初以為奇觀。吾父素無忌諱，點演慘別等劇，老伶刻畫，見者情動。余窺簾見芸忽起去，良久不出，入內探之。俞與王亦繼至。見芸一人支頤獨坐鏡奩之側。余曰：「何不快乃爾？」芸曰：「觀劇原以陶情，今日之戲徒令人腸斷耳。」俞與王皆笑之。余曰：「此深於情者也。」俞曰：「嫂將竟日獨坐於此耶？」芸曰：「俟

有可觀者再往耳。」王聞言先出，請吾母點刺梁後索等劇，勸芸出觀，始稱快。

尋求愉悅，觀劇以求陶情，這種生活的態度本身並無不當。但就以芸的這個例子看來，其結果卻可以使人對一大半的戲劇，同時也是文學，廢置不觀；而且，通常這可能是一些較好的作品，較好的演出：「老伶刻畫，見者情動」。是的，有一些，而且在數量上可能是絕大部分的，具有「文學」的文體類型的作品的功能，主要目的在予人愉悅，供人消遣；而且它們在達成予人愉悅的目的上的成敗程度，也可以有很大的差異。但是由於愉悅基本上是一種主觀的事實，因此，當我們以是否達成愉悅此一目的來衡量所謂「文學」作品時，我們就會陷於一種各人主觀愛好不同的困境而無以自解。特別在一個民主的時代裏，就像我們必須尊重各人的口味可以不同，我們只有同意：趣味是無可爭辯的。這無形中正意味著：「文學批評」的終結。

文學批評，因此必須建立在另一種基礎上，也就是建立在另一類基本上為非消遣性的作品，以及不再是消遣的閱讀方式。什麼是文學批評所賴以建立的這類文學作品的特性？什麼是文學批評所據以形成的這種閱讀文學的方式？假如我們由前述為文學辯護的古典論點出發，那麼一個明顯而簡單的說法是：這類文學作品予人知識。我們閱讀這類文學作品可以獲得知識。因此，求知，而非尋求愉悅，才是這類閱讀的基本態度。同時，對於這些文學作品所予的知識加以探討、整理、統合正是文學批評的基本任務。因此，正如孔子所謂的：「小子何莫學夫詩？」詩，文學作品，是必須去「學」的，而非供作玩賞的。在這種態度下，學詩不只取其「可以興」，更重要的是取其「可以觀」。因而文學批評的工作也就與其是在「奇文共欣賞」的推崇，毋寧是在「疑義相與析」的探索了。在這種觀點中，文學批評主要的並不基於它的社會服務的功能而存在；而是因為它的作為知識的一種探求的活動，知識的一種特殊的闡發的形式而存在。當然，作為知識的一種探索的活動，文學批評也是有其特殊的知識探求的範圍的，它只探討文學作品所予於人的知識。

在上述的這種顯明而簡單的說法中，顯然仍有許多混含尚待釐清。首先，「文學作品予人知識」的這一陳述，它的真正的意義是什麼？是指的文學作品本身是一種表達知識的形式？還是指的正如一隻猴子可以是動物學的知識探索的材料，一株橡樹可以是植物學的知識探索的材料，文學作品是一種知識探索的材料？因此在「文學作品予人知識」的這一陳述裏，顯然我們可以有一種比較積極性意義的解釋與一種比較消極性意義的解釋。在比較積極性的意義之下，文學作品本身就是一種知識的傳達，它自身的創造過程中，原就已經涵蘊了一種知識探求的活動；文學批評只是對於這些知識成果的進一步的統整和闡發，正如傳疏的之於經籍或哲學學者的闡釋哲學家的原創的哲學著作一樣。在比較消極性的意義之下，文學作品只是可供知識探討的原始材料，知識探討的活動，只存在於文學批評的知識探索中。是文學批評的探討才產生了文學作品所予的知識，而非文學作品本身予人知識；正如是動物學的探討，才產生了人類對於各種貓科動物的知識，而不是獅、虎、貓給了人們貓科動物的知識。雖然文學批評的性質可以因上述積極或消極性的意義的不同而有所不同。但這只是作為知識之探討活動所取的立場的不同，文學批評的探究活動的立場的不同。這兩種不同程度、層次的意義並不必然彼此排斥。特別是在前者為真的情形下，它依然不妨礙後者的恆真。這種情形正和物理學本身是一種知識傳達，但卻並不妨礙「物理學之哲學基礎」或「物理科學之概念、理論和方法」之類的科學的哲學的著作亦是一種知識的探索的情形是一樣的。那麼，在「文學予人知識」的這一陳述裏，真正需要我們加以確定的是它的積極性意義是否可以成立；也就是是否至少某一部分的「文學」作品，基本上是一種知識的陳述？一種知識探求活動的結果的表達？這個問題的解答牽涉到我們對於什麼是所謂的：「知識」的瞭解與定義。

在一般的觀念裏，我們往往以：「是不是真的？」的初步反應，來做為一個陳述，或一系列陳述是否為「知識」的基本判準。一種對於「文學予人知識」的積極性意義的懷疑，可以出自下列論說：文學作品基本上是一種「想像」的產物，而非「事實」的陳述。因此，小說不同於傳記或歷史，它所描述的一切其實都是「假」的；並不能提供給我們類似前者所提供的關於某些真實人物的真實行為，因此也就是真實的人生情境，人性可能的知識。對於這種懷疑的可能的回答，似乎可以包含這幾點：一、「想像」的行為、情節、事件自然不可視為「事實」，但「想像」，以及如此「想像」的此一行為，本身卻是一種真實的心理事實；所以文學作品作為一種心理事實，就和夢一樣，雖然沒有提供真確的「外在事實」，卻提供給我們某些「內在事實」的真確的外在化了的徵象。這無形中使真實存在卻無法客觀認知的「內在事實」，成為一種超乎純粹主觀的可觀察、可討論的對象。因此，假如我們承認任何知識探求的活動中，首先必須包涵一種使認知成為可能的此一必要的程序，例如對於微生物或光度不明的遙遠星球的觀察，我們需要使用各種顯微鏡或望遠鏡；而使用顯微鏡或望遠鏡來觀察——因此擴展來說，一切使認知成為可能的必要程序，——在這種意義下，通常我們亦視為是一種屬於知識尋求的活動。甚至是某類特殊知識尋求活動的表徵；那麼，文學作品的創作，顯然亦已經包涵了這種程序的某些性質，而具有某種程度的知識尋求活動的意義了。二、「是不是真的？」在作為知識與否的判準時，再沒有更進一步界定之前，並不是一個具有充分決定性的準則。因為知識必然包涵其命題為真，或可證明為真的若干陳述；但驗證為真的陳述並不等於知識。「我手上拿的鋼筆是藍色的」，這可能是一個「真的」陳述，但顯然沒有人願意視它為一種知識。我們所以接受一系列的陳述為知識，往往並不因為它所指涉的某些特殊事實是真的，而是這些特殊事實所代表的可以普遍經驗的可能性。這種性質特別可以在所謂「實驗」這一類活動中清楚看到。實驗永遠不只是它本身的單一事件，它的重要性正建立在它所代表的一種可以普遍經驗的可能性，透過它我們可以引申、演繹出更具涵蓋性的理論、定律……等等。這種情形即使在以處理單一事件為主的歷史知識上也不例外。歷史家並不一視同仁的處理一切過去人類所發生過或從事過的事件。只有這類事件具較大程度的普遍意義時，歷史家才將它採取為他所要處理的歷史資料。這種判斷已經不是真假的鑑別所能涵蓋，通常都得牽涉到一般所謂的「史識」的層次上去。因此，真假所強調的只是知識的可驗證的原則，但知識所探尋的卻是普遍的人類經驗的可能性。三、由於知識終究所探討的是普遍的人類經驗的可能性，因此作為知識的陳述所指涉的對象就必須不能是，或至少不能只是，猶如一般重視「事實」的人所相信的，可知覺與觀察的「事實」——特殊的經驗本身；相反的，知識所指涉的永遠是超乎「事實」之上的一些「虛構」——一系列的「概念」所形成的系統架構。假如它們必須是和可知覺與觀察的「事實」——亦即經驗本身——有所關連的話，那麼那正因它們乃是我們藉以了解經驗與經驗的關係，以及在覺知經驗之普遍可能性的基礎上，我們藉以認識且賦予特殊經驗以意義的一套瞭解經驗的有效而可據的架構。這種情形正如平面幾何學上的點、線、面是人類在自然界中所無法「事實」經驗的概念，而經由這一系列「概念」所架構而成的幾何學知識，從古埃及人起卻可以藉以丈量他們給尼羅河所氾濫了的土地一樣。同樣的情形，貓、狗、猴自然是可以知覺、經驗的「事實」，但「食肉目」、「靈長目」等卻只是一種架構的構設下所形成的「概念」，它們只有在動物學的這一特殊的架構系統中才具有意義。文學作品的「虛構」往往與此相類。賈寶玉是不是曹雪芹，佛祿貝爾是不是包法利夫人其實是不相干的。曹雪芹是不是像賈寶玉那樣嗜食胭脂，自己有沒有與一位類似史湘雲的人結婚，事實上都不影響賈寶玉之所以為賈寶玉。賈寶玉所涵具的意義只是基於他在《紅樓夢》一書的整體架構裏所據的關係位列而獲致的。因此，重要的不是賈寶玉是否實有其人；重要的卻是在《紅樓夢》的此一架構之下，賈寶玉是否對我們呈現某種意義，也就是書中所描寫有關賈寶玉的一切，能否幫助我們更進一步覺知經驗與經驗的某種關係，覺知普遍人類經驗的某種可能性，並且作為我們今後認識且賦予某些特殊經驗以意義的瞭解的有效而可據的參考架構。換句話說，有關賈寶玉的一切陳述，能否形成並提供我們一種特別的知識，並且這種特別的知識的內容，也就是它所指涉的人類經驗的何種可能性，才是真正重要的。四、當我們強調知識的陳述，基本上是一系列呈示經驗的可能性的架構，而非一系列經驗「事實」的記錄時，我們並未斷言一切的架構都是知識。一套呈示經驗之可能的觀念架構，只有它是可以經由某種方式直接或間接的加以驗證，並且尚未被證實為假的，它才可以視為是知識。因此，當我們視文學作品的陳述為一種呈示經驗之可能性的「架構」，而免除了它的無法勝任作為一種經驗「事實」的記錄，所連帶引起的不能當作知識看待的責難時，我們並沒有斷言：一切文學作品都是知識的架構。只有在它們是可驗證的，並且在驗證中證實是有效而可據——也就是截至目前的驗證大體上都是有利的，並且尚未被證實為必然是假的，它們才可以視為是一種知識的架構。那麼，什麼是文學作品的可驗證性，以及驗證的途徑？文學作品的可驗證性來自文學語言通常所具有的一種特質，它不僅陳述一些外在於我們的事物與狀態，它同時，假如成功的話，往往能夠引發我們產生某種屬於我們自己的內在的、主體性的情感反應與覺知。透過我們的這種被引發的情感反應與內在的、主體性的覺知，我們能夠驗證——在體驗中證實——文學作品所架構敘述的一切，它的真假、適確與粗疏的程度、以及與生命相關的重要性……等等。只要透過閱讀，我們能夠喚起某種程度的主體性的覺知，我們的閱讀對於文學作品的此一構架就具有類似自然科學中的「實驗」之於種種前提假設與理論的驗證的性質與意義。

這種以透過喚起了主體性覺知的閱讀之程序為驗證的「實驗」，所以可以成立，實在是根源於文學作品作為知識所涵括的特異範疇的性質使然。文學作品所要探索與陳述的正是人之主體性覺知所生發的體驗與反應的種種的可能性。人之主體性覺知所生發的體驗與反應，既不同於物理現象的可以客觀地加以控制以進行觀察，甚至亦不等於我們的表現在外的，可由他人觀察的外顯行為。一個人哭泣，並不就是悲哀；相反的，一個人悲哀，並不一定就會哭泣。一個有關主體性覺知所生發的種種體驗與反應之普遍可能性的陳述，只有經由一個個特殊的人的真實的主體性覺知所生發的種種體驗與反應來印證之外，別無其他實際驗證的可能。因此，產生也形成了歷史至為久遠的一種特殊的知識形式——文學作品的知識形式。許多具有這類知識形式的陳述或許在歷史的不同階段不被叫作：文學作品，而有其他的名稱，例如：經典、聖書、史傳、神話……等等，但作為知識的形式，以及其所以成立的必然的驗證方式上，它們卻是一致的。也就是它的語言陳述必須具有足以喚起主體性覺知的特殊性質，這種性質往往同時是包涵了語言陳述的特殊的組構方式與語言陳述的特殊的指涉範疇等等的配合；同時，這類知識的驗證與獲得必須有賴於驗證者或尋求者不僅是對語言的多種層次的信息能有充分的反應，更重要的是能夠經由想像在「設身處地」之餘，「身歷其境」的參與語言陳述所指涉的情境，而對於該情境興發一種既入乎其內，又出乎其外的主體性的覺知。也就是說，這類知識的驗證與獲得必須有賴於驗證者或尋求者自身的對於語言的敏感，身入具體情境的想像能力，以及誠摯勇敢的以其真實生命的參與介入。事實上，這一類知識正是在讀者（或聆賞者）的精神的變化裏得到驗證；也在讀者（或聆賞者）的心靈的提昇中方始真正獲致。因此作為知識的一種形式，文學作品的架構，所可能呈示的普遍的人類經驗的可能性，顯然具有涵括了以下的三種層次：一、主體經驗的語言表達與溝通的可能性，二、精神的種種變化或提昇的可能性，三、生命意義與生活的種種的抉擇的可能性，之探索所綜合而成的特殊的知識範疇。雖然為了使性質明朗清晰，我們在說明時不得加以上述的層次的分析，然而就以問題的實質而言，這三者是必然連貫而不可分割的。沒有種種精神上的變化，人既不能體認生命的意義也無法自覺的抉擇、創造一己的生活；但除非這種種的精神上的變化，在事實上能夠表達溝通，否則我們終究無法真實地加以意識，（從某方面說，意識原就是一種表達，所謂的自覺正是一種自我溝通的歷程。），而形成生命意義的自覺與生活上的種種抉擇的可能。文學作品，因而在它能夠成功的作為一種知識時，無疑的就是一種生命的知識，一種同時涵蓋著：生命體驗的語言表達，生命存在的心理歷程，以及人類生命的同時是存在因而也是倫理之意義的完整且一貫的探索的特殊架構，一個可驗證的有效的架構。

當我們對「文學作品予人知識」的此一理念，採取它的比較積極性意義的了解時，事實上是作為知識探討的狹義的「文學批評」方始真正可以成立。因為我們往往也以「文學批評」來稱呼一切的文學研究，包括：文學理論、文學史、以及對於具體作品的探討。而對於具體作品的探討，也就是狹義的文學批評，只有在這特殊的文學作品，本身原就已經是一種特殊範疇的知識形構，否則，它絕對不可能成為一種知識。這種情形正如你不能在不視一隻你所研究的那隻猴子為一個普遍的「類」的範例而可能得到超乎個體性質以上的知識一樣，或者我們以普遍的架構來探討特殊的對象；或者我們所探討的特殊對象本身就是一種普遍的架構，此外我們無法從單一的特殊對象上獲得普遍的經驗的可能性——也就是我們所謂的：知識。以普遍的架構來探討文學作品就形成了狹義的文學批評之外的文學探究，也就是：文學理論、以及文學史等等的工作。在這種探究裏，文學作品不再具有任何的完整性——因此也就是普遍性——。在一本或一篇討論文學的理論的著作裏看不到任何特殊作品的作為作品的最重要的「內容」是理所當然的，因為文學理論的研究本身，原即是採取「文學作品予人知識」的消極性意義而作的探討。至於文學史的情形比較複雜，但同樣的文學史的讀者，終是不能免於必然的「只見菜單，不進菜餚」或者「但觀波瀾，未嚐水味」的基本限制，因為它所探討的普遍性亦在個別具體的作品之外。

那麼，什麼是狹義的文學批評的工作？當我們確立了某些文學作品本身即是一種知識的架構。或許狹義文學批評工作的開始，正類似著其他知識範疇中，一個「假說」提出之後的情形。在任何知識的範疇中，當一個新的觀念架構提出時，相同範疇知識的某一些追求者自然而然就會陷入一種必須對該一觀念架構加以適當評估的義務之中。所謂適當的評估，顯然是包涵兩方面的：首先必須設法經由種種程序驗證判定，它畢竟只是一種似是而非的假說呢？還是有其普遍有效性的真實的理論、定理、定律？也就是判定該觀念架構作為知識的真假、能否成立。在成立，驗證為真——或者真的可能性較大——之後，第二步的評估則是，判定它在既有的至今仍然有效的該知識範疇所已建立的觀念架構的整體中，在我們將它納入此一整體架構時，它的適當的位列。通常一個有效的觀念架構提出之後，或多或少總要改變原有觀念架構之整體結構或秩序的，這種改變的大小，無形中正是該一新觀念架構的重要性之衡量。因此第二步的評估正是對於該觀念架構作為知識的重要性之衡量。因此在知識建構中的評估，必然包涵著真假的驗證以及價值的判斷。但是，這裏所謂的「價值的判斷」本質上仍是一種知識尋求的活動。嚴格的說來，它只是對於探討範疇之內相關的觀念架構所從事的一種繼續加以整理統合，並在整理統合中陳示向前探求之可能的發展、建構該範疇的知識之整體的認知活動。狹義的文學批評，當它作為一種知識探求的工作，無疑的它的主要的目標將是以上述意義地對本身有可能成為知識架構的文學作品作一適當的評估。雖然在評估的方法程序與準備知識上，文學批評由於知識範疇所具的特殊性質而略有不同，但一般知識範疇中對於任何觀念架構的許多處理原則仍是有效的。對於所提出檢證的觀念架構，通常的驗證程序裏，總包涵：它本身是不是首尾一貫，圓融自足？它是不是和我們已知的經驗符合？這個架構觀念的提出能否真正闡明除它以外未能闡明而同時是一種普遍現象的事實？同時，它所用以陳述的語言表式——也就是觀念之架構本身——是否精確緊密以臻無可增刪改易？當然，還有的就是以此假說為前提，配合已知經驗，演繹導出某種預測，以作某種實驗的觀察以為檢證等等的考慮。狹義的文學批評，透過對於作品的研讀，它所初步檢討的，仍不外乎上述的考慮：首先瞭解作品所陳述指涉的一切，通常這包括對於該作品所真正陳述的心理歷程、生存情境的可能，以及藉此肯定的存在與倫理意義之可能的呈示等等的全盤瞭解。然後一方面檢驗它是否首尾一貫，圓融自足；一方面考慮它是否與我們的已知經驗相牴牾衝突。以前者而言，自然包括所陳述的心理歷程與生存情境的部分與部分之是否密切相關而足以形成一個完整一致的經驗整體，同時也包涵所肯定的存在與倫理意義之可能的呈示是否能為上述的經驗整體所保證等等的檢證；以後者而言，往往我們必須訴諸一切已經驗證為有效的有關人性、人的心理現象、人的各種生存情境、以及種種倫理與存在之價值的知識，這自然包括一切與人性及其發展有關的系統知識，同時也包括評估者自身的非獨斷同時不具主觀排斥性的親身體驗。接著則是考慮它的是否具有單獨「闡明」，以及即使有所單獨「闡明」亦是否到達精細嚴密性質的這一同時是「認知」也是「語言」的問題。作為一種具有特殊歷史傳承的知識的探討活動，文學的思考與表達正與物理學的思考與表達一樣，都是必須透過長期學習與嘗試才能獲得的能力。因此對既有知識建構的瞭解以及其特殊的應用表達的能力的獲得——通常這都是需要作許多的練習才能達致——固然是這一類知識的尋求的一種基礎訓練，因而在某種意義上也可以算是這一類知識的尋求的活動；但除非所做的種種的嘗試與表達能夠成為僅只它才能闡明，並且這種闡明事實上亦未為前人所提出的，表達、闡釋某一具普遍意義的現象的架構陳述，否則它終究只能算是一種知識學習而非知識建構的活動。因此就知識架構的逐步發展而言，每一步的進展都是一種創新；並且唯其是創新，且有效的架構了前所未能知覺或融貫闡釋之普遍現象之可能的語言陳述，這一類的活動與結果才真正成為知識的塑造，而可以在嚴格的意義下稱為：知識的尋求與表達，因而認為此一語言架構：「予人知識」。這就是為什麼許多具有文學的思考或表達方式的產品——一些具有「詩」、「散文」、「小說」、「戲劇」等文體性質的語言作品，並不是「予人知識」因而可供以知識尋求為宗旨的文學批評——特別是狹義的文學批評——之進一步探討的特殊意義的「文學」。正因為是一種促進知識之整體建構的發展的有效的架構，「文學作品」才必須是「創造性」或「原創性」的；也唯有從知識進展的此一角度來觀照，我們方能夠判別文學作品的「創造性」或「原創性」。因為事實上每一具有文學之文體性質的語言作品都是獨特的，都是不同於其他的，也因此正如我們形容今年才剛出版的書籍為「新書」一樣的，也都可以說是「新」的。所以「創造性」並不等於架構了「前所未有」的語言組合，而是架構了有效而足以導致知識之整體建構的變化與進展的語言組合。同時，亦由於作為知識的有效性的衡量，正如我們無法任意的改動$E = mc^2$之語言組合的基本構架，「文學作品」的語言組合的內在構架亦必須趨向精細嚴密，這正是一切風格文體以及用字遣詞等等型構上的講求的真正的意義。（所以只說「語言組合的內在構架」或者前述所謂的「觀念之架構本身」是基於知識的可再述性，例如我們可以用不同的自然語言，諸如：中文、英文、法文……等等來敘述$E = MC^2$而不構成「知識上」的基本差異。這也就是為什麼一部以中文寫成的文學作品翻成英文，或者甚至像日本人讀漢文的辦法，以日語的語序語音來讀，讀者依然會感動領悟的緣故。同時，正如我們可以將$P \times V = T \times R$改寫成$V = \frac{T}{P} \times R$，而不改變其組合中所包涵的內在架構關係，這種知識的可再述性同時也提供了我們以另外的語言組合，在不同的層面、不同的注意、不同的重心上論列「文學作品」所予的知識的可能，所以「唐人絕句裏的時空意識」或「宋明白話小說中的自我與社會的衝突」之類的討論就認知的立場而言乃是可能而且合宜的。）但是正因知識的尋求原即蘊涵著知識的開展，也就是繼續經由新的經驗的驗證而更易或修正其原有構架的必要的努力。因此，猶如相對速度在古典物理中是可加的，而具有

的關係，在相對論中卻必須更易、修正為

$$V_3 = V_1 + V_2$$

$$V_3 = \frac{V_1 + V_2}{1 + \frac{V_1 V_2}{C^2}}$$

的關係，以說明在V_1V_2的速度接近光速而不再是可以忽略不計的情況時的現象；作為一種知識的架構，文學作品的「真」亦因其語言敘述的精確嚴密的程度而具不同程度的有效性，而有不同程度的知識上的價值。這也就是為什麼文學作品是可以不必拘泥於作者當時初寫的原意而是可以修改或斟酌討論的，王安石的「春風又綠江南岸」的數易其字，韓愈賈島的「推敲」，鄭谷齊己的一字之師，或龐德對於艾略特《荒原》的刪定，有意無意間正都具有著近乎上述的意義在焉。因此狹義的文學批評，作為知識架構的一種驗證的程序，對於文學作品，即使在已經肯定接受其作為「知識架構」之價值，亦仍然必須包涵對於作品語言的是否「精細嚴密」作種種的鑑別，這時所討論的不只是「語言」的問題，其實根本上更是一種「認知」、「知識」本身的問題。

前面我們已經討論過，文學作品作為一種關乎人作為一主體性存在的知識，只有透過每個人一己所生發的主體性覺知來驗證；而在閱讀時能否發生這類主體性覺知，除了作品的諸般性質之外，又有賴於讀者的閱讀態度、語言敏感，以及想像參與的各種能力的具備。但是這一類能力依然是有待於學習與培養，往往不是人人皆已充分發展的具備，並且即使擁有亦各有其深淺廣狹程度的不同。因此，狹義的文學批評，作為對於「文學作品」的知識性質的驗證的歷程，勢必包涵對於文學作品此一架構的諸般意指，透過種種的演繹引申以喚起讀者更清晰、深入而周至的覺知，然後才能形成真實而非偏見的驗證的，此一提供有效之「實驗設計」的「解說闡釋」的歷程。這種「解說闡釋」其實正是有關文學作品的文學教學的主要工作。因此，文學批評與文學教學在本質上根本就是一體的，而各自同為文學教育所不可或缺的一環；不同的只是前者偏重在知識整體的建構；後者偏重在知識的傳播闡發。通常這種「解說闡釋」的程序，主要是透過對於作品的分析與比較來達成彰顯凸現某些作品本身所具有而不易立即覺察的素質。所謂「分析」事實上即是打破作品原有的整體渾成的構成，而以某一重點重新觀照作品，而形成一種不同比重的選取，以達到某種內在關係或意指的指示效果。它們可以簡單得像：

> 「紅杏枝頭春意鬧」，著一「鬧」字，而境界全出；「雲破月來花弄影」，著一「弄」字，而境界全出矣。（王國維：《人間詞話》）

也可以複雜得像討論一部作品的象徵結構等等。「比較」則更超越作品的自身，將作品納入一系列的與其他作品的構架關係中，在廣大的諦視中確認作品所意指的種種品質，例如：

> 詩〈蒹葭〉一篇，最得風人深致；晏同叔之「昨夜西風凋碧樹，獨上高樓，望盡天涯路」，意頗近之，但一灑落一悲壯耳。
>
> 「我瞻四方，蹙蹙靡所騁」，詩人之憂生也；「昨夜西風凋碧樹，獨上高樓，望盡天涯路」似之。「終日馳車走，不見所問津」，詩人之憂世也；「百草千花寒食路，香車繫在誰家樹」似之。
>
> 境界有大小，不以是非分優劣：「細雨魚兒出，微風燕子斜」，何遽不若「落日照大旗，馬鳴風蕭蕭」？「寶簾閒掛小銀鉤」何遽不若「霧失樓臺，月迷津渡」也？（王國維：《人間詞話》）

就以前述的三則簡短的例子來看，「比較」不但透過異同的對照來呈示作品的特質，通常更須提出某一足以涵蓋全面的觀念架構以為論證的基礎，因此「比較」事實上已超乎單獨對於此一特殊作品的瞭解，而本身即是將對此一作品的認識納入我們已有知識經驗的一種創構知識整體的活動了。因此，所謂「比較」事實上已是一種「綜合」或「統合」的潛隱的形式；而文學批評的工作，就以整體而言，原來即是一種「綜合」、「統合」的工作。透過「分析」與「比較」以達到明晰的主體性覺知的「驗證」，只是文學批評的「綜合」、「統合」過程工作中的一環罷了！

文學批評的工作，原不只在對於作為知識架構的「文學作品」的驗證、評估，它自己本身即是一種知識架構的「創造」；正如一切的知識尋求，假如成功了的話，都是一種「創造」一樣。因此它所「闡明」的永遠是深入「文學作品」所提供的架構的知識，而又超乎「文學作品」的知識架構所能指陳的一切。它的「綜合」、「統合」的性質，使它與「文學作品」的知識的尋求密切相關，因為它以「文學作品」所提供的「知識」為「綜合」、「統合」的基礎，但是它的「綜合」、「統合」的性質，也使它超越了「文學作品」的一個個的「知識架構」，而在產生另一新的「知識架構」之餘，開啟了另一層次的知識領域，與「文學作品」同一知識範疇的不同的知識領域。正如一切知識的尋求，原即指向該知識的某種進展一般，「文學作品」作為「創作」的成功原就在達成這種「進展」。「文學作品」的創作，因此我們可以視為是一種尋求「知識之進展」的努力；而文學批評則是尋求「認識」此一「知識進展」本身的一種努力。這種「認識」固然不能和「進展中的知識」是分開而屬於不同範疇的；但在同樣尋求著此一範疇知識的進展中，它在此範疇知識裏所居的地位，卻不像其他尋求此一範疇知識中的某種進展的一個個架構般，把注意指向此一知識範疇中知識架構所要指陳規範的「對象」，而是轉而從事對於已然構設之一個一個知識架構的「本身」的認知、檢討。因此，它可以視為是一種「知識」本身的再調整，一種「知識」的「自省」，一種不同於初級尋求的，次級尋求。這在整體範疇知識的發展上，兩者都是不可或缺的，並且是互補相成的。也就在這種意義上，艾略特(T. S. Eliot)要求詩人要認識文學的整體傳統，要具備歷史意識；並且以為最好的批評往往見於作家的創作活動之中。但是，正如一個人無論如何膂力過人畢竟無法舉起自己一般，文學作品無論如何融經鑄史，無一字無來歷，畢竟無法在自身的表現中闡釋：文學作為一項知識傳承的各種進展。文學作品，由於它的必須喚起主體性覺知，並在其架構之中提供完整的心理歷程的經驗構造，使它更接近於科學上的一些不朽的「實驗」，或者實驗性的「定律」(經由實驗而測知的定律)，而非統合種種相關的定律而賦予某種整體之闡釋架構的「理論」。在知識的進展上，「理論」往往有揚棄取代的現象，但「定律」則不具這種性質。因而在知識的進展歷程中大抵包涵了兩種層相的進展：一是「定律」的繼續發現而增多所形成的進展；一是「理論」的繼續新陳代謝，因舊理論為新理論所取代涵攝而導致的進展。文學作品所能促成的永遠是近於前一意義的進展，而非後一意義的進展。這也就是《紅樓夢》或許是比《金瓶梅》更偉大的小說，但卻無法因它的出現而取代了後者存在所具的有效性。後一意義的進展，或者說對於前一意義的進展的現象，有效的創設某些足以闡釋的架構，一方面形成知識的整體建構的不斷再塑；一方面導引促成知識的繼續進展，這樣的工作，只有留待文學批評來擔負。

文學批評的工作，因此，是一個連續體，一方面是判別文學作品作為知識的可能與其真實的意蘊，一方面是整理、綜合它們，建構為發展中的文學知識的整體，而一以貫之的則是：認識，並且在認識中促成，文學作為知識的進展。因此，即使在一個簡單的分析與比較，甚至同一作品的比較中，例如：《水滸傳》或《紅樓夢》的許多版本，我們所探討的也永遠必須同時是認識它本身的意涵，以及認識它的作為知識的進展。例如：在陶淵明〈飲酒〉詩裏「採菊東籬下」之後，有「悠然見南山」與「悠然望南山」的兩種版本，正如「推敲」的典故所呈現的意義，我們不能僅從校勘的觀點知道，很可能兩種版本都是陶淵明自己的就已足夠，我們必須更進一步去體認「悠然見南山」與「悠然望南山」所呈示的類似卻不同的心理體驗，並且判定由「悠然望南山」而終於進展到「悠然見南山」的知識進展的意義。文學批評在企圖認識「知識進展」的探討中，通常必須有其適當單位的選取。一部作品、一個作者的若干作品、一個時代的某一類題材、文體的作品……等等都可能是適當的考察「知識進展」的單位。以一部作品作為單位的適當，自不待言。因為作品本身即是一個自足完整的架構。以一位作者作為單位的適當，則來自：正如人類任何知識領域裏的普遍現象，把某一種知識帶引到一個截然不同的嶄新階段或境界，永遠是來自一些擁有特殊才具的偉大心靈的創造。就像近代物理學的進展不能和愛恩斯坦、波爾、羅德福、薛定格、海森堡……等人的工作分開一樣，任何知識的進展，往往和一些主要人物在探索過程中的知識進展是不能分開的。特別在這樣的人物係以某一知識領域的探討為其終身之事業時，個人的智慧發展是不能分開的。特別在這樣的人物係以某一知識領域的探討為其終身之事業時，個人的智慧發展與整體成就往往就會成為某一知識領域的某一階段性進展的反映。特別文學所在處理的更是一種主體性覺知的知識，個人的發展、成長，對於這一類知識的發展、體認，更是具有意義。至於題材、文體等等，則因知識領域與架構形式的同一與相關，而形成一種適當的探討單位。同時，由於知識進展本身原即是一種歷史傳承的現象，以某一時期、年代為單位，亦自有其本質上的適當。因此，當我們推擴至極，「認識文學作品作為知識的進展」的工作，最終所要形構完成的或許就是生生不息的一個文學傳統的建立；森羅井然的一部文學史的展衍……

但是，這並不是文學批評作為一種綜合的架構創造的全部；文學批評也可以尋索另一個截然不同的統合「文學作品」的知識，以促進同一範疇知識的進展；那就是在綜合之中，自我從事知識進展的探討與創構，例如王國維在《人間詞話》中所謂的：

> 古今之成大事業大學問者，必經過三種之境界：「昨夜西風凋碧樹，獨上高樓，望盡天涯路」，此第一境也。「衣帶漸寬終不悔，為伊消得人憔悴」，此第二境也。「眾裏尋他千百度，回頭驀見那人，正在燈火闌珊處」，此第三境也。此等語皆非大詞人不能道，然遽以此意解釋諸詞，恐晏歐諸公所不許也。

以王國維的這段話解釋諸詞，晏歐諸公的不許或許是可以瞭解的，因為這個意義瞭解的構架根本是他們自身所未瞭解，所未明白意識的，而是有待王國維的綜合創造方始彰顯的。但是王國維錯解這幾句他所引用的詞句了嗎？沒有。他只是更深刻的瞭解著「文學作品」作為普遍人類經驗之可能性的知識架構的意義，這使他對待「詞」更近於把「詩三百」刪定為六經之一的孔子的對待《詩經》，也就是承認文學是遠超乎歷史知識之外的，一種獨立而值得教學、探索的知識❶。同樣的，畢竟文學批評作為知識的性質，並不是一種「歷史知識」，而是與「文學作品」的知識尋求相同的，是：一種以人類的主體性覺知，以及基於此種覺知而有的存在與倫理意義的探索——因此也就是人類「精神」的真實的開展——為範疇的知識，為了方便我們可以稱之為：「文學知識」。「文學知識」的進展，才是文學批評的最終的考慮與關心。

---

❶ 關於孔子視「詩」為普遍人類經驗之可能性的知識架構這一點，可以參看《論語》〈八佾〉篇：

子夏問曰：「『巧笑倩兮，美目盼兮，素以為絢兮』，何謂也？」子曰：「繪事後素。」曰：「禮後乎？」子曰：「起予者，商也。始可與言詩已矣。」

以及〈學而〉篇：

子貢曰：「貧而無諂，富而無驕，何如？」子曰：「可也，未若貧而樂，富而好禮者也。」子貢曰：「詩云：『如切如磋，如琢如磨』，其斯之謂與？」子曰：「賜也！始可與言詩已矣！告諸往而知來者。」

不論是「告諸往而知來者」或者「起予」，孔子提到「始可與言詩已矣」的都是不把「詩」句當作歷史事實的記述，而是把「詩」句當作普遍性的象徵來使用，也就是視為一種表達普遍人類經驗之可能性的語言架構地來加以運用。

文學批評的本質，是一種「文學知識」。就在上述的意義下，高全之的《當代中國小說論評》，不但是他的第一本書，也是一部真正的「文學批評」的著作。是為序。

從張愛玲到林懷民

目次

林懷民的感時憂國精神

老天才曉得他會寫出什麼鬼來，海明威也不是生下來就會寫《老人與海》。

——〈虹外虹〉

林懷民，一九四七年生，臺灣省嘉義縣人。臺灣文化雖然早就可以遠溯到中國大陸文化，而成為大陸文化的一部份，但是在新文學方面，明顯而且徹底的承受大陸的影響，是一九四九年國民政府遷臺以後的事。這以後臺灣文學的發展，被視為中國傳統文學的延續。在重新認定中國傳統文化價值的工作上，它固然顯得不遺餘力，一反五四初期的「打倒」作風；在吸取外來文化方面，它也改正了五四時期暴食暴飲的姿勢，對共產主義產生懷疑和抵制。五四的教訓之一，是當初部份中國文人基於社會改革的狂熱，率先接受了共產主義，並利用其筆墨去證明文人的社會影響力。但是事實證明：即使是卓越的文人，也未必是政治見解高明的人。這個教訓曾經使得後來者頗為困惑，在社會參與的態度上，他們往往顯得舉棋不定，這或是缺乏某種安全感——道德自信上以及其他方面——的緣故。一個極端的自「社會參與」裏退縮的例子，是跳脫特殊時空之外，挖掘人類本質問題而自成風格的七等生、歐陽子等。在這樣一個背景裏，我們讀林懷民：臺灣新生一代中國作家的出色者，自有其特殊意義。

兩種本質上的因素，概括了林懷民作品的大部份特色：其一是他的感時憂國精神，其二是強烈的自身投射裏，內在性格的衝突。我們無意截然劃分這兩種因素，但為方便起見，我們將根據這種劃分，進行第一種因素的討論。

我收集到的林懷民小說共十三篇，其中有三個中篇，其餘全是短篇❶。除了第一個短篇

❶ 這十三篇小說包括《變形虹》（水牛文庫六七，一九六八年九月十日初版）裏的①〈鐵道上〉（一九六三年五月）②〈轉位的榴槤〉（一九六五年六月）③〈變形虹〉（一九六五年八月）④〈鬼月〉（一九六六年六月）⑤〈星光燦爛〉（一九六六年十二月）⑥〈兩個男生在車上〉（一九六七年三月）⑦〈安德烈・紀德的冬天〉（一九六六年冬～一九六七年冬）；以及《蟬》（仙人掌文庫二二，一九六九年九月一日初版）裏的⑧〈虹外虹〉（一九六九年一月）⑨〈逝者〉（一九六九年三月）⑩〈蟬〉（一九六九年春）；以及暫時未能確定定稿日期的⑪〈鵝〉（登在《自由談雜誌》）⑫〈穿紅襯衫的

〈鐵道上〉寫於一九六三年，其餘全部是一九六五～一九六九年的作品。這段時期恰是存在主義風行臺灣由盛轉衰的時期。我們無意就存在主義給林懷民的影響費筆墨，事實上也沒有任何跡象顯示，使我們可以確定他讀過存在主義。但是他的年齡（約是十九到廿三歲）以及存在主義風行臺灣的這件事實，使我們瞭解何以現代青年的苦悶、迷失、虛無和飄泊，以及臺灣社會的諸般與大學有關的病態：大學女生墮胎、聯考護航、教授著作抄襲、西門町被勒令歇業的咖啡屋「野人」等，形成林懷民小說的主要題材。敏銳的觀察、細密的感性、以及他異於中國傳統文人的「社會參與」（稍後我們會談到這點），使他成為成功的寫實主義者。

這種寫實色彩，曾被誤解為一味沈迷於灰色和墮落，而引起衛道者的責難。這自然是缺乏社會觀察力的論斷。然而以葉石濤為代表的臺灣讀者，雖然承認他「猶如一個溫度計，正確地反映、記錄下來這些時代的病態」❷，但仍舊對林懷民的前途擔憂。套用於梨華的一句話，「他缺乏的正是『某種寫實主義』。他底世界僅囿於這時代、社會的某一階層，與生氣勃勃勤勉的廣大人群的喜怒哀樂完全無關；簡而言之，他缺乏的是濃厚的鄉土性和堅強的民族性。」❸。我認為這是對林懷民作品缺乏深入體察的論斷。林懷民的寫實中不時流露著一種

男孩〉〈人間副刊〉⑬〈一二三四一二一〉《自由青年雜誌》。謝謝隱地先生協助收集與閱讀這些作品。

❷ 請參見葉石濤〈變形虹序〉。

道德責任感，並且這種道德責任感隨著時間，有逐漸擴大的趨向。一九六九年開始是個極大的轉變；這個分界大概是他預官役結束和出國前後的時期，也恰好是他兩本小說集的風格不同處。

林懷民前期作品的青年問題，主要係來自個人與社會之間的隔閡。這種隔閡，來自個人覺得（而不一定真正有的）社會參與，受到社會的冷落，甚至反擊。它引起個人的一種抗拒，抗拒心理的外現形式是完全的退縮、飄泊、放任、甚至自虐，乃至自殺——死的渴求意味著一種解脫的渴求。〈轉位的榴槤〉（一九六五年六月）談的雖是僑生問題，但南洋僑生范平的這種隔閡感卻適用於一般青年的心理：

> 我不知我是不是快樂。某些人卻因我們嘻嘻哈哈的外在，自以為讀到我們的內心，肯定了我們膚淺的狂熱、不可救藥的無知、和天生的劣根性。離我們遠遠地，活像我們身上沾滿了虎列拉病菌。他們對你笑，卻從不來接近你，也不允許你接近他們。……

我們可以讀出林懷民對臺灣青年隔離狀況的不滿。由於個人覺得受到社會的冷落，遂產

---

❸ 同❷。

生〈變形虹〉（一九六五年八月）裏的流浪的宿命觀：

> 事實上每個人都只是流浪的葉子，不知要飄到那裏，走到那裏……雖然，有一天我們終要步入墳塚。

以及〈鬼月〉（一九六六年六月）的飄泊感：

> 不逃課，可也不抄筆記、不打彈子、不趕舞會、不在宿舍睡大覺、也不上圖書館。……就是蕩，東晃西蕩，蕩出一肚子鬼主意、鬼問題，自己不便啟齒問人。

終不免產生〈兩個男生在車上〉（一九六七年三月）式的憤世嫉俗：

> 為什麼？天曉得，只是愈長大，愈看不慣那許多假裏假氣的事情。偏偏這個世界到處充滿了虛假，到處是做表面工作的龜孫子，見了你就端那麼副要命的笑，蓋得活像你是他爹，背了臉又是另一副德性。

然而，〈鬼月〉的男主角「我」，已感到無限放任之後，隨著而來的無限責任：「責任」兩字，「從四面八方緊緊壓過來」。林懷民再三在「間歇無效果的掙扎」裏，鼓勵中國青年說：

> 有時候，你會感到疲憊、不快樂，那只是一種週期性的低潮，把它忘了，去製造你自己的歡樂吧！（〈鬼月〉）

所以〈兩個男生在車上〉的那個叫眼鏡的大學生，會「酸得像正宗鎮江老醋」的說：

> 別惱，這個世界不像你我想得那麼好，也不那麼慘，那麼上萬上億的人活過來了，我們當然也得混下去。
>
> 我早認了，想歸想，做歸做。好好把書念通點，把自己的實力弄紮實點，其他都是自欺欺人……

在〈星光燦爛〉（一九六六年十二月）裏，曾經「大賣尼采膏藥」的劉思民，以割腕自殺來求解脫。他的好朋友康平說了一句劇力萬鈞的話，說盡了林懷民的道德憤慨：

「劉、思、民、我看不起你！」康平低低地吼，聲音裏夾著一絲嗚咽。

這段文字可以幫助我們瞭解〈星光燦爛〉這個題目。在主角「我」的敘述裏，所形成意義豐富的意象，它至少有一面的象徵意義是：人生雖然晦暗如夜幕，但人生光明的一面即使不多，也如燦爛星光、光輝夜色。這種「我不曉得思民為何自殺？不管如何，他是死了，走完了他的路，演完了他的戲。那是他的事，而我們依舊有許多許多個明天。」〈星光燦爛〉的肯定人生的趨向，較之早年作品〈變形虹〉裏的徬徨：「我誠然不知為何而活，我曾想要太多，卻失落更多。全是自己一手造成的。」要成熟得多。我想前期林懷民道德責任感的這種改變是很明顯的；個人對社會感覺上的隔閡，雖然未得改善，可是個人對社會的態度，卻在前期就由生疏、敵對、而趨契合。

一九六九年開始，軍中和國外生活，使得他能在一個較大的視野裏看臺灣的社會問題。但是造成林懷民改變的重要原因，還是海明威(Ernest Hemingway)的影響。〈虹外虹〉（一九六九年一月）的男主角「我」，曾一再自許為《老人與海》的主角聖提亞哥。這使我們發現林懷民前所未有的使命感。這種使命感不僅針對寫作：

> 寫得好不好，他不管。重要的是，他已經知道要怎麼寫。不，也許還不明白，也不萬分清楚要寫什麼，有一點倒是知道得清清楚楚：他要寫。那就夠了。

而且針對幻滅——死——的意義。我曾經指出，他的人物在無限迷失之後往往有以死為解脫的渴求。這種以本身的死來引起別人（社會）痛苦，來作為一種報復或懲罰的自虐傾向，如：〈鐵道上〉明仔衝向火車；〈轉位的榴槤〉冰；〈變形虹〉沙夷的墮胎；〈鬼月〉流鶯（其實是男主角自身的投射）的嚇死；〈星光燦爛〉劉思民的割腕自殺；〈安德烈・紀德的冬天〉（一九六六年冬～一九六七年冬）的康齊的死的幻像；以及〈蟬〉（一九六九年春）范綽雄的死，無一不使讀者心情沈重。但是後期作品〈虹外虹〉，卻使死亡的意義成熟。它的男主角「我」，在碧潭先不費力的救起了一個男孩子，覺得「不知怎麼搞的，忽然冒出一肚子氣，氣他不該如此糟蹋生命」。可是不久之後他跳下水游泳，也瀕臨死境，被人救起；在他安全划船回岸的時候，一船衣著鮮明的教會男女在引吭高唱韓德爾的彌賽亞，使他覺得「體內一股生命的泉水，波波濤濤地洶湧起來。他放鬆自己，吁口氣，幾小時貯積的惶恐與感激，一剎那化成滿眼淚水，澆澆漓漓地幾乎奪眶而出。」林懷民在這兩種意外死亡（不是因苦悶而求解脫的死）之中，第一次透露了「生」的喜悅，生命積極意義的肯定。請注意救起男主角的那個黑臉漢子。當他聽男主角說自己方才也救了一個人之後：「黑臉一本正經地說：『你不該救他的！』」。故事裏說他們相信一個迷信：凡救人於水的，水鬼會拖他去當替身；而這個黑臉漢子後來在茶棚女人的口中，赫然已救過大概一打的人。黑臉的迷信固然暗示了某種愚昧，可是就是由於這種迷信，才顯出儒家「知其不可而為之」，捨己救世的使命感。海明威在《在我們的時代》(*In Our Time*)裏〈印第安營〉(Indian Camp)的兩句話，被林懷民再三引用：

> 死難嗎？爹。
>
> 不，我想挺容易的。尼克，這要看情形而定。

由此我們可以瞭解〈逝者〉（一九六九年三月）裏三個死於國事的人：景欽、大表哥和老連長，在林懷民的價值標準上，具有如何重大的意義。套句中國俗話說，死有兩種：一種輕於鴻毛，一種重於泰山。林懷民對死亡意義的探討，恰好印證了這句話。當〈逝者〉的主角喆生對於逝者「竟也有」熟悉而又陌生的感覺，他眼裏「忠靈袋上那枚國徽，像一隻精神飽滿的眸子，炯炯發亮」，一種家國之愛，或說共赴國難的使命感，已呼之即出了。

另一方面，〈蟬〉裏莊世桓對范綽雄的自殺，流露出了一種同情與瞭解之外的諒解：「——The heart is a lonely hunter? Hunt for what ? ... Poor man!——天啊，人實在是最脆弱最可憐的東西；不能一個人活下去，偏偏無法事事順如己意，又偏偏知道這點，卻又無可奈何！」

這種諒解，與前期的作品〈星光燦爛〉裏的「我看不起你！」那種悲痛與反對，是有極大不同的。它來自後期憂國精神與前期另一主要的不同：前期的林懷民雖然無意把臺灣社會問題自外於世界（西風東漸是形成臺灣社會問題的主因之一，他不可能不知道），但是他自覺的把臺灣社會問題歸之於世界性的現象，則顯然是後期的事。這時候林懷民已先承認青年問題只是社會問題的一部分——而不是全部：

> ……「野人也算得上臺北的一部份文化。上回Joe說的，一種 sub ... sub ——」——
> 「subculture。」小范說……（〈蟬〉）

然後他意識到現有的臺灣問題，往往在世界各國是一種普遍的現象：

省省吧！別這麼憤世嫉俗，到處都是一樣的，千古文章一大抄！（〈蟬〉）

甚至形成臺灣社會某種程度精神壓力的特殊因素，也會在其他國家產生：

……太在乎了！我們中國人一輩子也沒有法子完完全全放開自己……一塊大石頭似的壓在你背上，有好多好多的 bondage 把你細得透不過氣來。

「老美也一樣有許多 bondage。」

「他們沒有我們歷史悠久，沒有五千年文化。」

「事情慢慢會改變的。」老楊說：「May be next generation...」

「Alright，」陶之青喊：「為 next generation 乾杯！」（〈蟬〉）

林懷民的家國之愛使他覺得臺灣社會問題固然嚴重，可是仍不致處於無可救藥的地步：

「你們不能老是這樣抱怨，發牢騷，」莊世桓眉毛眼睛擠湊一團：「總要——You've

got to do something!」（〈蟬〉）

在〈辭鄉〉裏，他深深的被懷鄉之情籠罩著，他提醒臺灣留學生不能忘本：

「是——啦！」叔公點點頭。「少年人打拼勤讀書是好。不過，有時也應該回來走走。太久莫回來，說不定連祖廟向東還是向西也忘記了咧！」……

我們曾指出，林懷民的前期，決不似一般讀者印象裏的一味否定，虛無到底。雖然個人覺得到社會的冷落，但個人對社會的態度已由陌生、敵對而趨契合。在後期，個人受冷落誤解的感覺雖然還有，但那種契合，已擴大為國家之愛、使命感，以及對臺灣社會問題同情與瞭解之外，增加了某種程度的諒解；這種諒解來自視臺灣社會問題非一時一地特有的現象。這種認定，並未導致「天下烏鴉一般黑」似的撒手不管。

林懷民的感時憂國精神，根源於其社會焦慮(Social Anxiety)。他處理社會焦慮的態度(我們稱此為「社會參與」的態度)，使他大大有異於中國傳統文人。夏志清的一篇精闢論文〈現代中國文學感時憂國的精神〉❹，可以幫助我們瞭解中國大陸傳統文人感時憂國的精神面貌。

可是該文既論及一九四九年以後的中國大陸，而未提及遷臺之後的自由中國，我相信是連夏先生也感到遺憾的事❺。兩點特質，使林懷民社會參與的態度，就某種角度而言，較中國大陸傳統文人成熟。其一，是嚴肅的面對。林懷民的世界裏，幾乎完全沒有對社會的嘲諷(Irony)——唯一例外是〈兩個男生在車上〉。舉個例子：〈虹外虹〉的主角「我」，才救起一個人，自己就差點淹死，被人救起；這種前後對比是嘲諷的好題材，可是除了虔誠的生的喜悅之外，我們意味不到嘲諷。再舉個例子：〈蟬〉裏自殺的范綽雄，皮膚敏感得隨身要帶藥，有時要用背靠牆搓磨才能消癢，這也是極易產生嘲諷的機會；但是在主角莊世桓眼中，我們只覺得到對他同情、諒解——而毫無嘲諷的心情。夏濟安在一篇文章❻裏曾指出：「五四運動之後，中文的辭藻，染上鬧劇式的誇張色彩，語意上總是趨於極端。」這種五四遺風仍或多或少的影響著自由中國的文人，但是沒有人像林懷民如此不苟言笑。他的人物除了〈虹外虹〉的生的喜悅之外，完全沒有快樂——即使是動物性的快感（〈兩個男生在車上〉仍屬例外）；這份

❹請參見夏志清《愛情、社會、小說》，純文學叢書二九，一九七〇年九月初版。

❺夏志清在〈白先勇論〉裏論及「白先勇這一代的作家……」，似乎可作為「現代中國文學感時憂國的精神」的部分補充。

❻請參見夏濟安《夏濟安選集》，新潮叢書之六，一九七一年三月初版。

嚴肅，使得林懷民敢於「面對」自己的生活體驗，「面對」現實社會的醜惡面。

他的作品具有非常強烈的自身投射的色彩。他的人物曾是十九歲、二十歲、或是二十一歲，因為那是他的年齡。他的人物會背瘂弦的詩，喜歡史特拉汶斯基的Pertrouchka……因為他就是那些人物。但是我想他知道自己的思想一直在急速的變化，所以他每篇作品都註明寫作日期當不是無意的；他不願意別人誤認某一階段的他，即是今後的他。我曾指出，他是引起誤解極多的人。但是引起誤解的原因，並不來自備受責難的題材，而來自處理這些題材的冷靜態度。（以至於他的感時憂國精神，以及此種精神之擴大，沒有受到應有的重視。）

冷靜是他社會參與的第二點特質，也是五四以來中國白話小說技巧上的成熟現象。少數自由中國的小說作者，已能自覺的隔離感傷主義，有效的接受西洋現代小說的技巧，漸漸自成格調。不論他們社會參與的程度如何不同，他們在表達技巧上如何不同，他們都努力在姿態上，做現狀的記述者(describer)——而不是裁決者(judge)。但是，這種技巧上的進步，使得他們暫時與讀者的距離拉遠。

在技巧上，林懷民稍異於其他中國現代小說作者的，是受電影的影響較大。他的每篇作品在處理上，尤其是轉接、聲響、場景等方面，都有強烈的電影化的企圖。他的人物曾經興致勃勃的談論過「珍妮的畫像」〈變形虹〉與〈安德烈・紀德的冬天〉、「雁南飛」、「八又二分之一」（〈兩個男生在車上〉）、「蝴蝶春夢」（〈安德烈・紀德的冬天〉）、「向日葵」（〈蟬〉）；李寬宏有篇短文❼論林懷民的技巧，曾有類似電影化的說法，據說林懷民本人十分同意。但是，這種影響在林懷民身上，不完全產生好的效果。最明顯的缺點是企圖太大，而使小說的觀點(The point of view)混亂；〈辭鄉〉、〈安德烈・紀德的冬天〉是最明顯的例子。嚴格說來，小說觀點不引人訾議的，恐怕只有〈鬼月〉、〈鐵道上〉、〈一二三四一二一〉、以及〈逝者〉。

他的文字時有佳句，且以〈星光燦爛〉裏出現兩次的這句話為例：

劉、思、民、我看不起你！

這是一段極好的文字。三個頓點使語調遲緩，聲音低沈（有一次是「康平低低地吼」出來的，「吼」字極傳神），並且「看不起」三字充分傳達了「中學老同學」康平的複雜心情（它包括了意外、失望、悲痛、憤慨、沈重、不同意、惋惜……），有力，而且富於節奏；如果寫成「思民，我看不起你！」或「劉思民，我看不起你！」或「劉、思、民，我看不起你！」

❼ 請參見一九六九年元月十五日出版的《清華雙週刊》〈變形虹——每期一書〉一文。

就乏力而且缺乏節奏。

後期的文字已比前期進步，但還不能完全擺脫歐化文言；雖然這種歐化文言在對話裏，有時候，也富於寫實性。

我希望這篇論文不致引起誤會，以為作者對現實社會的道德責任感（或者說愛國情操），是我們衡量作品的首要條件；它可能是條件之一。但在這國家多難，文人急於把其反共心情喊成口號，或者標榜健康寫實，過份重視文學社教功能的時代，我們更願意強調作者處理其憂國心情（社會參與）的態度和手法。林懷民使我們具體領會生活各面（包括我們最不願意承認的醜陋面）無不可入小說的事實。藝術的目的不只在於使世俗所謂美好的事，變成我們「果然認為美好」的事；藝術的目的在於提供一種世俗視角之外的，化腐朽為神奇的對世界的看法。

所以林懷民的感時憂國精神的不應忽視，就意味著作者社會參與態度與手法的不應忽視。沒有人願意說今天的林懷民已是個大家，但我們在他身上看見了中國白話小說大家所不可缺的某些必要條件。〈虹外虹〉的男主角曾自許為《老人與海》裏的聖提亞哥，如果這可以代表林懷民本人的自許，我們不得不提醒一句：聖提亞哥與海明威之間是有某種基本差異存在的。

顏元叔的文學與文化關係層面

——評《文學的玄思》❶

一部摩托車所代表的人類的心思智慧決不亞於一首詩所代表的心思智慧。

胡適❷

---

❶ 驚聲文庫——一九七〇年元月三十日初版。本書與《文學批評散論》（驚聲文庫2）同時出版。對於這本批評散論裏幾篇論及科學與文學關係的評論，我們可以參照本文去讀。

❷ 胡適〈我們對於西洋近代文明的態度〉，收入《胡適文選》，六藝出版社，一九五三年三月臺二版。引用這句話，等於同意胡適這篇文章的前題：「精神的」與「物質的」不可嚴格劃分，而是互輔相成。但我們未必同意該文在此前題之後所做的推論。

顏元叔在這本共計一九〇頁的書裏標榜了兩個口號：「文學是哲學的戲劇化」以及「文學批評生命」。由於這兩個口號裏的關鍵字眼「哲學」、「批評」都被刻意的廣義化，所以它們做為大前題大致是可取的。前者屬於文學內在的課題，後者論述文學與文化的關係，都是文學工作者值得探索的大路。然而顏元叔在文學與文化的關係層面上，基於某種原始成見以及由此而生的道德憤慨，做了我們可予同情，不能同意的努力。

我們發現：一個過度熱切的文學本位者，以人文主義的代言人自居，其見識必小，偏失必有。本文推究這種偏窄人文主義的固執，其原因為：誤解科學涵義，科學知識（或說常識）匱乏。

在缺乏明確「科學」語詞界定的前題下，顏元叔常常把科學與文學甚至科學與人文主義當作對立的東西來看，兩者似乎互不相容而且可以截然一分為二。隨手摘錄兩段文字：

> 我要特別強調，今後科學、技術、與經濟三連環所產生的局勢，給予人文主義的威脅最大……人文主義應該有挽狂瀾於既倒的宏願。（第一八八頁）

> 新批評學派的人士把整個的人類文化的危機全部歸罪於科學及工業化。……我們可以承認科學對人類前途具有實際需要；但是，從歷史觀點來看，新批評家的認識不算乖

僻吧。（第一一四頁）

我們不妨引用康特博士〈科學的人文主義與大學〉一文❸做為批駁（在這篇富啟發性的論文裏，科學被界定為一種客觀理解——人類獨立秩序、秩序力量、定向物力論——的經驗，以及一種主觀上創造的附屬的不斷進步的知識的經驗）：

> 科學引起人類與事實的一種全新的觀念，所以科學的人類是一種新的人類。由此言之，科學的人類不滿意於任何反科學形式的人文主義。只因該主義係基於一種事實的反科學見解。因此兩種文化之間的分裂說明了傳統人文主義之不適當。……更壞的是這種人文主義自稱為唯一可以接受的人文主義之形式的時候，必然對科學的人類有害。然而爭論是沒有結果的。只有在我們想超出爭論範圍以外的時候，才知道科學的人類並不反對人文主義的價值。……科學的人類要看最不滿意於另一種文化到底是為了什麼，這是一種挑戰，並非一種拒絕。我在此地想要列舉一種在科學上可以接受的人文

❸ 康特(Enrico Cautore)博士這篇論文原名Scientific Humanism and the University，原載一九六八年秋季美國紐約Fardham大學*thought*季刊。本文所引係《水牛雜誌》第四期李永久的譯文。

主義之精益求精的主要需求。㈠人文主義必須客觀。……故其反對任何形式的主觀主義與先天論。……㈡人文主義必須具體。……在人類與物質實體的殘餘之間有一種連續性。……科學的人類並不反對精神……科學的人類並非是反有神論的，但是當然唾棄基於一種自滿的和近代科學勃興以前的世界觀。……所以科學的人類在哲學裏面所反對的東西主要是哲學體系之關閉，使這些體系不能同化預料不到的新的知識片斷……必須伸展到倫理的領域……科學的人類根本是富於創造性的，所以一種令人滿意的人文主義必須幫助科學的人類更加了解並且更有成果的發展這種創造活動。……

稍予比較即可看出：顏元叔所說的（「應該有挽狂瀾於既倒的宏願」的）人文主義，是舊有的範圍窄小的人文主義。如果我們借用康特博士的「科學」界說，或康南特在通俗著作《科學入門》❹裏的界說，繼續討論，我們立即發現：舊有的人文主義不僅不能包容科學與

❹ 康南特(James B. Conant)曾任哈佛大學校長二十多年；這本書原名*Science and Common Sense*，耶魯大學一九五一年版。本文所據為一九六二年十二月今日世界社趙盾的中譯本。在這本書裏，康南特定義「科學」為：「實驗與觀察的結果產生概念與學說，舊有的概念與學說又衍生新的實驗與觀察，科學便是這些概念與學說的互相聯結體」。這一定義的重點在「衍生」兩字。

工業化，而且更無法解決高度工業化所帶來的現代文明社會的問題。事實證明，科學在三個世紀以來，已戰勝宗教以及舊有道德規範的愚昧面。舊有的人文主義必須（而且就某些方面而言，已經）接納科學而企圖建立一種新的人類信仰、社會秩序、道德規範——那就是說，一種新的人文主義。科學以及高度工業化發展所造成的人類危機從沒有被忽略。當科學被視為一種（新的）人文主義的經驗、涉及全人類的一種經驗時，這些危機立即被認定為一種「人」（而不是概念上模糊不清的對象：「科學」）的問題被汲於解決。人文主義的擴大（不僅於字義上的廣義化）是沛然莫之能禦的趨勢。所以顏元叔「從歷史觀點來看」，是回顧（不夠真切）而未前瞻，鑑往而不知來。

我們不妨追論顏元叔（在缺乏嚴格界說下）對「科學」一詞的了解。我們摘錄〈從文學看科學〉一文中所說的三點「人文主義對科學提出若干探討」：一、價值與數量：「文學及包括文學在內的人文學是價值問題……科學不是價值問題，科學以數學為基礎，從求證到證果，全是數量學問。……譬如，從原子彈公式的形成到原子彈的製造，整個過程是數量問題，不是價值問題。原子彈爆炸之後，才會引起價值問題。」二、慾望與剋制：科學家消極助長了個人主義與自我中心意識，而且促使人類「一味滿足他的肉體慾求」。而「人文主義者不能承認物質的慾求與滿足，即是人生的一切」，故「文學與宗教之道當不是科學技術之道。

前者是聖賢之道，後者是小人之道」。三、知識與智慧：「我個人深信有些知識是不能追求的，是禁知(forbidden knowledge)，並非一切知識都是善良的。科學家不能以求知一念，作為他一切求知活動的充分理由」。「倘使在知識與人類之間作一抉擇，科學家寧可犧牲人類，成全知識；人文主義者則無有這等忍心了」。

我們仔細分析這段文字所透露的科學觀念（極富認識論趣味的是，它們幾乎完全落入前引康特博士論文的緒論：「幾個普遍錯誤的科學觀念」部份）：㈠科學根本是客觀主義，科學是絕對不具人格的。㈡科學是一種完全正當的知識冒險，但是由於它天生傾向誇大，所以必須壓制以防其超過它的自然限制。

稍予留意這段漫長的文字由責備科學而（不得不轉移為）責備人（科學家），即可抓住要點。科學雖然以客觀為其要求，但是它無法是客觀主義的。它是一種整個的人類經驗，一種日益成長的人的參與。基本上它無法不主觀，並且具備人格。科學的日益進步並沒有保證人類道德精神之進步，以致科學發展「帶來了」壞影響。所以我們由人的敗壞，傳統人文主義的破產，而意味到一種新的人文主義的迫切需要。在一種新的（接納了科學的）道德認同上，對人的慾望（乃至科學的發展）重新估價或許是可能的，但那決不意味著一種敵對的、空泛的人文主義的「禁知」。是「人」本身的問題，而不是「科學」「知識」的「善良」與否的問題。試借其原子彈的譬喻（極有意思的是，這種比喻竟中了康南特的話：「或明或暗反對科學的人，腦裏首先想到的是科學用於戰爭，特別是原子能的應用」❺）：為何原子彈爆炸之後才會引起價值問題？所謂的價值問題應該追溯到當初發明原子彈的動機的時候，或者更遠。原子理論的探求基於科學家的求知慾，而應用原子核分裂原理來製造原子彈就是「人」的問題：領袖慾、統治慾等等。進而言之，原子彈造成之後的決定使用，也是「人」的問題。侵略者不僅不盡是科學家，而且較可能為（科學家之外的）政治家、軍事家、哲學家等。科學家不但不應該（大概也不敢）單獨負起「犧牲人類」的大罪，而且即使前述科學家的罪狀成立，也不必牽強的把帳記在（缺乏明確界說的）科學身上。一點淺顯的科學發展史的知識告訴我們，「每當一門現代科學開始成形時，激烈的論爭總比理性的意見易於自筆端流出」，「一個科學研究者踏入研究室，必須嚴加自律的觀念，只是逐步演進而來的」，發展到今天，「即令是煩焦易怒的人，在自然實驗室中也很容易變成公正而精確，這完全是社會學上所說的特定社會環境使然」；然而，只要科學家離開了他的職業紀律，往往還不如常人般公正和自約；所以，「作為一個人，科學研究者亦如常人一樣地賢愚不等」❻。這就是再度說：作

❺《科學入門》，第一四頁。

❻《科學入門》，第九頁。

為一個人，科學家與非科學家是平等的，他不必更善良，或（如顏元叔所意指的）更凶殘些——這與柏拉圖自理想國趕走詩人一樣是有趣的奇想。所謂「價值」「數量」之分毫無意義，「禁知」之說更是迂不可及。科學是創造的、附屬的，以及不斷進步的。

由此使我們想到楊君實對錢穆《史學導言》的第二點批評：「錢先生大文中，常常喜歡把史學與其他應用科學對立起來看，有時候還頗有截然一分為二各不相涉的意思，彷彿史學的科學性十分獨特，其在應用上，和其他科學毫無溝通餘地似的。這種想法也是我們引為心驚而不敢苟同的」❼。基本上錢、顏所失是相似的。

在〈文學與文學批評〉一文裏，顏元叔認為文學的最終目的是教育良心；所謂教育良心，可分兩方面來說，一是發掘自我，一是擴大自我。這兩項是人文教育的主要目的，所以「當臺灣手忙腳亂進入其遲來的維多利亞時代的端頭，站在人文教育中堅的文學工作者，有著阻止赫胥黎型的『半邊人』的出現的使命」。

赫胥黎與阿諾德的爭論可以在梁實秋《偏見集》裏〈文學與科學〉一文看到大概。（顏元叔只如上文一筆帶過「半邊人」，沒有任何說明。）假設梁實秋的文字可信：當時爭論的

❼ 楊君實〈讀史學導言第一、二講〉，一九七〇年四月九、十兩日中央日報副刊。錢穆《史學導言》，中央日報社一九七〇年五月初版。

題目是英國當時教育上應以文學還是以科學為重。古典研究學者阿諾德主張「如人性不變，文學的魔力是不可抵抗的」。因為，「文學是人生的批評……批評人生最好的方法便是研究古典文學和近代文學」。但是他所謂的文學是廣義的，歐幾里得與牛頓的著作都是文學。赫胥黎承認「人生批評是文化的精髓」，但不承認「文學所包括的材料足以構成這樣的批評」。至少在教育上科學與文學有同等的重要性。當時這個爭論雖然持久，最後卻沒有決絕的結論。

赫氏主張文學與科學在教育上並重，阿氏所謂的文學也是廣義的。我們今天回溯這項不了了之的爭辯，實在不能了解何以顏元叔如此強烈的（呼籲）要阻止赫胥黎型的「半邊人」出現在臺灣。我不願意在手邊缺乏臺灣教育現狀資料的情形下，（只憑個人的「觀察」）頂撞這種「使命」。但是我們以為「文學」與「科學」如果是既已形成概念的自明名詞，或者兩者在寬大的界定下仍無法截然分割，則分別代表的研究領域，步驟上與精神上應是互相諧和的（雖然在短期推展上或有急緩之分）。古人論學分義理、考據、辭章三部分，姚（鼐）、戴（震）以為三者不可偏廢，就是各種學科（容或有消長併分）在觀念上平等重要，相輔發展的教育觀念。《子水文存》❽在「一切成系統的學問都是科學」的界說❾下，有一段堪稱持平的話：

---

❽《文史新刊》四，一九六九年十二月一日初版。

❾毛子水這種界說在《科學入門》裏被稱為「靜的科學觀」，詳見《科學入門》。

> 一切人民……都應該有科學的常識。
>
> 我覺世俗有一種誤解，就是許多人都以為自然科學的用途只在增進物質上的文明，而和人類的精神文明沒有關係……我們的物質生活，固然需要自然科學的知識；我們的精神生活也一樣需要自然科學的知識。
>
> 要利用自然科學，非以人文科學和社會科學為指導不可。其實，現代大部份的人文科學和社會科學，是用了許多自然科學的知識來做基石的……。從這種事實想起來，我們可以約略看出各科學知識是互相關聯而不能畫出很清楚界線的。
>
> 創造適合時代的新文化……只有現代科學才能正確的回答這個問題。

或許我們有必要留意這本書的一項特色：多次引用科學（或說數學）語詞，但是大部份根本誤解原意或濫用了。這個特色可以幫助我們於追論其誤解科學觀念之後，進一步追論其科學知識的匱乏。這進一步深入的討論或許可以找出舊有人文主義者的病根來。我們分別討論如下：

㈠第四五頁：

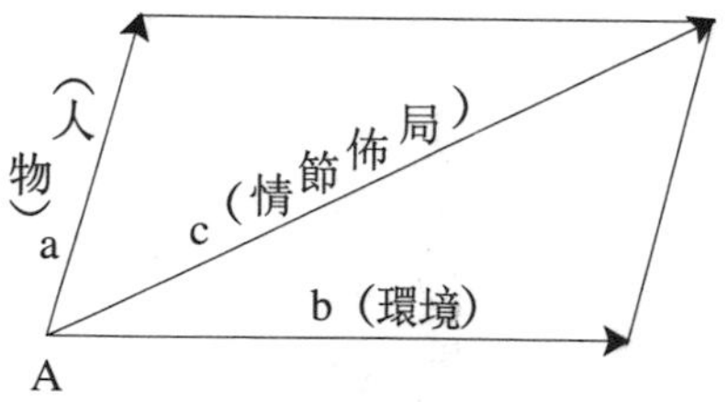

這是一個平行四邊形。根據力學原理，假設有a與b兩個力量，同時作用於A點，則a與b兩力形成一個合力，向c的分角線的方向進行。……

錯誤是：平行四邊形的對角線並非（除非鄰邊等長）該底角的平分線。平分一角的射線簡稱為分角線。顏元叔誤以為分角線是「分割一角的射線」，顯然是望文生義的結果。

㈡第十一頁：

顏元叔引雷辛(Lessing)及「現代文評家的觀點」來強調文學特質。依照他的見解我列成下表：

文學——一元方程式 ⎫
　　　　　　　　　⎬ 時間藝術
音樂——多元方程式 ⎭

塑雕————————空間藝術

我們十分奇怪顏元叔在引用雷辛(1729–1781)「時間藝術、空間藝術」的分法之時不但沒有對其做較清晰的說明，而且忽視了近代藝術（文學、音樂、繪畫、舞蹈……）突破各自傳達介質限制(medium restriction)的趨勢❿。當我們輸入西洋文學理論的時候，一種史的觀察意味著一種責任良心。

除此以外，我們無法同意「一元方程式，多元方程式」的說法。如果它成立，則因為多元方程式是由一元方程式推廣而來，一元方程式是多元方程式的特例，所以「音樂是文學推衍而生，文學可以併入音樂的範疇裏去」。我懷疑這種缺乏文化史證據的證果是顏元叔所樂於見到的。

---

❿ 葉維廉在《現代文學》第三三期〈現代中國小說的結構〉裏稱這種趨勢為「無意識中為推翻萊辛的區別」的。

㈢第七六頁：

「對西洋作品，我以為可以模仿其手法，而不可模仿其題材」，而且「他們（筆者按：指中國文學系及中國文學的專業人員）應該不斷的研究舊文學，將舊文學予以新估價，使千百年前的作品，能藉他們的不斷討論，繼續生活在現代中國人的意識裏」。以上兩段話大致是不錯的。但是下一句：「筆者以為要產生一個中國民族文學，積極研究中國舊文學，是『必要條件』；而有條件地吸收西洋文學，是『充分條件』」，問題來了。

根據邏輯上的用法：對敘述p和q而言，若命題「若p則q」成立，則稱p為q的充分條件，或稱q為p的必要條件。現在根據顏元叔的原意，應該這麼說：

「積極研究中國舊文學與有條件地吸收西洋文學是產生一個中國民族文學的充分條件」，或「產生一個中國民族文學是積極研究中國舊文學與有條件地吸收西洋文學的必要條件」。如果依照原書所用的充分、必要條件，則原敘述等值於以下兩個命題：

「若產生一個中國民族文學則積極研究中國舊文學」。不通。以及——

「若有條件地吸收西洋文學則產生一個中國民族文學」，又似乎不是顏元叔所願意犯的粗率觀念。

㈣顏元叔勇敢的用了「常數變數」（第二一頁）、「排列組合」（第五四頁）、「行列式」（第一七一頁）等數學語詞。我們或可同意這句的用法：「文學的人生與實際人生的最大差異，也存在於這個排列組合中。前者有排列組合，後者沒有」或「文學形式是常數，文學內容是變數」；因為「排列組合」、「常數變數」在這裏可以望文生義，並不完全依賴（也並不嚴重違反）它們在數學裏的意含。但是像這句：「一位作家僅僅了解永恆的人性，是不夠的；他必須了解人性所處的現代時空，才能了解這個時空裏所發現的方式。我稱這個時空的結構為文化的行列式」，「文化的行列式」就此一筆輕輕滑過，沒有加任何一字引伸發揮。我以為如果顏元叔對「行列式(determinant)」（或「矩陣(matrices)」）的了解充裕，大可以就行列式（或矩陣）與文化時空結構的共通性加以發揮，不必如此故弄玄虛。

顏元叔立異以為高⓫的意圖是很明顯而且十分失敗的。像論到詩的「經驗格式」與「過渡性」，雖然有可喜的創見，但是有這麼一句：「……許多詩人的象徵太個人化，以致完全不能傳達給一般讀者，完全缺乏過渡性。」（請注意兩次「完全」否定的意含）；論及「晦澀與艱深」則：「一個現代詩人，難如維多利亞時代的鄧尼森，所想所感，都是一般人的所

⓫ 立異以為高，其實頗合韓愈教人做文章的主旨。但是韓愈（〈答劉正夫書〉）教人立異（獨創新格）有三個途徑：①為文「宜師古賢人」②「師其意，不師其辭」③文「無難易，惟其是爾」。我們考量第②第③點，可以窺見顏元叔偏頗的原因。

想所感」（請注意「都是」肯定的意含）。不僅主觀、武斷、包容性小，而且違反了一項科學觀念：凡兩事相比，容有比較上相對的差異，但不會有完全絕對的差異；因為「參考座標」（或說「論事的觀點」）不同，就會產生不同的「座標」（或說「結論」）。我們贊同這種說法：「相對論的影響遠超過科學範圍，本身已形成一個主要的哲學體系……」⓬。我們不必拒絕一種通達的論事態度。

顏元叔既站在舊有人文主義的陰影裏敵視科學，又引用許多科學語調以壯行色，以示「科學豈奈我何？」，這種心理很有意思。由上面所討論的（高三理組學生就可以指出的）濫用誤用的實例，我們發現了（文組學生）顏元叔科學知識（其實是常識）以及邏輯訓練不足。

在這本書裏，顏元叔至少闖了以下兩個禍：一、科學知識以及邏輯訓練不足，濫用誤用科學語詞。二、過度強調了文學的本位主義，誤解科學涵義，沒有抓住科學精神，抱著早已破產的舊有的人文主義不放。但是最大的一個禍事是：一個可佩的高等學府領導者以及西洋文學思潮引入者，在他自發的文學理論裏不可輕饒的錯誤，可能造成嚴重惡劣影響。

科學對顏元叔抱殘守闕式的人文主義，應該是一項挑戰，而不是拒絕。顏元叔「朝向一

⓬ 巴涅特原著，仲子譯《相對論入門》(*The Universe and Dr. Einstein*)，今日世界社一九七一年四月再版。

個文學理論的建立」意圖是可敬的。想要產生現代中國民族文學，應該有一套現代中國民族的文學理論。它不僅是中國的，而且應是國際的，放諸四海而皆準的。我們以為客觀、持平、包容性是這個（可企待的）文學理論應該具備的特質。這三項特質似乎只有中國人才能兼具。比如西洋或倡唯心論或倡唯物論，兩者形同水火，而孫中山先生首創心物合一以兼容並包；古人早有「中庸之謂道」的說法，孔子也有「吾道一以貫之」的認同。可見中國人自有講求諧合，避免尖銳化和極端的一面。現代科學之父愛因斯坦晚年致力於統一場論的完成，精神上和儒家「一以貫之」不契自合，可見就某種程度而言，儒家與科學的終極目的是相合的。這種道理或許中國人最能體驗，這種文學理論，易於由中國人完成，也應該由中國人完成。

子于的人生觀照

當時生氣這個中國人對中國人也把話說得這麼俏皮

——〈瞎蒼蠅〉

子于的人生觀照裏，有幾項可資玩味的特色。這些特色確實使他的作品在一九七〇年代的臺灣文壇上別具格調。這時的子于，事實上仍處於小說（尤其是西洋短篇小說）技法的試食消化時期。中國文評者在技法的成功未獲得充份保證之前，常忽略或誇張了技法之外的成質。一次平和的討論可以幫助我們了解：作為一個人，對我們始終陌生的子于；作為一個小說作者，他足以堅持創作方向的資質。

本文涵蓋及十二篇小說，其中包括十個短篇，一個中篇[1]。如果收集不全，應該引為本文之咎，並不意味著任何選擇。子于作品就許多方面而言，風格以及內涵，都趨於一致。這種一致性在其所處的時空環境裏，益形彰顯。

五四文風曾流於激情主義，是因為五四文學革命表面上導因於文體白話化的要求，實際上它是甲午之戰（一八九四年）以後中國知識份子汲汲於社會改革，長期的思想激變的一部份❷。由於本質上有社會改革的目的，所以五四文人固然在文體的創新上有其成就，並且曾經流露出人道主義❸，然而他們對社會的種種不合理異常敏感，筆端感情濃烈遂形成一時的風尚❹。一九六〇～一九七〇年代的臺灣小說做為這種激情主義的延續，氣勢上固然已趨緩

❶ 它們是短篇小說集《摸索》收入的五篇：〈山楂〉、〈高處總是眼亮〉、〈瞎蒼蠅〉、〈鬼影子〉、〈在岔道口〉；〈嶺上〉，《純文學》四四期；〈艷陽〉，《文學季刊》九期；〈火燒雲〉，《文學季刊》一〇期；〈瓷瓶〉，《現代文學》四〇期；〈起跑〉，《現代文學》四三期；〈享受這罪過〉，《幼獅文藝》二一九～二二一期連載。《摸索》集，向日葵文叢⑤，一九七〇年九月十號初版。子于有個未現全貌的長篇〈螻蛄〉，隨甫發行兩期就告夭折的《文學雙月刊》不見繼續。

❷ 胡適在一九一六年十月提出著名的「八個文學革命的條件」時，就有「精神上之革命」的說法。

❸ 夏志清〈文學革命〉，劉紹銘譯，《幼獅文藝》二一六期。

❹ 夏濟安在〈魯迅作品的黑暗面〉把這種文風歸因於魯迅的影響；這篇精采的論文收入《夏濟安選集》，新潮叢書之六，一九七一年三月出版。

和，然而沒有人像子于如此氣定神閒。他在短篇〈起跑〉裏說：

> 不過，跑完就是跑完，不再操心這些。若帶隊的或旁人看出什麼錯誤，或什麼不平，那是他們的事。我一向不跟終點裁判理論或計較什麼。

這段話似乎可以做子于人生觀的註腳。故事裏的主角「我」曾經苦練賽跑，是個得過獎的選手；可見子于並不忽視人生的努力。這就使得子于作品的人生觀值得品味。它不僅來自「成敗不足論英雄」的價值判斷，它更提昇成一種在既定的目標前，「竭盡所能，心安理得」的道德認同。在短篇〈瓷瓶〉裏，號稱瓶子王的女婿，自小被薰陶成出色的古董鑑評家，但是他由經驗和觀察，接受了生產技術進步的觀念。在瓷器店裏賣廉價的工業產品（「淨擺弄點子不賺錢的玩意兒」），他堅持：

> 作瓷瓶生意有飯吃，我得對得起瓷器。沒飯吃，也怨不得瓷器。更不能說我不懂瓷器。懂得就說懂得的話。不能為賺那口飯，就胡亂說好說壞。好的就是好，壞的就是壞。值錢不值錢，是另外一回事。賺錢不賺錢，就更甭提了。

故事裏說瓶子王窮得使太太多次要向古董商岳丈需索生活費用，圓滑的岳丈與瓶子王就形成有趣的對比。瓶子王的恬然處窮，就現實觀點而言，固然顯得迂闊（或說天真），但是這份迂闊出自一種既定的處世觀，正好屬於那種力盡而後心安的情況❺。我們可以看出子于的意態閒散，來自潛在的根深蒂固的社會順從❻的超越，形成一種隨遇而安的生活態度——一種意識上不再受社會價值觀念驅迫的自由自在。套句瓶子王的話說，乃是一種「不受人擺佈的成就」。

這份閒逸在短篇〈高處總是眼亮〉裏得到反襯。男主角「我」在缺乏起碼的思辯性（他

❺ 我曾想像，如果子于加上瓶子王的年齡已大，並且曾想學習工業製瓷器而力不從心，這種安排會使〈瓷瓶〉的主題較明白些。

❻ 社會順從(Social Conformity)在社會學家顧理(C. H. Cooley)的界定裏是：「社會順從可以界說為維持團體所訂定之標準。個人自願地服膺普遍通行的行為方式，此與消極的或強迫的仿效有其區別，因為後者出諸被動，作浮表的正式的模仿，依樣畫葫蘆，不求有功，但求無過而已。」語出 Human Nature and the Social Order (New York: Scribner, 1920)一文；譯文取自朱岑樓〈從社會、個人與文化的關係論中國人性格的恥感取向〉一文，《中華文化復興月刊》四九期。

是一個大學畢業生）生活裏，終於與女主角之平投入留學熱潮之中。他們假定了「拼著往上爬，就是一份樂趣，就是生趣。人的活頭」，然而所謂向上爬的「高處」，窮千里的「上一層樓」，都是社會價值架構裏認可的地位。他們的這份認可，是社會化(socialization)的結果。故事就此打住。在子于的嘲諷（如題目裏的「高處」兩字，像「拼著大煩惱去體驗大人生吧！」這類句子所流露的）裏，子于雖然對這份盲目的認可寄以同情，然而他無法掩飾他的不情願——「我」曾對之平的社會順從（填寫大專聯考志願時「能考高分，當然不志願低分」）表示：

> 我覺著有毛病，又想到這不是幾句話可以說明白的。
> 雖然心裏覺著有些話要說明白。

如果我們留意到中篇〈享受這罪過〉裏老師郁芬對方方歷史考試成績突出的心理反應，就更可以了解這點。郁芬不願意但也無法阻止頑劣學生方方改邪歸正，變為用功的學生，也進入那個她一直未得解答的問題（「人為什麼學歷史？」）所意含的人生碌碌循迴裏。

這種深植於心、難以改變的社會順從，與不斷迸現的性靈火花，形成了一種對既往時光自憐自艾的追念，沒有能如〈瓷瓶〉〈起跑〉般昇華成一種新的認可之後的豁達。〈山楂〉、〈嶺上〉也是很好的例子。然而最明顯的是〈瞎蒼蠅〉裏男主角酒後失態的一段：

我站起來，離開床，點點頭說：

「嗯！我知道啦！」

「你知道什麼？」

「我是個沒眼的大蒼蠅！」

「別胡說啦！」

我張開兩手學飛。

「嗡嗡嗡！飛到西，嗡嗡嗡，飛到東。飛呀，飛呀！轉著彎兒飛！打著滾兒飛。飛得多快，飛得多高。飛得輕輕飄飄。嗯！飛得心焦；飛得辛辛勞勞……」

光著腳丫在地上飛。嘴裏嗡嗡嗡地響著。

她撲來從背面抱住我，我的手張著，她叫：

「你不是！」

「我是！」

「不是！」

「是！」

我回臉看。一眼看到她仰著的臉。兩隻大眼睛閃閃發光。滿噙著淚水。有的流出來。

……

這是一段簡暢的文字。〈瞎蒼蠅〉與〈山楂〉、〈嶺上〉、〈火燒雲〉相似，把一個愛情故事嵌入近代中國的顛沛流離裏，因此整個故事對一個未譜成的愛情的追念（或對不完美的婚姻的抗拒心理），隱隱蘊育了近代中國人倉皇處世之後的悲涼基調。值得注意的是，子于的故事不管是否以愛情為支架，它的人物對其身世遭遇的自嘲，都沒有引起中國倫理架構裏的羞恥感❼。他們顯然只是自覺身不由己而已。這就是說，子于雖然（如我們前曾指出的）曾（在〈瓷瓶〉、〈起跑〉裏）嚮往於一種「不受人擺佈的成就」，可是他毫不深責於他的社會順從。雖然他所嚮往的那份意態飄然，不只於社會學上所說的社會不順從❽而已，它可以說

❼ 朱岑樓在〈從社會、個人與文化的關係論中國人性格的恥感取向〉裏，認為羞恥感是中國社會化的取向；見❻。

❽ 社會不順從(Social Non-conformity)相對於社會順從，指個人自備一格，與眾不同；見 L. Broom & P. Selznick 著，朱岑樓譯《社會學》一書，一九六七年譯者自行出版。

是近於中國道家的一份自得。所以做為一個教書教了二十多年的中學教員❾，子于雖然不斷的以臺灣中學教育為其題材，並對升學主義予以嘲笑（在〈高處總是眼亮〉、〈享受這罪過〉、〈艷陽〉裏，他曾熱切的提出他的教學心得），他總以一種近於寵溺的筆調描寫中學生的成長。這份純真雖然時或失之太不掩飾（如〈享受這罪過〉），但是確實與我們討論過的林懷民——言及教育問題則鬱悶則責任——有顯著的不同；這份差異，自然不僅來自小說觀點使用的不同。

所以與其說子于人物免於羞恥感的隨波逐流，是他私心神遊境地的退而求次的寬容與同情，不如說他注意到中國人的一種強韌的生命力。他們如何在無法抗拒的人生洪流裏，藉回憶以及不順遂的現實，捕捉一點純情男女的安慰。

由一篇以傅禺本名發表的隨筆❿看來，子于曾有意而且認真的讀過佛洛依德。這點發現，

---

❾ 子于在《摸索》集序裏自稱他在大學裏學的是礦冶，教書一教教了二十年。

❿ 根據隱地編的《五十九年短篇小說選》所載：子于本名傅禺，一九一九年生，籍貫河北，長於東北，是一位數學老師。據說子于任教於臺北市立建國中學。他以傅禺本名發表的隨筆有：〈不是刻薄〉，《文學雙月刊》第一期；〈不是胡扯〉，《文學雙月刊》第二期。本文指的是後者。《五十九年短篇小說選》曾收入子于的〈火燒雲〉大江叢書二一，一九七一年三月初版。隱地編的《五十八年短篇

使我們易於了解子于作品人際關係上的泛性論趣味⓫：〈起跑〉曾用童年經驗做為成年以後行為的契機；〈火燒雲〉的女主角曾做了意有所指的一場春夢；〈在岔道口〉的男學生曾出現亂倫傾向，而且明白觸及臺灣社會裏中學生的性教育問題；〈艷陽〉便出發自對臺灣中學生青春期尷尬的關切，那個闖事的男學生的自述裏，曾出現母——子——女友的感情糾纏。然而這些安排未見得皆能得心應手。一個較明顯的例子是〈瓷瓶〉：瓷瓶的模樣乃至瓶子王「摸」瓷瓶的動作足以構成（套句佛氏的說法）性錯亂(perversion)，寫來不能說不生動；但

小說選》曾收入〈艷陽〉；一九七〇年初版，大江叢書九。何欣主編的《中國現代小說選①》，紅葉文叢十一，一九七二年二月十日初版，曾收入〈高處總是眼亮〉。

⓫ 自然我們不必為中國近代小說的重視「性」，偏執的一味向佛洛依德乞尋根源。中國文學傳統裏自有一套可資玩味的情愛傳統。我們甚至可以在中國最早的詩歌總集《詩經》裏，看見一個性愛合一自由開放的世界。這種性愛合一的美，未見得是五四文人所看得出的；胡適在一九一七年十一月二十日夜致錢玄同的信上曾主張參照一時的社會風尚去了解「不以私相戀為惡德」的《詩經》，但是主張「今日一面正宜力排《金瓶梅》一類之書，一面積極譯著高尚言情之作。五十年後，或稍有轉移風氣的希望」。以轉移社會風氣為急務處世；錢玄同的回信上甚至有「從青年良好讀物上面著想，實在可以說，中國小說沒有一部好的，沒有一部應該讀的」的說法。所以子于及其同輩文人的不諱言性，自有其文學傳統中的位屬。這方面的討論已遠超出本文的範圍。

是因為瓶子王的私生活未見交待，這種泛性論的趣味是否有機的和全篇題旨相扣合，就有再商榷的必要。

我們可以由類似這種不經意流露的話裏，發現子于俏刻筆調下的男性自尊：

> 生物界好像都是母的引公的。（〈高處總是眼亮〉）
>
> 不知為什麼，直感到是女人催促前進，似乎看到是她推著男人。（〈山楂〉）

基於這種自負，子于愛情故事不解風情的男主角習慣於沈浸在（我們前曾指出的）身世感懷裏（如〈山楂〉、〈嶺上〉、〈瞎蒼蠅〉）；比起他筆下活潑、白淨、純情的女人，在情愛生活的爭取上，總是缺乏一種強烈的活力，顯得懦弱。所以〈瞎蒼蠅〉裏男主角酒後失態，〈鬼影子〉的男主角跳車尋死忽又逃生，〈高處總是眼亮〉男主角進入升學熱潮，〈山楂〉結尾處男主角的一聲大喊，都予子于私藏的男性自負極大嘲諷。相反的，這三篇小說裏的女主角無疑都代表了中國女性追求生活美滿的一股充沛的力量。〈火燒雲〉是目前子于作品裏的佼佼者。它的出色，首先在於採用了愛情故事裏女主角的立場（一反子于其他的愛情故事的男主角立場），壓抑了子于的身世感懷；在女主角遇見舊情人引起的回憶以及性的遐思裏，以一種性的喜悅的偽裝，描繪出卑微的樂觀的人的存在。它仍然不離近代中國人的流離背景，然而因人物觀點採用的不同，使得其身世感懷達到自身不察覺的狀況；由於這份不自知，才益發顯得有力。然後我們隨她所見所想來比較她的丈夫和舊情人，立即可以發現子于如何崇尚著一種昂然偉男人的存在。這個故事裏的「壞人」，是〈瓷瓶〉的瓶子王之外的、另一種男性自負的完成。子于在強調婚姻裏性生活重要性的時候，也不忘（如前指出的）對缺乏旺盛活力（不止於生存毅力而已）的男性自負（那個「正正當當過日子」的先生）予以嘲諷。

子于寫性，似一種人性事實的平淡陳述，實際上是潛意識裏對傳統禮教的反動。他擺脫了現實利害和禮教束縛，以一種恍惚美感的觀察，使它與暴力、罪惡、醜陋絕緣，並且洋溢著生的喜悅。我們可以在他掩飾不住的對中學生的寵愛裏（如〈艷陽〉、〈在岔道口〉、〈享受這罪過〉），看出他對青春年華與活力的喜愛。這是我們在子于的愛情故事架構（他的愛情男女總在倉皇流離裏，蹉跎了緣份）之中，可予注重的事實；雖然他在安排亂世男女重逢時，如果能刻意減少傳奇性的色彩（如〈山楂〉），將能有助於普遍寫實性的增強。

如果這些論點可以成立，我們將難以接受林柏燕對〈瞎蒼蠅〉的指責：「通篇充滿『往事只能回味』的情慾調調」⓬。如果我們一開始就急切地在子于的作品裏尋找道德教訓（以

⓬ 林柏燕〈評介子于的「摸索」〉一文，《幼獅文藝》第二一六期。

附合所謂「文藝的社教功能」），我們將難以發現子于私心典祭的飄逸之境，以及性愛喜悅表殼之下的悲涼基調。我們不由得想起朱光潛《談美》中的一段話⓭。

一件本來惹人嫌惡的事情，如果你把它推遠一點看，往往可以成為很美的意象。卓文君不守寡，私奔司馬相如，陪他當爐賣酒。現在我們把這段情史傳為佳話。我們讀李長吉的：

「長卿懷茂陵，綠莫垂石井，彈琴看文君，春風吹鬢影」。

……（筆者略）當時的人受實際問題的牽絆，不能把這些人物的行為從極繁複的社會信仰和利害觀念的圈套中劃出來，當作美麗的意象來觀賞。……（筆者略）它們在當時和實際人生的距離太近，到現在則和實際人生較遠了，好比經過一些年代的老酒，已失去它的原來的辣性，只留下純淡的滋味。

所以與現實利害保持適切距離，或可增進我們對人性本然面貌以及人生整體的觀察（不僅只美感而已）。

⓭ 朱光潛〈當局者迷，旁觀者清〉一文，收入《談美》書內；原開明書局《談美》臺灣翻印版。

當讀者被引導著把子于與海明威筆下的「無可奈何」相提並論⓮時，必需留意兩種「無可奈何」人生實感至少具有這種分別：海明威人生的無可奈何——且以《老人與海》為例——來自對死亡、戰爭、暴力等強烈對象的抗衡，以及其後的失敗。而失敗的原因，可能來自人的性格；比如：驕傲。子于人生的「無可奈何」乃是人生洪流裏個人不由自主的隨波逐流；即使如〈瓷瓶〉裏瓶子王的恬然處窮，以及女性追求情愛生活（包括性的滿足）的執著，手段上也是較緩和的，並非出自與有形的外在暴力的搏鬥。因個人性格導致失敗，或是子于所不及關切的。個人尊嚴的肯定，子于也缺乏悲劇英雄的色彩或影射。或許我們可以這麼說：比較上一種是西方的，一種是東方的。

子于的句子短潔⓯，頗能傳達他恍惚世界的悠閒。他斷句大膽。像這種句子：

若有人說，他的小說在領導人生，在教人怎麼活。顯然是瘋子，若有人說，小說必須怎麼說。他的腦神經一定也有毛病。（《摸索》序）

⓮ 尉天驄〈關於子于〉一文，收入《摸索》集，見❶；林柏燕〈評介子于的「摸索」〉，見⓬。

⓯ 隱地在《五十九年短篇小說選》裏說：「子于用字造句都極短捷俐落，很難在他的小說裏找到十個字長的句子。」見❿。

第一以及第三個句號顯然故意取代逗號或分號。這樣斷句可以表達思路的暫停，無可厚非的，但是像這種句子：（圓括弧裏的字是我添入的）。

（那個要介紹給我的女人）是（老李）太太的中學同學，她（指老李的太太）先說我們是最好的一對兒。（〈嶺上〉）

（我）叫她睡回床上，（她）卻用力抖開人的手。（〈嶺上〉）

（那個女人）不年輕仍然愛火紅色，（這件事）更惹起我的好奇，（我）挪動身子，放開眼界。（〈山楂〉）

由於人稱已省略，所以在人稱轉換的地方（如「她先說」、「卻用力」、「挪動身子」）可以用句點斷開（以使動作各有所屬的主詞）而不斷，固然可以表示幾個動作的時間間隔很短，但在上下文無法幫助的情形下，會顯得句子不穩。再舉個例子：

坐直身子，追著這一對背影，使我驚奇，驚訝。（〈山楂〉）

「使我」的主詞，明指「背影」以及下文描述的「女人……」這副打扮，顯然和「坐直身子，追著這一對背影」的「我」的動作不同屬。句子也不穩。（何不刪去「使我」兩字？）

我們對一位引人注目可是成就還沒有得到完全認可的小說作者的討論，無疑的表達了我們進入其作品之後的趣味與期許。

由幾個形構學觀點論歐陽子

愛好由來落筆難，一字千改始心安；阿婆還是初笄女，頭未梳成不許看。

——袁枚〈遣興詩〉

歐陽子的自選集《秋葉》，包括十三篇小說；其中有十篇取自她第一本自選集《那長頭髮的女孩》；這十篇小說在《秋葉》集裏，有七篇全部改寫，另外三篇也經修改❶。這一次

❶《那長頭髮的女孩》集，大林文庫二五，一九六九年十一月一日初版，一九七〇年八月十五日再版。《秋葉》集，向日葵文叢⑲，晨鐘出版社，一九七一年十月二十日初版。改寫的文章有的並曾易題；《秋葉》集〈作者的話〉裏有明白的說明，不再重覆寫在這裏。三篇沒收入《秋葉》集的作品是：〈小南的日記〉、〈木美人〉、〈貝太太的早晨〉。三篇新收入的作品是：〈秋葉〉、〈素珍表姐〉、〈魔

過濾，歐陽子表現了一個小說作者驚人的自省能力。從同一題裁的全新搭構，到部份文字的更動，我們看見了慎密分析與嚴格自律下，較為嚴整的藝術形式與戲劇效果。這些效果，更為接近她在《那長頭髮的女孩》自序裏娓娓陳述的寫作用心。這篇序言，可以看作她改寫或修改第一本選集的依據。其中值得注意的一段話是：

> 亞里斯多得(Aristotle)分析希臘古劇，談到「三條協律」(Three Unities)，我對此非常感覺興趣。我發現自己許多篇小說，恰好都符合了這三條協律。像〈網〉、〈半個微笑〉、〈那長頭髮的女孩〉、〈花瓶〉、〈浪子〉、〈最後一節課〉等篇，除了回憶的部份及背景的描述外，故事都發生在一日之內(Unity of Time)，發生在同一地點(Unity of Place)，而且情節是單一的(Unity of Action)。我不敢說我的作品因此就有古典的色彩，但我總是朝這方向努力，儘量給我的小說以一種協調的形式。

這裏提到的六篇小說都收入《秋葉》集，其中一篇並曾改換題目❷。如果我們憑藉亞里

女〉。

❷〈那長頭髮的女孩〉易題為〈覺醒〉。

斯多得的三一律去讀《秋葉》集，我們將會發現時間律(Unity of Time)與場地律(Unity of Place)遭遇許多違反。比如〈魔女〉，明寫的場地就有女生宿舍與桃園家裏（兩個場地）；〈秋葉〉則不止場地不限於宜芬家裏（有車房、阿里頓公園、林肯墓地……等兩個以上的場地），而且時間也明寫為三天。只有動作律被嚴格遵守。即使有〈美蓉〉、〈近黃昏時〉這兩篇有趣的例外，動作律仍然成為了解《秋葉》集的最佳途徑。

亞里斯多得在《詩學》(On Poetics)❸裏說：「悲劇為對一個動作之模擬，此一動作其本身係屬完整，完整中且具某種長度；蓋有種完整係缺乏長度者。所謂完整乃指有開始、中間與結束。」並解釋長度：「故事的長度一貫以作為一個整體的便於了解為限，美是構成其長度之理由。」解釋完整：「開始為其本身毋須跟隨任何事件之後，而有些事件卻自然地跟隨於它之後；結束為或出於自身之必然，或出於常理，跟隨於某些事件之後，而無事件跟隨於它之後；中間則必跟隨於一事件之後，而另一事件復跟隨於它之後。」❹動作律作為「亞氏有關戲劇構成之一條最基本規律」❺，是把藝術當作一種有機的統一體，並且為一種秩序的

❸ 所據中譯本為姚一葦譯註的《詩學箋註》，一九六九年四月二版，臺灣中華書局發行。

❹ 見《詩學》第七章；見❸。

❺ 見《詩學箋註》第六五頁姚一葦的箋；見❸。

表現(Art as order)❻。他要求情節架構為邏輯的、合理的，但是可以具有某些假設❼，並且允許恰當的插話 (episode)，使故事普遍的形式（完整的動作）延展❽。

我們必須對以上「動作」的含意相當了解，才能從這個形構學的觀點來欣賞歐陽子小說的一種特殊的美。除了〈近黃昏時〉以外，《秋葉》集全部採用第三人稱全能觀點。小說主要人物都必然在小說的第一段（或第一句）連同某些外在的行為出現。同時交代的是這個行為（小說動作的開始）的時間和場地。這個時間與場地的發展，就是我們掌握小說動作的憑藉。比如以下兩篇小說的開始：

> 慵懶地，宜芬倚蜷在舒輭的沙發裏，透過精緻的玻璃牆，望著屋外紅色黃色的楓葉，……（〈秋葉〉）
>
> 宿舍裏靜寂無聲。同房間其他六個同學，早已安然入眠。倩如可聽到她們輕微而均勻的呼吸。……（〈魔女〉）

---

❻ 見《詩學箋註》第八〇頁姚一葦的箋；見❸。

❼ 見《詩學箋註》第八九頁姚一葦的箋；見❸。

❽ 見《詩學》第十七章；見❸。

〈秋葉〉的動作可以說成：「宜芬等待敏生回家，企圖相機婉勸敏生與戴安娜停止往來（開始），敏生回家，兩人在同遊與傾談中引起激情，導致倫常關係的破壞（中間），中止了倫常的澈底敗滅，敏生離去（結束）」；〈魔女〉的動作則是：「倩如又一次發現美鈴與趙剛往來，引起內咎（開始），接信回家欲向母親致歉，母親透露對趙剛的痴戀（中間），倩如離開家（結束）」。在歐陽子小說動作的發展裏，時間與空間的轉換，是有一定順序的。也就是說，時空發展是定向而且連續的。故事裏其它所有發生在這個連續時空以外的敘述文字，就是所謂的「插話」。歐陽子在這些主要動作之上，加入插話，使得動作得以延展。這就是說，故事發展得以衍生到動作之外的時間與場地裏。相對於主要動作（包括表現於外的行為與在定向的，連續時空之內的內在思緒流動），插話必須相機地由主要動作引起，旁觀者(不是主角）第三人稱敘述觀點，並且必須對往後的情節發展具有制約的影響。這就是說，插話必須是不可或缺的，必須有機的屬於故事的邏輯架構的一部份。我們就《秋葉》集插話的性質，粗分為以下三類：

㈠做為背景的說明。比如：（引文中的圓括弧是我有意加上的，以示插話文字與圓弧裏主體文字的關聯。）

（……枯葉都已經堆積很厚，至少有三、四吋，卻沒人打掃，沒人理睬。）

這是美國中西部典型的深秋。也是宜芬來美國的第一個秋天。

（屋外，來往車輛異常稀少。）俄本納是個大學城，平常總有不少學生或教授的汽車來往。可是上週末起，感恩假期開始，學生們全部離城回家，與親人團聚。於是，這個城市，一下子冷清了下來。

（宜芬站起身……）（〈秋葉〉）

這些插入的說明，都在情節發展上具有影響。比如秋意的烘托，比如這段文字的「感恩假期」、「與親人團聚」等倫常關係的陳述，都含有反諷的意味。

㈡過去情節的追溯，以取代相關的主角的意識流文字。具有壓仰語調(tone)中激烈色彩的用意。比如：

（她想著呂士平。）昨晚，他們看希區考克的「驚魂記」，看到緊張的地方，他突然拿住她的手。他握她的手。直到電影散場。看完電影，他送她回家，在她家門口，他

吻了她。(〈素珍表姐〉)

……(他感到一陣難受。)

好幾個月前，李浩然心裏萌起一個念頭，這念頭曾縈繞著他，使他白天吃不下飯，晚上睡不著覺。……(〈最後一節課〉)

這些敘述做為情節的追溯，可能包括一些表現於外的行為，甚至對話(比如〈秋葉〉裏敏生臥病的一段，比如〈浪子〉裏宏明開始主動親近梧中的一段)，它仍是主要動作(有開始中間結束)之外的。它與主要動作相機的相互引起。

㈢具有明顯判斷意思的說明。它時常是全篇小說最後的急轉，然而有意合理地做為動作發展必然的結果。比如：

汪琪已用極大的代價，從習性的枷鎖中掙脫出來。但她究竟得到什麼?不過是把自己套進另一個新的枷鎖罷了。從今以後，她得努力去適應它；那麼，過些時候，她便又有一種新的「習性」可循了。(〈半個微笑〉)

……但誰敢說一切沒有改變?這全是為的他，而他竟有臉皮說他結婚，只因姐姐有錢。

而他竟在她耳邊絮絮低語，然後與姐姐上床睡覺。這不叫自私才怪！這不叫低賤才怪！住在姐姐寬敞漂亮的房子裏，他有什麼權利向她暗示他喜歡她，勝過姐姐？他又有什麼權利坐在她床上，對她溫柔？他扯離了相親相愛的姐妹，而在她們中間築起一堵牆，一堵看不見的牆，又高又厚，把心靈交通線完全截斷了。然後，嘴角掛起一絲隱約的淺笑，他毫不在乎地推卸掉一切責任。

（這樣一個人，難道就是我自己所喜歡，甚至愛上的人？我真喜愛他嗎？……）

（〈牆〉）

這種肯定的判斷，做為對於主要動作的說明，頗無周延的餘地。它也有取代相關的主角的意識流文字，避免激情的用意。因為主角「我」在第一人稱的意識流裏必然與情節有直接關係，如果讓主角「我」的意識流露於外，必有合於身份的感慨或喜怒產生。所以，這類插話如同第二類，乃至第一類插話，與其當做「說明」，不如當作意識流動的偽裝。它富於推理，合理性甚至可以掩飾了動作的時空與插話的時空之間的輪替。從另一方面看，在追溯或主體文字裏，有些語意判斷的句子竟是煙霧。比如：

這次，她終於完全戰勝了素珍。（〈素珍表姐〉）

她必須對這一切負責。（是她，把美玲和趙剛拉攏在一起；是她，給他們機會，要他們好起來的。）她的直覺果然不錯——……（〈魔女〉）

她終於從習性的桎梏中解脫出來了。從此以後，她的生活必定完全改觀。王志民無疑已把事情講開了，他那有不講的道理？以後，再也不會有什麼同學把她看成拘謹的好學生。假面目已經被扯下來了。……（〈半個微笑〉）

這種說明，往往是一種謬誤推論❾。它不是就在「告訴」讀者故事是怎樣怎樣，而是在導引讀者做錯誤的判斷，以為「天下本無事，庸人自擾之」。實際上它是小說重要高潮（最重要的那次急轉）的延後，一種故意的蘊而不發，使讀者在「釋然——驚訝」之中，受到一次一次沈沈的拍擊力。它與肯定的判斷一樣，做為歐陽子特出的敘述手法（以第三人稱全能觀點的敘述取代主角第一人稱意識流動），有時可以說是（構成小說動作的）小說主角人物的自我補償作用(compensation)。

❾ 亞里斯多得在《詩學》第二四章裏曾稱謬誤推論為「吾人虛偽構架的技術的適當方法」，並曾定義謬誤推論為：已知「若A則B」為真，誤以為「若B則A」連帶的也為真；見❸。

所以歐陽子的這三類插話不僅是說明事件而已。她在這些插話和上下文有效的銜接上，把插話當作第三人稱的意識流動。動作時空與插話時空交相遞進，使故事情節的發展合情理，形成一個完整的邏輯結構，並且具有冷靜理性的語言效果。脫離結構，獨立這些插話，沈浸於五四以來的激情主義裏去批評語言，是一種濫情(sentimental)。歐陽子疑似笨拙的「說明」，其實是另一種「演出」。我們不必囿於文字浮面的單獨的意義，以為小說一定要「演出」，而不能「解說」故事❿。歐陽子不但遵守了亞里斯多得情節結構居悲劇要素之首的觀念⓫，並且適切的利用動作律與插話，鋪排了亞里斯多得時代所未及見的心理小說。

如果我們平行比較〈花瓶〉與子于〈瓷瓶〉⓬這兩篇小說裏，兩個瓷瓶分別在兩篇小說裏的多重影射，我們將發現插話乃至人物性格有機性的重要。這兩篇小說描寫瓷瓶的模樣以及主角對瓷瓶的異常感情，都稱得上生動。瓷瓶都具有性器的影射，主角對瓷瓶的感情乃至愛撫動作都可構成一種（套句佛洛依德的術語）性錯亂(perversion)。〈花瓶〉裏石治川這種性

❿ 葉維廉在〈現象、經驗、表現〉裏曾提出這種主張。這篇論文收入葉維廉《中國現代小說的風貌》書裏，向日葵文叢二五，一九七〇年十月初版。

⓫ 見《詩學》第六章；見❸。

⓬ 〈瓷瓶〉，見《現代文學》第四十期。

愛身份是情節發展極重要的一部份，是一種性的不滿足以及嫉妒心理的病態外射。〈瓷瓶〉裏意態閒散的瓶子王扮演著一種生活上竭盡所能，心安理得的「不受人擺佈」的角色；不僅這種病態的性錯亂缺乏有效的前因，並且在情節發展上成為疑點：瓶子王的私生活未經暗示或交代，如果徒然用這些描述做為對岳丈以及社會價值標準反抗心理的外射，心理依據上就顯得脆弱。

除了用插話做為故事的急轉 (reversal of the situation)，歐陽子還利用了小說動作裏的對話，形成急轉。一個尖銳的例子是〈花瓶〉。馮琳對石治川的無情揭發，使得事實真相（也是故事的先決假設）迸現：

> 「好，那你就聽著！」她開始，聲音充滿挑釁。「要是你認為我不曉得你是什麼樣一個人，你就大錯而特錯！我眼睛可一點也不瞎！哦，我對你是太清楚了！你妒嫉我，妒嫉得像個瘋子一樣！昨天陳生打電話給我——記不記得？裝不知也沒用。當然你知道他打電話來！你知道，因為你沒事可幹，居然躲在門後偷聽我和他說話！你聽到我答應他今晚和他去看平劇。你真以為我不曉得？自從半年前陳生從美國回來，你就天天偷偷摸摸監視我，好像我們在計劃著什麼勾當似的。大概你猜想我們會私奔吧？對

不對?以為我們打算逃往美國?你要我說多少遍;陳生是我表哥,是我親戚!你真一點都不害羞?而最滑稽的是,你居然想盡辦法,想隱瞞你的妒嫉!就像一隻狐狸,想藏起自己尾巴!為什麼不做個男子漢大丈夫,乾脆阻止我和陳生來往?」(〈花瓶〉)

這種揭發,由於石治川的反應所意味的認可,使得整個事態立刻全盤了然。一種可想像的性格弱點:嫉妒,演變成病態,具有合理的邏輯的進展。並且這種迅雷不及掩耳的突發,使得情節的節奏,緊湊且富蘊變化。

做為一種急轉,用對話揭發(如〈花瓶〉、〈素珍表姐〉、〈魔女〉)或節制的插話(如〈最後一節課〉、〈覺醒〉),比起大量運用插話(如〈半個微笑〉、〈牆〉、〈網〉)或有意的迂緩(如〈秋葉〉),節奏上更為接近白居易〈琵琶行〉的一段描寫:

嘈嘈切切錯雜彈,大珠小珠落玉盤(開始)。間關鶯語花底滑,幽咽泉流水下灘。水泉冷澀絃凝絕,凝絕不通聲暫歇。別有幽愁闇恨生,此時無聲勝有聲。銀瓶乍破水槳迸,鐵騎突出刀槍鳴(中間)。曲終收撥當心畫,四絃一聲如裂帛。——東船西舫悄無言,唯見江心秋月白(結束)。

歐陽子在急轉之後，擺脫了「驚愕的結局」。她的人物在驚覺景物全非之後，有意而無力地企圖恢復舊有的秩序，捕捉殘存的自尊。當他們發現連起碼的自尊都無可回復時，才在頃刻間整個崩潰，或是立即苟安於表面上不曾變動的舊秩序裏。讀者既意會到主角即將進入的崩潰，又見到主角無助的最後掙扎，屏息等待之中，全篇小說裏的經驗層次遂產生交感，終於進入一種全然的整體的釋然於懷。這種緊張之後的舒坦與了解（「東船西舫悄無言，唯見江心秋月白」），使讀者積蘊的哀憐與恐懼[13]的情緒得以發散。這是歐陽子《秋葉》集一切藝術手法的最大目的（「頭未梳成不許看」）。〈花瓶〉裏用對立的人物無情的揭發真相，很顯然是受到卡夫卡(Franz Kafka)的短篇〈判決〉(Das Urteil)[14]的影響。

〈魔女〉的事實真相（母親對趙剛的痴情狂戀）也是利用對白揭發，並且也是故事發展

[13] 亞里斯多得在《詩學》第九章曾說：「悲劇不僅模擬一個完整的動作，而且模擬引起哀憐與恐懼之事件。」並在第十三章說：「……蓋哀憐起於不應得之不幸，而恐懼則由於劇中人與吾人相似……」；見[3]。

[14] 〈判決〉，張先緒譯，《現代文學》第一期；並經收入《絕食的藝術家》集，向日葵譯叢⑦，一九七〇年十月二十五日初版。

所暗藏的先決假設。但是它並非由對立的人物揭發，而是出諸母親的自況。在出現之前雖然已有暗示，可是暗示並非、也無法形成前因。這就是說，母親對趙剛一見鍾情（「唸大學時，我頭一次見了他，就知道我這一生，只能為他活著，沒有旁的什麼意義了。」）乃至變本加厲一往情深，乃訴諸一種本能的力量。做為一種假設，它有或然成立的可能。或說它是一種可能的不可能。歐陽子刻意強調這股原始狂野力量的強度，似乎無意賦予它的成因以邏輯依據。它既非一種普遍的性格缺憾，在此之前也缺乏合理造成的過程。邏輯性僅成立於倩如對事態了解的經過（主要動作），以及基於假設之後那股痴狂力量的變本加厲。我以為做為一個先決假設（而不只是急轉），這種可能的不可能，固然因驚訝感而增強了那股狂野的內發力量，但是其可信性較脆弱，是小說作者應予儘量避免的。

類似的討論可用於〈近黃昏時〉。麗芬病態的偏愛瑞威以及冷落吉威是導致一切事態發展的先決假設。王媽敘述裏的夫妻年齡差異並不足以支持麗芬強烈的偏執。在一切邏輯情節之前，這個事件本身缺乏解釋。並且它也並非一種普遍的性格缺陷。不過是一種或然的存在而已。基於前曾述及的理由，我以為這種假設也是作者應予避免的。

我們與其說歐陽子的小說注重小說人物心理分析，不如說她注重人際關係。《秋葉》集的每篇小說都在做人際關係的調整。她的小說人物由於偏執於自身內在性格上某項缺憾，而導致人際關係不可避免的(inevitable)變動。這是事實與本質上的狀況全非，因為表面上這些關連仍勉強維持著。實質變動而表面如常是歐陽子慣常的反諷手法之一。在這種反諷中，人的卑微的存在就呼之而出了。歐陽子的悲劇形式是：人類既知如何會更加擾亂其生存情境，卻禁不住自己去擾亂，而在自擾或自擾之後的妥協之中，覺察到全然的幻滅。

歐陽子人物的心理遞變，白先勇「自我身份的確定及印證」以及「愛的位移」⑮說得極為透澈。然而這種自我身份印證的渴求是壓抑於底層的，當它形諸表面，就以「仇恨——報復」的形式出現。從自我身份印證到仇恨到報復，這種心理過程，可以解說歐陽子大部份小說的人物：〈半個微笑〉汪琪的失足，〈網〉余文謹，〈魔女〉的母親，以及〈考驗〉美蓮與保羅的交往，報復的對象是自己；〈牆〉若蘭報復姐姐；〈浪子〉宏明報復蘭芳；〈素珍表姐〉理惠報復表姐；〈秋葉〉敏生報復他的「中國」父親。

歐陽子的人際關係十分單純。她的人物不僅「外貌的形容很少」⑯而已。她避免以人物的外貌、學識、籍貫、血統、習慣等，做為故事發展的依據（〈秋葉〉與〈考驗〉是例外，

⑮ 白先勇《秋葉》集序文，見❶；原載一九七〇年九月二十六、二十七日《中國時報》海外專欄，原來文題是〈評歐陽子的小說〉。

⑯ 見《那長髮的女孩》集自序；見❶。

它們考慮到民族差異〉。與卡夫卡的人物簡單化手法比較起來，卡夫卡的人物特徵亦少，但時或因其人物的社會活動（如〈審判〉、〈城堡〉）而略帶社會批判的傾向。《秋葉》集除了〈美蓉〉以外，社會批判隱而不現。然而他們不同程度的簡單化的結果，都能使人物存在於一種不訴諸某種特殊時空環境的基本生存架構上。卡夫卡關心人類個人與個人以外的環境之間的關係，那環境，不一定是某些特殊的人。比較起來，歐陽子較為專注於個人與其他人之間的關係。她無意以故事裏的「其他的人」，廣義化為一個卡夫卡式的，個人以外的一個整體。也就是說，她側重一種簡單，但是基本而重要的人際關係：父子、母女、夫妻、姐妹、師生等等。

〈美蓉〉所關心的仍是人際關係。然而它毫不掩飾它的社會批判。它流露了歐陽子對社會價值標準下社會順從(Social Conformity)的嘲諷。可予注意的三點技巧是：一、它在文首曾提供選擇：

人人都知美蓉是個十全十美的女孩子。人人都說，她自然，她大方，她真誠，她乾淨俐落。以前有過幾個人，不大同意大家的看法，說她自然得過分，流於虛假，大方得勉強，有點做作。可是這種矛盾的理論，經不起時間考驗，大家一聽，總一致搖頭……

(〈美蓉〉)

這裏「自然得過分」、「流於虛假」、「大方得勉強」、「做作」是隱而不見的歐陽子的意見。可是全能觀點的敘述者卻站在「人人」的立場。這點差距,使得小說的語調(tone)具有偽裝的平快,與作者本人實際上的憤憤或議論絕緣。二、它藉由旁觀者下了幾個明顯的判斷語。比如:

……而她確是超俗,確是與眾不同,因為她的所做所為,都是那麼一致地雅緻不凡。正如人人所說,美蓉就像淨化劑,就像美化劑,萬事萬物只要經過她摸觸,都變得乾淨俐落,都變得漂漂亮亮。

他知道美蓉和汪麗,確實是知心好友,而女孩子之間,有什麼話不可談呢!汪麗信任美蓉,美蓉決心不使汪麗失望,傷心,這只證明她高尚,厚道,又有什麼可怪的呢?

(〈美蓉〉)

這些判斷自然不就是歐陽子的。它是敘述者所代表的社會的評斷。在歐陽子的用心裏,這是一種愚昧，並且間接的表達了不同意。嘲諷是極大的。三、它注意到每個人物的心理發展。故事裏雷平、汪麗、張乃廷等人任美蓉擺佈，都有合理的過程。敘述者刻畫這幾個人的心理，目的在使他們「確實」被美蓉擺佈了。如果我們未曾留意歐陽子與敘述者之間的距離，我們會覺得歐陽子何忍心如此？歐陽子的價值標準上，這三個「厚道」的人固然無知，但也比既順應社會又自持聰明的美蓉，更值得同情。

另一篇值得討論的小說是〈近黃昏時〉。〈近黃昏時〉在《秋葉》集裏是個異數。它的不同處，在於觀點的運用與喜劇意義的出現。

它的觀點，不但是三個單一觀點（有異於歐陽子其它所有作品的全能觀點），而且每個單一觀點都是第一人稱（有異於《秋葉》集其它所有作品的第三人稱）。頗堪玩味的是：她在從《那長頭髮的女孩》集到《秋葉》集的過濾中，曾捨棄了三篇小說，而這三篇小說（〈小南的日記〉、〈木美人〉、〈貝太太的早晨〉）都是第一人稱一個單一觀點。這點選擇使我們發現歐陽子對冷靜推理這種方式的偏好。因為第一人稱的觀點人物無法超越其認知理解的天然限制，冷靜推理，較難達成。

〈近黃昏時〉的觀點運用，一個以上的第一人稱單一觀點，可以找到其它小說來比較。雖然（前曾指出）這個故事的先決假設可資訾議，然而在此假設之後的發展，都極合理。歐陽子力圖使讀者經由三個觀點人物多方透視之後，對故事發展的邏輯架構能予了解。她提供讀者較多的參與。它不同於芥川龍之介的〈竹籔中〉⓱或朱西寧的〈冶金者〉⓲，使讀者在歷經幾個敘事觀點之後，基本上對情節發展無法遽下斷言，只是覺得人性複雜，世事難斷，人生如謎。這種主題之障，其實是這種小說觀點，以及這種小說文字結構之障。歐陽子企圖克服這種障礙，凸顯事實真相。事實上，她做到了。

這篇小說可予注意的地方有三點：一、運用了黑體字。比如這是自成段落重覆出現的：

麗芬沒有兒子

麗芬沒有丈夫

麗芬孤零零一人

這些黑體字是《秋葉》集才換用的。上面所引的三句都出現在麗芬的意識流動裏。其效果是：讀者明知它發自一個婦人無聲的內心深處，卻彷彿可「聽」成一種狂野的呼號。這種

⓱ 這篇小說收入葉笛譯芥川龍之介《羅生門》集；仙人掌十九，一九六九年九月一日初版。

⓲ 這篇小說收入朱西寧《冶金者》集，向日葵文叢四四，一九七二年四月三十日初版。

內發的聲音低啞得足以「說」盡婦人孤獨自憐之外的，強化了的性愛渴求。並且當這種無聲之聲第二次出現，立即在讀者寂靜之意識領域裏，產生「迴響」。

其它兩處黑體字分別出現於麗芬看余彬，以及吉威的回憶裏。它們都陳述人物（麗芬或吉威）強烈不情願的事件。它們並且曾刪去標點，使語氣急促，表示敘述者急欲結束這種引起不快的陳述。這種用意，也出現於吉威與余彬的對話。這是我們可予注意的第二點。比如：

余彬你為什麼一直躲我

我沒躲你余彬說

為什麼整個禮拜不來看她

我忙余彬說

這種壓抑的聲響，同樣暗示了潛藏的狂野的力量，一種引起讀者恐懼感的病態偏執。這種有聲之靜，與麗芬的無聲之響不僅形成對比，並且這種異常的聲響，符合了兩人的特殊性愛身份，使以後兩人意識之外的狂亂行為，有合理的預塑。時間安排是我們可予注意的第三點。在王媽的敘述裏，有麗芬與吉威都未提及，卻是由他們分別完成的動作：

……卻瞧見太太從房間裏出了來，……我邊拉邊哄，費了半天勁，才把太太哄進她房裏。……

……陡地看到吉威頂頭衝了出來。……我大喊，追出籬笆門，可是那裏還看到吉威的影子。

麗芬在「王媽的聲音嚇了我」以及「吉威跑的那模樣」之後，只知自己「彈出了沙發外」，卻沒有意識到自己曾（如王媽所追敘）出了房門，曾嚷，嚷了還哭，還叫了余彬的名字。吉威只知道「……王媽正在關籬笆門。突然我明白他已經走了。」這段文字暗示吉威曾經發了一陣子呆，發呆之中「突然」明白余彬已離去。以後的行為，完全成為這「突然明白」的直覺反射：（如王媽所追敘）曾回房拿（雕木條兒人的）刀，衝倒王媽，砍了余彬。

王媽的敘述是次日（「對面阿娟剛才告訴我，昨天余彬中的幾刀……」）的追敘。麗芬的敘述且與追殺事件，時間上產生重疊(overlap)。麗芬與吉威敘述中所「漏掉」的追殺事件的部份，都發生於他們的意識之外。他們都一時處於狂亂的狀態。追殺事件是個重要的高潮，但它已發生在文字之外的時間裏：它緊接前兩部份發生，而完成於第三部份之前。王媽的追敘並曾交待了追殺以後的事件。在王媽的敘述裏，前兩部份逐漸明朗化事實真相所產生的陣拍擊力，仍然會合成恍然大悟，而誘使讀者進入全然的感境。

我們很容易說王媽的喜劇成份不過是歐陽子慣常嘲諷手法的煙霧。而〈近黃昏時〉烘托出余彬的冷冽與遠不可及，則確然為歐陽子小說裏罕見的喜劇意義。他自覺性的自現實迷亂環境中退出（而「進入」到一個遠遠的地方——臺中——去，去找個女孩子結婚）雖然被吉威一刀打住，但（因為割傷的位置偏了「一丁點兒」，不致變成「半男人」）並未中止，這種自覺性的退出，乃至另行進入，微洩了歐陽子吝於流露的人類希望的肯定。它毋寧說是自我身份印證的「一丁點兒」完成，而大大有異於歐陽子悲慘的人際關係裏卑微個人的幻滅感。它有尼采那種「人生是一面鏡子。到它的裏面去找尋我們自己，便是我們應該努力的第一目的。」⓳的凜然與孤獨。它是一種自覺，一種肯定。並與〈美蓉〉一樣，使我們對不諱言分析探究人類行為動機的歐陽子，伊森・白蘭德⓴的憂慮，一掃而空。

⓳ 見劉崎譯尼采《上帝之死》，新潮文庫十四，一九六九年二月初版。

⓴ 〈伊森・白蘭德〉(Ethan Brand)是霍桑於一八五〇年寫的一篇心理小說。朱立民在《美國文學》第八章〈清教徒後裔霍桑〉的第五節敘述這個故事說：「伊森・白蘭德是一個年輕的石灰窯工人。石灰窯的工作是孤獨的，伊森守著窯的時候，有許多時間讓他沈思。他想到每天晚上在酒館裏消磨時

個別分析比較歐陽子改寫或修改前後的作品，尤其是結構重建的得失，應該是一件很具啟發性，但需要更大細心與學力的工作。本文力不及此。但是我就〈近黃昏時〉在前後兩稿的文字更動，粗略歸納成三類，企圖能更加暴露歐陽子的機心。這或許是有志於此的朋友，可以參考的一種方法。選擇〈近黃昏時〉，因為它是《秋葉》集裏改動得較少的一篇。

間的那群無聊的人們個個都有罪過，但他們的罪惡似乎都有限得很，到底什麼樣的罪，才是不可饒恕的罪(the Unpardonable Sin)？他想知道。於是他離開了家鄉去探訪研究，一去就是十八年。這期間，他的所見所聞極廣，智力發達得驚人，每遇到一個問題就非究其極不可，他尤其注意別人心裏的祕密。他在追蹤不可饒恕之罪的過程中，他的腦筋是發達了，可是他的心卻萎縮和硬化了。他失去了人性，變成一個冷眼的旁觀者，人們成為他的實驗品。搜求答案變成他唯一的目的，做為實驗品的人的遭遇不再是他關心的事。經過十八年的訪問、思考、實驗，伊森・白蘭德終於發現了不可饒恕之罪原來就在他自己的心裏，於是他踏上歸途，在一個夜晚回到他自己以前工作的石灰窯上。第二天早晨，工人在窯內發現一具屍骨，它的心居然未被燒掉，原來那是一塊石頭！」並曾如此評論：「所謂不可饒恕之罪就是同情心的喪失；人類手足之情的否定，自我主義的高漲——當一個人的智力(mind)的發達消滅了他的心(heart)的良知時，一種孤傲狀態就此形成，而導源於此的罪惡就是不可饒恕之罪。」；《美國文學》，一九六三年五月初版，臺灣聯合書局發行。美蓉（而非歐陽子），就犯了這種不可饒恕的罪。

第一類，作者有心凸顯余彬——吉威——麗芬之間的性愛衝突。她更加「突破了文化及社會的禁忌」㉑，把性愛衝突自潛意識層，提升到意識層來。（以下註明的頁數，都是《秋葉》集的頁數。方括弧內是《秋葉》集裏新改的或新加入的文字，圓括弧內是被刪去的文字。）

①第一一七頁，第六行。

……我說，〔「讓我們再做一次——最後一次。」〕（直著眼睛看他。）余彬把玩著門鈕，〔不回答，〕站著不動……

②第一一八頁，第七行

……就是在我們親熱〔做愛〕的時候……

③第一二九頁，第三行與第四行

㉑ 見⑮。

〔難道你只是利用她證明你能〕

〔余彬不回答〕

④第一三〇頁，第四，第五，第六行

（讓我們忘記這一切到我房裏來我說）

〔我們天生如此讓我們接受了自己〕

〔余彬面色蒼白〕

〔來余彬到我房裏來我說〕

⑤第一三〇頁，第十二行

（我沒動沒鬆手）

〔來余彬到我房裏來〕

⑥第一三一頁，第五行

（……終身殘廢了）

〔變成個「半男人」了〕

⑦第一三四頁，第十行

「……是永福的兒子。」〔太太說她不想再生孩子，便讓大夫把她輸卵管紮了起來。〕

第二類，如作者在《那長頭髮的女孩》集自序所說的：「我寫小說，非常注重簡捷。」

⑧第一一八頁，第六行

……總使我（迷惑得很）〔不解〕。……

⑨第一一八頁，第七行

……好像他不〔再〕是他自己……

⑩第一二〇頁，第九行

……。而余彬像入了神，（我能看見他瞳孔裏的榕樹的縮影。）〔朝榕樹方向望著。〕

⑪第一二〇頁，第十一行

……，他說（。他已收回眼神），定睛看我。……

⑫第一二一頁，第一行

……猛地揪住他（的）擱在沙發椅背的手。……

⑬第一二一頁，第四，第五，第六行

〔我抬頭看余彬，這才發覺他已經把被我揪著的手抽走。〕〔余彬把手抽開。〕又聳了聳肩膀。〔「這和他無關。」他說。〕

〔最後一線希望也熄了。〕

〔「……我真的該走了。」〔這是他的回答。〕他說。〕

⑭第一二二頁，第十行

……〔許久他沒對我這般溫存。〕〔像以前那樣溫存。〕他的眼睛變得〔很〕〔灰〕黯。

……

⑮第一二三頁，第七行

……背影〔離去〕。……

⑯第一二六頁，第九和第十三行；第一二七頁，第四行；第一二八頁，第五和第十行

……（我說）

⑰第一二七頁，第一行

……（嘴）〔唇〕上。

⑱第一二八頁，第一行

……（她使你）〔你將她〕……

⑲第一二九頁，第十五行；第一三〇頁，第一行

忽然我〔再也忍不住，〕拉……

⑳第一三一頁，第四行

……〔大腿間裏〕〔下腹〕……

第三類，充份顯示了作者加強嘲諷的用心。這一類，可包括第⑥項。

㉑第一三二頁，第四行

……骨子裏卻有點俠氣〔呢〕。

這種對比的討論可能會有力的支持這項發現：歐陽子確如所自期的免疫於濫情主義(sentimentalism)。這種免疫，確能使小說作者自其作品中抽身而退。當其冷然的站在一個較遠的距離之外重行視審作品的全盤形貌，以及重行自況為一個懵然的讀者從頭進入作品，在近處仔細推敲之中，得以對大處結構形式，以及細部句法詞字，完成反覆破壞與反覆實驗之後的全新滿足；並即再度擺脫而抽身退出。這種反覆的自我要求，實是肯定一個小說作者藝術生涯的首要標準。所以當托爾斯泰盡棄其一切感傷情調，並輕蔑稱其為「這種浮泛的女性的，只知流淚的感情」之後，立即開始進入了一種嶄新的藝術境界㉒。這種揚棄，與其說是作者張開矇矓之眼洞察人生的開始，不如說是作者無止休自我煎熬的開始。這種煎熬，可喜的在歐陽子的藝術用心「一字千改始心安」上出現。

歐陽子《秋葉》集在結構上屬於戲劇小說，在題材上屬於心理小說，在企圖上關心人際關係。做為一個自覺性的小說作者，她透過這幾種用心，確在中國近代小說裏自成格調。

（「阿婆還是初笄女」）

㉒ 見羅曼羅蘭《托爾斯泰傳》，莫野譯，樂天出版社，一九六八年五月二十日出版，第十七及第二十五頁。

附錄

歐陽子的讀後意見

歐陽子在一九七七年四月三日臺北《中國時報》發表〈自己的一些文學觀念——致高全之書〉，回應拙作〈由幾個形構學觀點論歐陽子〉。同年四月三十日，她寄了那篇文章的影本給我，並附信說：「我那篇〈致高全之書〉，《中國時報》擅自改題為〈自己的一些文學觀念〉，我覺得不大好。」當時我畢業在即，急於謀職，忙中回了信，告訴她我會寫篇短文接續討論她提出的四點意見。她的文章和信件都小心保存著，可是我輕諾寡信，把這事耽誤了二十年。

歐陽子其實已為第一、第二個問題自做了圓滿的解答與澄清。在小說裡辨明觀點的實際運用，常需附加條件，點明例外，有技術上的複雜性，不一定是很容易的事。她對拙文的指正，非常值得讀者參考。第三個意見並不表示我們有衝突對立的看法。拙文說：「這種心理過程，可以解說歐陽子大部份小說的人物」。大部份並不等於「全部」。所以她列舉幾個反例並不證明我的說詞有誤。第四點意見我完全接受她的異議。判定作家之間的影響，還是尊重受評者自己的意見比較好。雖然在特殊的情況裡，文評家可憑藉充足的證據來堅持與受評者相悖的論見，就拙文這個案例而言，我沒有固持己見的理由。

收錄到歐陽子這篇文章令我十分欣慰。拙文之對錯固然要緊，關心歐陽子小說的讀者得以參閱她親撰的對自己作品的解析，更為重要。以下是該文的全貌：

自己的一些文學觀念

——致高全之書

歐陽子

全之：

你的信已收到兩個多禮拜，大作《當代中國小說論評》一書，亦已收到一週有餘，卻因我們全家最近輪流感冒發燒，忙亂一陣，擱延這些天才回信致謝，真是抱歉。你這本書，紙張、印刷都不錯，裝訂也好，錯字有一些，但相信再版時能夠全部改正過來。我尚未逐篇細讀，只大略翻過一遍，覺得實在不錯。你那種追求「精確」的批評態度，與聯想力之豐富，還有批註之詳盡，參考資料之齊備，都堪為楷模。希望你在研究Computer之餘，千萬別埋沒了你在文學批評方面的才能。

你評論我的小說集〈秋葉〉那篇，我卻又細讀一遍，再度被你的認真批評態度所感動。許多見解都很好，不是一般讀者都能領會的。然而我有幾點意見，想趁此和你討論一下。

一、有一句你說：「除了〈近黃昏時〉以外，〈秋葉〉集全部採用第三人稱全能觀點。」我找出《現代文學》四十八期，和你這篇的原文核對了一下，發現你把原文的「單一觀點」四字，改成了「全能觀點」。其實我小說中採用的觀點，不宜稱為「全能」觀點，雖然也不是第一人稱式的單一觀點。我的確以旁觀者的身份或立場，客觀描述小說裡的人物（包括主角）與事件，可是一涉及小說人物的主觀意識，或對事件的價值判斷，我是絕對的採用小說主角的單一觀點。所以，比如你所例舉的〈素珍表姐〉中之「這次，她終於完全戰勝了素珍」等語，與其說是一個全能敘述者故意放的「煙霧」，不如說是小說主角當時對於自身處境的全然誤解。我為了遵循主角的單一觀點，當然不能穿插進來干預或解說，而你提到的「蘊而不發」、「高潮延後」等效果，正是我的企圖之一。我小說的興趣所在，是呈現與表達一個人自我覺悟的心理過程，所以採用單一的意識觀點是比較適當的。小說中許多可引致謬誤推論的敘述，正符合並反映小說主角當時對他自己處境的錯誤認識；我想我是存心讓讀者跟著我的小說主角，一同經驗覺悟的歷程。（你論文中提到我的敘述手法「有時可以說是小說主角人物的自我補償作用」，又說可以「當做第三人稱的意識活動」，大概也就是我的意思吧！其實，如果有了這一瞭解，稱它是單一觀點或全能觀點，都沒關係。）

二、你說：「歐陽子的人際關係十分單純。」這句話容易引起誤解。如果把「單純」二字改成「複雜」，我覺得還適當些。當然我知道你的意思，我的小說人物少，寫夫妻，或母子，或母女，或姐妹，多是具有單純親屬關係的人。可是牽牽絆絆的感情，愛恨糾纏的關係，卻十分不單純。

三、你認為我的小說人物，在潛意識裡追尋「自我身份印證」，但形諸表面時，卻以「仇恨——報復」的形式出現。你因而推論道：「從自我身份印證到仇恨到報復，這種心理過程，可以解說歐陽子大部份小說的人物……〈魔女〉的母親……報復的對象是自己……〈秋葉〉敏生報復他的中國父親。」

人對自我身份的辨識，確實是我小說的一大主題，而仇恨和報復，連同其他感情糾結，也確在我小說人物的相互關係中蘊育出現。但這之間，並不見得有必然或直接的因果關聯。比如〈秋葉〉中，敏生以極大代價，終於獲得了他多年來一直在追尋的答案——他辨識了自己，確定了自己是母親，而非父親。換句話說，他終於在母親身上，尋得了「自我身份印證」(self-identity)。然而他對母親，滿懷溫柔的情愛，並沒有過仇恨、報復的心理。（我們甚至可以假設，他後來愛上後母宜芬，原因之一，即她是他的「母親替身」。）至於你說敏生報復他的中國父親，我們若從潛意識心理學觀點來論，我想你說得極對。但問題是，敏生根本不和父親「認同」，所以這似乎不能支持你的推論。我這樣說，可能不大清楚，希望你能懂得我的意思。

至於你說「〈魔女〉的母親，報復的對象是自己」，單就這句話本身來說，當然是對的（因為她必有「自虐狂」），但這也同樣不能支持你的假設推論。〈魔女〉一篇，最受一般人誤解的一點，即認為魔女——母親——是此篇之主角。尤其如果要把這篇小說當做「心理小說」來看，主角必定是倩如，絕對不是母親。我最關心要表達的，是倩如的自我覺悟的過程（你在論文的另一段，也正確指出倩如對事態了解的經過，是「主要動作」）；母親一角，是「靜止」的，一點「發展」「改變」都沒有，這篇小說的最大悲劇，在於倩如永遠不可能辨識她的自我身份，因為她永遠不能確知自己的父親是誰。（照我的看法，要是能夠確知是趙剛，事情還沒有這般可怖。）母親一角的功用，主要是製造急轉之戲劇效果，我完全無意分析她的心理。你說她痴戀趙剛的心理狀態，可信性較脆弱，我完全同意。

四、你說：「〈花瓶〉裡用對立的人物無情的揭發真相，很顯然是受到卡夫卡的短篇〈判決〉的影響。」全之，我覺得你寫論文，可以避免下這種結論，因為太冒險。或者你可把「很顯然是受卡夫卡〈判決〉的影響」改為「使人聯想起卡夫卡的〈判決〉」，就安全得多。事實是，我寫〈花瓶〉，並沒有受卡夫卡的影響。

我「吹毛求疵」了這許多，請你不要在意，也請不要誤以為我覺得你評論得不夠好。反之，你討論〈花瓶〉、〈美蓉〉、〈近黃昏時〉都貼切精彩，論得很好，叫我自己說，也不見得說得出來。我在〈那長頭髮的女孩〉中寫的「自序」，今日讀之，我十分不喜歡，覺得不對勁。像亞里斯多得的「三一律」等等，實在扯不上，也不適合運用在小說創作上。其後我寫的幾篇小說，以及後來為了出版〈秋葉〉集而改寫的幾篇，我就不大遵從「時間律」或「場地律」。然而你提到我嚴格遵守「動作律」，使我非常高興，因為在一篇小說裡呈現單一而完整的「動作」(Action)，正是我的目的。

我將慢慢細讀你這本論文集中的其他各篇。先讀你所討論的作品本身，再參閱欣賞你的闡釋與分析，一定收益更大。司馬中原的〈狂風沙〉可惜我沒看過，你好像論得有聲有色。該讀的書實在太多，而我眼力衰弱，真沒辦法。即祝

安好

歐陽子上

一九七七年三月十二日

張愛玲的女性本位

一

文評家已經看出張愛玲短篇小說裏：「概乎言之，寫的是怨偶之間的殘缺關係。換言之，作者翻來覆去所吟唱的，無非是不幸的婚姻……」❶；進一步的說法是：「……但是張愛玲所寫的決不止此。人的靈魂通常都是給虛榮心和慾望支撐著的，把支撐拿走以後，人變成了什麼樣子——這是張愛玲的題材。」❷雖然多少已有涉及，但是仍然沒有人明確指出張愛玲

---

❶ 見水晶〈象憂亦憂、象喜亦喜——泛論張愛玲短篇小說中的鏡子意象〉一文；該文見《中外文學》雜誌第一卷第二期。

❷ 見夏志清〈張愛玲的短篇小說〉一文；見文末附註。

短篇小說——乃至張愛玲世界——的最大關切：在急遽變動的以男性為中心的中國社會裏，中國女性的地位與自處之道。事實上即使在處理較大的題材如長篇〈秧歌〉和〈赤地之戀〉時，她也未曾掩飾這種關切。

張愛玲故事裏急遽變動的中國社會主要以一九五〇年代的上海與香港為縮影。中國社會變動整體而豐富多姿的面貌，被側重於社會經濟架構與家族倫理綱常雙重崩離的現象，與相互關係——往往是前者的崩離導致後者的。這自然不僅因為故事環繞的中心是女性，實際上這是這些女性角色意識上囿於傳統「內言不出，外言不入」的深府內院的處境。她們對環境的注意都止於本身所屬的親族關係、愛情、婚姻——連帶的是生計問題；她們對前方軍事、政情、當代思潮等都漠不關心。然而即使意識活動的領域如此窄狹，她們在爭取本身利益上，對各自附屬、被動、受制、乃至受欺凌的社會地位，仍然各別表現了不同形式和程度的妥協，或反抗——時常是不當且無效的。

值得注意的是：張愛玲故事裏一貫的女性本位，始終沒有產生相關的決絕的人生結論；不但如此，它們甚至未曾對此做過努力。由此推及至作者本人，她也始終沒有在當時個人主義沖激、女性自強自立意識抬頭的思潮裏，標榜過任何旗幟鮮明的主張。從一篇直見性情而思路凌亂的散文〈談女人〉看來，當她抽離而且廣泛討論這個問題時，甚至產生幾分迷惑——

這篇散文由男女不平等的環境歸結到女性本身的缺憾與矛盾，以及缺乏對不平等主動反抗的意識，又由此而（不得不）提出女性的種種美德。她注意到種種社會現象，但是在歸納原因與尋求改善之法時，顯得混亂。如前所述，這種迷惑在她故事裏的女性身上從未出現，她們根本未曾嘗試思考整個問題。張愛玲的人物大都缺乏深遠哲學性思辨能力及習慣，然而各別具有獨立自足的生命。作為一個小說家——而不必是社會學家或哲學家，她在一種傳統中國女性的視野上，捕捉著生動傳神的故事；在後期一些傑出的作品裏，並且觸及了意味深遠的人生意義。我們考究張愛玲作品的這種社會性色彩，應該是件富有趣味的事❸。

二

除了根據性心理學搭構的三個短篇——〈沉香屑——第二爐香〉、〈心經〉、〈年輕的時候〉——以外，她故事裏的家庭總支撐著一個搖搖欲墜的倫常關係。家庭成員之間不僅缺乏

❸ 這會使得水晶所說：「……她是一位風格作家(novelist of social manners)，對於民俗學的考證，其仔細和珍重，令人嘆服」，具有更深一層的意義。水晶〈讀張著「怨女」偶拾〉一文，見〈幼獅文藝〉一六四期。這篇文章收在水晶散文集《拋磚記》，三民文庫五四，一九六九年七月初版。

一種共存共榮感(we-feeling)，而且往往因為利益衝突而彼此傾軋。在弱肉強食的尖銳人際關聯裏，她的女性往往在婚姻上處於兩類劣勢處境。

第一類：女方家庭以女主角的婚姻為增進社會關係或經濟來源的工具；當這個婚姻遭到挫折時，女主角即遭到排擠與冷落。〈傾城之戀〉裏白流蘇遇人不淑，離婚回娘家住——〈琉璃瓦〉裏姚靜靜婚事不順心，回娘家訴苦；這一段訴苦顯示了回娘家除了是實際上的需要以外，還有另一層諷刺的意思：「啊！爸爸！爸爸！你要有個三長兩短，可憐你這苦命的女兒，叫她往那兒去投奔？我的事，都是爸爸給安排的，只怕爸爸九泉之下也放不下這條心！」——，私房錢參與兄弟的投機事業蝕光，遂進入孤立的狀況。這種孤立有著表面的平靜：

……白流蘇坐在屋子的一角，慢條斯理綉著一雙拖鞋……

當她平淡的表示了一次有骨氣的關於本身事情處理的意見後，卻十分緊張：

……她若無其事地繼續做她的鞋子，可是手頭上直冒冷汗，針澀了，再也拔不過去。

再看兩回受氣的反應：

流蘇氣得混身亂顫，把一雙綉了一半的拖鞋面子抵住了下頷，下頷抖得彷彿要落下來。

……

白流蘇在她母親床前淒淒涼涼跪著，聽見了這話，把手裏的綉花鞋幫子緊緊按在心口上，戳在鞋上的一枚針，扎了手也不覺得疼。小聲道：「這屋子裏可住不得了！……住不得了！」……

綉鞋面——中國傳統婦德所包括的女紅之一——這個行為，可視為現實生活裏的一種退縮：一種完全被動、聽任支配的生存狀況的縮影。白流蘇「沒念過書，肩不能挑，手不能提」，自覺缺乏獨立謀生的技能，意識上處於「找事，都是假的，還是找個人是真的」的狀況。短篇〈花凋〉更明白的指出許多中國家庭囿限於門第觀念，以婚姻為女性唯一的人生前途；於是一切的人生訓練都以此為依歸：

……可是她的家對於她實在是再好沒有的嚴格的訓練。為門第所限，鄭家的女兒不能當女店員、女打字員，做「女結婚員」是她們唯一的出路。在家裏雖學不到什麼專門技術，能夠有個立腳地，卻非得有點本領不可。鄭川娥可以說一下地就進了「新娘學校」。

白流蘇這種寄生的漫漫黑暗前途被徐太太的一句話：「我替你留心著」——〈花凋〉裏相對應的是鄭川娥的姊姊介紹章雲藩——擻示了一道希望之光，終於發展成奮爭愛情的故事。與白流蘇的遭遇比較，鄭川娥因病而失去婚姻，病而致死，似乎是一種人力無法挽回、無可厚非的不幸。事實並非如此。〈花凋〉文首有段墓碑上的文字——張愛玲明白點出了「全然不是這回事」：

……川娥是一個稀有的美麗的女孩子……十九歲畢業於宏濟女中，二十一歲死於肺病。……愛音樂、愛靜、愛父母……無限的愛，無限的依依，無限的惋恨……

男性社會這種哄騙裏傳佈著教訓。在「愛父母」這一教訓之下的現實是：鄭先生鄭夫人後來雙雙不肯再出錢給親生女兒鄭川娥治病。我們由此看出鄭川娥比白流蘇更大的不幸——

她根本接受了本身的隸屬地位：

> 太丟人了。一定要她父母拿出錢來呢，她這病已是治不好的了，難怪他們不願把錢扔在水裏。這兩年來，種種地方已經難為了他們。
>
> 總之，她是個拖累，對於整個的世界，她是個拖累。

第二類劣勢可以〈金鎖記〉與〈鴻鸞禧〉為一組例證。〈金鎖記〉裏姜公館雖然是從「深堂大院」萎縮成「擠鼻擠眼」的大族，但是對「家裏是開麻油店的」曹七巧仍然瞧不起。這種優越感特別在兩個丫頭的對話裏流露無遺：

> ……鳳簫道：「你是她陪嫁來的麼?」小雙冷笑說：「她也配！我原是老太太眼前的人……」

這種處境，〈鴻鸞禧〉裏玉清在婁家裏也面臨到。兩個小姑的對話毫不留情：

……二喬道：「你跟崇倩梨倩很熟麼？」四美道：「近來她們常常找著我說話。」二喬指著她道：「你要小心。大哥娶了玉清，我們家還有老三呢，怕是讓她們看上了！也難怪她們眼熱。不是我說，玉清那一點配得上我們大哥？玉清那些親戚，更惹不得，一個比一個窮！」

與《金鎖記》表面上正好相反：妻家是「近年來方才『發跡』的」，而玉清則來自「凋落的大戶」。然而它們同樣是現況裏尖銳的貧富對比。尤有甚者，這種對比不會因為曹七巧的滿嘴「村語」或玉清的「有學問有見識」而在基本上有所不同。因此第二類劣勢可以說是：當財富變成唯一的價值準繩時，女性婚後在男方家族裏被視為卑劣的闖入者，以及婚姻被視為女方家庭高攀男方家庭的工具——事實上玉清的五個表妹以及曹七巧的兄嫂正沈浸於此——都是不可避免的。我們曾以《傾城之戀》與《花凋》為例指出，當婚姻受挫，這種功利主義所加於女人的欺侮。勢利的現實在社會經濟結構變動裏顯得自然。張愛玲注意到：中國社會裏，婚姻往往講求門當戶對，衡量門戶的準繩總不離權勢和財富；這種婚姻往往在開始，就註定了不幸。

三

固然笑貧不笑娼的社會勢利現實對婚姻已有侵犯，張愛玲世界裏婚後的不幸，主要在於夫妻間愛情的欠缺。雖然我們沒能從〈鴻鸞禧〉的故事結尾——玉清新婚次日——得知玉清婚後乃至終生的遭遇，但是我們可以留意到故事裏另一主要人物婁太太。除卻描寫婁太太在婚姻裏微妙的心境以外，這個意象準確的說明了婁太太的婚姻：

> 玻璃底下壓著的玫瑰紅平金鞋面亮得耀眼

故事裏這個鞋面的鞋口還沒有滾完。「壓」字使殘缺的婦德與受制的自我交錯混合。反襯字「亮得耀眼」使這種雙重欠全，染上淒慘色彩。足資玩味的是其中被動、等待的意含。忍耐、委曲求全一向是中國婦德的要素。張愛玲筆下只有〈半生緣〉裏沈嘯桐太太苦等到病老疲乏的丈夫，其它沒有一個女人在婚姻裏等到丈夫的回心轉意。〈紅玫瑰與白玫瑰〉裏烟鸝終於等到振保負起給養家用的責任，但仍沒能得到愛情的滋潤；這篇小說最後稱振保改過自新，「又變成了個好人」，所謂「好人」——配合文首的文字來看——說明了一項現實：男權社會的道德觀要求男人給養家用，但是允許男人在婚姻之外尋找女人；與要求於女人的貞操觀念剛好相反。男權社會對這種允許往往具有鼓勵的意思。以〈半生緣〉裏沈嘯桐見到顧曼楨回想顧曼璐的一段情節為例，男權社會頗以兼顧妻子與情婦為值得沾沾自喜之事。再以〈半生緣〉與早期作品〈留情〉為例，張愛玲對一夫多妻婚姻制度裏的女性，顯然深感同情；這兩篇小說分別自正房大太太與偏房姨太太的立場，覺得另外那位一起爭寵的女人惡毒、醜陋、多餘；然而她們除了以嚴守婦德、生養男孩子、保持年輕貌美來博取丈夫歡心之外別無它法。短篇小說〈等〉尤其把中國女人在婚姻裏等待丈夫恩寵的窘境寫盡。

類似的被動情勢存在於張愛玲筆下所有未婚女人（除了以下要舉出的兩個例外以外）的婚姻選擇。散文〈談女人〉裏曾憤慨的說：「……可是這一點我們得承認，非得要所有的婚姻全由女子主動，我們才有希望產生一種超人的民族。」

例外之一是〈琉璃瓦〉裏的姚曲曲。我們必須注意這篇小說出自戲謔的語調，而通篇的戲謔語調正出發於對婚姻不自主的不滿。例外之二是〈五四遺事——羅文濤三美團圓〉的蜜斯范。這篇小說則藉由通篇戲謔語調諷刺了少男少女在相當程度社交自由裏，婚姻對象選擇的盲目——自然它也諷刺了男人的優柔寡斷，以及女性對一夫多妻制的容忍。

婚後婚前對追求幸福的缺乏主動，並不完全歸病於社交是否開放❹。故事裏女主角的社交自由大小皆視其所處環境而定。〈琉璃瓦〉的姚曲曲與〈五四遺事——羅文濤三美團圓〉的蜜斯范至少都有結交朋友的自由，〈紅玫瑰與白玫瑰〉的嬌蕊甚至是社交能手：「她的一技之長是玩弄男人」。她們的社交活動雖然仍然不離種種道德規律與禮教觀念的籠罩，然而是否主動爭取還在於她們本身自發的努力。〈傾城之戀〉是很好的例子。白流蘇曾對徐太太抱怨：「嬸子你又不是不知道，像我們這樣的家庭那兒肯放我們出去交際？」然而後來她稍得機會，敢於離開娘家，乃整個愛情故事動人的最大原因。

〈紅玫瑰與白玫瑰〉裏嬌蕊在幾經滄桑之後，在公共汽車上遇見舊情人振保，曾說：

> ……年紀輕，長得好看的時候，大約無論到社會上去做什麼，碰到的總是男人。可是到後來，除了男人之外總還有別的……總還有別的……

這種含糊其詞固然不能說就暗示了人生重要意義的領悟，但是透露了張愛玲曾不自覺的

---

❹ 張愛玲這種意思，與沈從文的長篇〈邊城〉相當接近。〈邊城〉見純文學叢書七，《我底記憶——近代中國作家與作品第二集》一書，一九六八年四月初版。

嘗試去確定婚姻的意義——這種傾向始終沒能繼續。〈留情〉裏淳于敦鳳曾代表性的在婚姻裏尋得一種塵埃落定的安定感：敦鳳「和自己的男人挨著肩膀，覺得很平安」。雖然這種安定感被強調為繫於男人的經濟能力——敦鳳的男人姓「米」，使我們想到中國人民的主食：稻米。這適合於張愛玲在後來一篇散文〈必也正名乎〉裏的話：「除了小說裏的人，很少有人是名符其實的」——，我們在敦鳳對米先生前妻的妒憐裏也看見感情上安定的需要。

張愛玲顯然感覺到禮教觀念——包括女人從一而終——社會化(socialization)的力量，如她後來在散文〈洋人看京戲及其他〉裏直言的。下面這兩個例子屬於兩個在婚姻裏缺乏愛情的女人——與〈鴻鸞禧〉婁太太遙相呼應的〈茉莉香片〉的馮碧落、〈花凋〉的鄭夫人：

> 關於碧落的嫁後生涯，傳慶可不敢揣想。她不是籠子裏的鳥。籠子裏的鳥，開了籠，還會飛出來。她是繡在屏風上的鳥——悒鬱的紫色緞子屏風上，織金雲朵裏的一隻白鳥。年深月久了，羽毛暗了，霉了，給蟲蛀了，死也還死在屏風上。（〈茉莉香片〉）
>
> ……雖然她為她丈夫生了許多孩子，而且還在繼續生著，她缺乏羅曼蒂克的愛。同時她又是一個好婦人，既沒有這膽子，又沒有機會在他方面取得滿足。……（〈花凋〉）

最足以說明張愛玲對潛移默化的社會順從(social conformity)不滿的，乃是張愛玲對筆下女性的外貌的形容。我們可以注意到：除了存於〈琉璃瓦〉嘲謔語調裏「姚家的模範美人，永遠沒有落伍的危險，亦步亦趨。適合時代的需要，真是秀氣所鍾，天人感應」以外，只要張愛玲筆鋒觸及女性的外貌，必然至少有一項不合乎社會標準美的描寫；張愛玲總不忘記站在男人的立場舉出一種缺憾——這或許是她不自覺的習慣吧。散文〈談女人〉曾說：「男子挑選妻房，純粹以貌取人。」〈桂花蒸　阿小悲秋〉裏僕人阿小眼裏的一張廣告畫，尤其暴露了張愛玲潛意識裏對男權社會所謂「美女」的鄙視：

> 牆上用窄銀框子鑲著洋酒的廣告，暗影裏橫著個紅頭髮白身子，長大得可驚的裸體美人，題著「一城裏最好的。」和這牌子的威士忌同樣是第一流。這美女一手撐在看不見的傢俱上，姿勢不大舒服，硬硬地支柱著一身骨骼，那是冰棒似的，上面凝凍著冰肌。她斜著身子，顯出尖翹翹的圓大乳房，誇張的細腰，股部窄窄的；赤著腳，但竭力踮著腳尖彷彿踏在高跟鞋上。短而方的「孩兒面」，一雙棕色大眼睛楞楞的望著畫外的人，好像小孩子穿了新衣拍照，甚至於也沒有自傲的意思；她把精緻的乳房大腿蓬頭髮披掛整齊，如同時裝模特兒把店裏的衣服穿給顧客看。

她是哥兒達先生的理想……

進一步探究張愛玲醜化男人的不遺餘力——包括細微處如〈紅玫瑰與白玫瑰〉裏振保疑心烟鸝的貞節，〈桂花蒸　阿小悲秋〉裏哥兒達懷疑阿小的廉節等等——，我們可以了解張愛玲的疑惑：這種集醜陋於一身的男人會有多大資格創造社會規範？

四

故事裏的女性對其遭遇不乏抱怨的例子，如〈紅玫瑰與白玫瑰〉裏的烟鸝；以及反抗的例子，如〈琉璃瓦〉裏的姚曲曲。其中曾引人注目的是〈金鎖記〉的曹七巧。支持她引發自我，為一己利益奮爭的，除了對貧富傾軋的反抗——不只是消極的自我保護(self-protection)——以外，自然還有長期性愛滿足的焦慮。較〈花凋〉裏鄭夫人「又沒有機會在他方面取得滿足」更嚴重的，是窄狹的社交機會裏，小叔姜季澤不負責任的挑逗。由挑逗而對性愛渴盼，然後落空，然後姜季澤虛情假意騙錢被揭發，終於使曹七巧由偏執多疑轉入瘋狂報復。曹七巧飽嘗夫家之苦，自立門戶以後竟以本身為中心建立了一個更為霸道與狠毒的小社會。意識上與道德規範上做為男權社會的延長，這兩個以女性（姜老太太與曹七巧）為形式主宰的家庭，絲毫未能免除任何男權社會的不合理，而且更變本加厲。

比較〈金鎖記〉與其後據〈金鎖記〉改寫的長篇〈怨女〉將深具啟發❺。它們有以下三項主要的不同。一、〈怨女〉裏沒有一個〈金鎖記〉姜長安對應的人物；銀娣對玉熹的霸佔，較曹七巧對長安長白的毒待，更為內斂而且從容。這使得銀娣在其一手建立的國度裏對待獨生子玉熹，更具有對男權社會宗嗣主義報復的意含。二、張愛玲在散文〈自己的文章〉裏稱曹七巧是她小說裏僅有的「極端病態」的「徹底」的人物；比起來，〈怨女〉裏銀娣的人格崩離(personality collapse)有較合理可信的緩進過程。故事的發展都側重於使銀娣心理變化的軌跡有脈絡可尋；姚三爺浴佛寺與銀娣偷情的場面顯然比姜季澤在起坐間裏揑曹七巧的腳熱烈得多；最後姚三爺騙銀娣錢的企圖也比姜季澤騙曹七巧的明顯。這些安排都使銀娣對姚三

❺我總覺得水晶如果仔細併讀〈金鎖記〉和〈怨女〉，所得應該會不止這些意見：「〈金鎖記〉和〈怨女〉併讀，當然是〈怨女〉好。後者加強了心理的細膩描寫，以及道具的象徵作用，又擴大了對於女主角柴銀娣（在〈金鎖記〉中叫曹七巧）的身世鋪陳。這一段在寫〈金鎖記〉時遭到割捨，也許作者覺得十分惋惜，所以在〈怨女〉中補正過來。……」；見水晶文〈談「秧歌」的結構〉，該文見散文集《拋磚記》，見❸。

爺的恨，比起曹七巧對姜季澤的恨更為自然。三、〈怨女〉裏添加了極重要的一段情節：銀娣曾經有一個選擇婚姻的機會。她放棄了「不會有多大出息」的藥店小劉，想像著瞎子姚二爺與未來：

……媒人的話怎麼能相信，但是她一方面警誡自己，已經看見了他，像個戲臺上的小生，肘彎支在桌上閉著眼睛睡覺，漂亮的臉搽得紅紅白白。她以後一生一世都在臺上過，腳底下都是電燈，一舉一動都有音樂伴奏。又像燈籠上畫的美人；紅袖映著燈光成為淡橙色。

這項安排顯示張愛玲有意在男權社會婚姻制度之外，把人性缺憾當做不幸事態的原因之一：在〈怨女〉裏貪慕虛榮被當作一切事態的重要原因。它使得張愛玲筆下未完成的被擱置一旁的鞋面引申出另一層意義：

……銀娣坐在櫃檯後面，拿著隻鞋面鎖邊。這花樣針腳交錯，叫「錯到底」，她覺得比狗牙齒文細些，也別緻些，這名字也很有意思，錯到底，像一齣苦戲。……

當銀娣的外婆滔滔不絕的訴說藥店小劉的家庭狀況時：

> 銀娣只顧做鞋，把針在頭髮上擦了擦。

「做鞋」這個「錯到底」的象徵就不言而喻了。〈怨女〉這種人性體察的進境，配合故事情節合理性的強化，更能承受夏志清對〈金鎖記〉的讚語：

> 七巧是特殊文化環境中所產生出來的一個女子。她生命的悲劇，正如亞里斯多德所說的，引起我們的恐懼與憐憫；事實上，恐懼多於憐憫。❻

這就是說，我們留意到亞里斯多德所謂道德的恐懼與憐憫，是側重於故事情節合理性的前題的。在此之外，兩項差別：一、〈怨女〉一改〈金鎖記〉裏曹七巧的回溯結構，使得情節進展的時空遼闊，不限於曹七巧的理知情感的承載能力層面——自然這是長篇與中篇小說

---

❻ 見夏志清〈張愛玲的短篇小說〉一文；見文末附註。

寫法的不同選擇；二、文字一改〈金鎖記〉的華麗濃艷——使〈怨女〉更脫離《紅樓夢》而接近〈秧歌〉的精省與徐緩；都使〈怨女〉的悲劇感更為深沈耐品。

這種悲劇感的進境提示我們注意到張愛玲作品分期的必要性：以短篇小說選《傳奇》出版的年代❼為界。前期作品裏張愛玲每觸及愛情，往往具有一種特殊的感情用事的視境(pathetic sight)。這不僅由於她對愛情力量的強調——〈紅玫瑰與白玫瑰〉裏嬌蕊曾欲再嫁振

---

❼《傳奇》集以及張愛玲大部份作品的初版年月都一時無法查到。我判斷《傳奇》集大概早於本文論及的張愛玲其它幾本小說。我以為，張愛玲作品分期之必要，不僅是明確劃分出其作品風格之不同——一如水晶在〈讀張愛玲新作有感〉一文裏提到「……而張在有些時候（尤其以早年為最），顯得揚厲鋪張些。」的；最主要的，這項事實強調了作家與作品之間「距離」的必要性——一如維金妮亞・吳爾芙(Virginia Woolf)論到夏洛蒂・勃朗蒂(Charlotte Bronte)《簡愛》(Jane Ere)時所說的：「……把那些抽動筋脈及忿怒不平之處記下來，就會看出來作者從未能使她的天才充分完全的表現出來。她的書都是畸形、扭曲的。她應當安詳的寫。她卻氣咻咻的寫。她應該很睿智的寫，她卻很呆純的寫，她應寫她的人物，她卻寫她自己。……」「……她丟開了她應當全神貫注去寫作的小說，而專致力的敘寫她個人的憂苦了，……她因為氣憤而致想像力超出常態……」。水晶文見散文集《拋磚記》見❸。維金妮亞・吳爾芙文見《自己的屋子》(*A Room of One's Own*)，張秀亞譯，純文學叢書五一，一九七三年四月初版。

保以成全愛情，比起振保懼於社會視聽而退卻，無疑更具有反抗的勇氣。——，這也由於她刻畫愛情時過度重視挑情逗趣的細節，忽略(ignorance)或簡化(simplization)了愛情與人性及人生各深刻層面的關係。〈傾城之戀〉裏白流蘇藉著范柳原的幫助脫離了娘家，不出英雄救美的雛型。張愛玲費了許多筆墨去形容患得患失的兒女情愫，忽視了白流蘇對情愛之外的一切想望。〈沉香屑——第一爐香〉裏葛薇龍——「一個極普通的上海女孩子」，為了捕捉喬琪喬——「一個極普通的浪子」——的愛，終於不惜犧牲色相去「整天忙著，不是替喬琪喬弄錢」，就是替梁太太——一位窮凶餓極的老色狼——「弄人」。

這種特殊視境雖然在前期已有節制的例子，如〈留情〉，然而後期的作品如長篇〈半生緣〉更使亂世兒女卑微的互相授受，在冷酷平靜的寫實裏具有道德警醒的力量。這部長篇強調了人類無法改變人生命運的悲劇。人類力量的主要極限來自人性本身的缺憾：顧曼楨由親子之愛發展成誤信祝鴻才而下嫁；顧曼璐為了挽救自己的婚姻竟不惜百般謀害親生妹妹；翠芝懼違視聽而嫁給沈世鈞❽。這種人類極限的描寫一如〈怨女〉，在繁碎錯雜的世事遭遇裏

---

❽ 水晶在〈讀張愛玲新作有感〉裏用「構想動機」(conceptual motive)來討論〈半生緣〉，頗得新意，如❾所提及。水晶在這篇文章裏認為：「……我認為安排得不妥的，不是曼楨的遭遇，而是讓沈世鈞的家，坐落在南京。——這一點和『構想動機』無關。南京從來不是一個商業都會，讓世鈞的父親

十足引起哀憐與恐懼。稍予留意沈世鈞對顧曼楨困境的欲救無力，就可以了解〈傾城之戀〉的英雄救美如何粗淺。這種粗淺在後期小說〈五四遺事〉裏慘遭諷刺；它在早期所以存在，除了與張愛玲個人的人生進境有關，也可能與散文〈到底是上海人〉裏提及的，為讀者接納的希冀有關。

沈嘯桐在那裏開皮貨店，有點說不過去。這位老先生，一舉一動都像舊式官場中的老太爺，又有點像滿清的遺少或者遺老，而不像一個精明幹練的商人。失了真的人物總是無法感動人的（張又無意將〈半生緣〉寫成一則寓言Allegory，像霍桑那樣）。雖然她對於南京那位老式姨太太的一舉一動，寫得甚為傳神，還是無法挽救這個「似是而非」的老太爺」，這項議論則似太苛，依我的看法，像沈嘯桐這樣一個充滿遺老意識，於商場與婚姻上都未見精幹的人物，自有其「真」味。沈嘯桐寫來著墨不多，因為他畢竟是個次要人物，而且他那種遲緩，自我陶醉的個性，與〈半生緣〉制約、含蓄的敘述語調協合。至於沈嘯桐太太與姨太太寫來傳神，而且關係微妙互制，大概就是張愛玲的女性本位主義的延長吧。

五

我們用〈桂花蒸　阿小悲秋〉的隱微處為例，推究她如何婉陳中國女性對時局政情的漠不關心(indifferent)。

> 乘涼彷彿是隔年的事了。那把棕漆椅子，沒放平，吱格吱格在風中搖，就像有個標準中國人坐在上頭。地下一地的菱角花生殼，柿子核與皮。一張小報，風捲到陰溝邊，在水門汀闌干上吸得牢牢地。阿小向樓下只一瞥，漠然想道：天下就有這麼些人會作髒！好在不是在她的範圍內。

這是一段極好的象徵文字：「乘涼」，一種悠閒生活；「隔年的事」，此時悠閒已失；風中搖椅，地上殘食，溝旁廢報，淩亂的現狀，無法挽回的時局發展；「標準的中國人」，直寫中國人的今非昔比；「就像有」，應有人而無人，景色荒涼立現。但是在女傭阿小心裏，只有各人自掃門前雪似的慶幸。

阿小的短視以及〈半生緣〉、〈怨女〉、〈秧歌〉諸長篇的深沈意含，可以說已不囿限於「女性」，它們往往披染著張愛玲對市井小民普遍的人道主義，對變亂中國，對人生命運的嗟嘆。本文題旨未盡著眼於彼。我們注意到近代中國普遍讚嘆張愛玲的文獻裏，她的女性本位種種，以及前後期（如果本文所提分期的意見可予採納的話）人生體察乃至文字風格的轉變，都未曾受到應有的重視。

張愛玲對女性與社會相互關聯的耿耿於懷，顯然與她本人的成長生活經驗——如她在散文集《流言》裏坦然自陳的——有關。這就是說，張愛玲的小說，不僅如夏志清所指出的：時空的局限性可以與她彼時的實際生活互相印證❾。

附註

本文論及的張愛玲作品，包括：

長篇《秧歌》，皇冠出版社，一九六八年六月出版；曾由《今日世界》雜誌連載，一九五四年七月今

❾ 見夏志清〈張愛玲的短篇小說〉一文；見附註。水晶似乎一直注意到這項趣味，特別是他在〈談「秧歌」的結構〉裏指出：「〈半生緣〉處處閃爍著作者形單影隻的人格投射，也充滿了她綿綿不盡的感喟……」。我覺得是了解張愛玲的一條饒富新趣味的線索。水晶文見散文集《拋磚記》，見❸。

日世界社初版單行本。

長篇《赤地之戀》，一九五四年十月初版，香港天風出版社。

長篇《半生緣》，皇冠出版社，未註明出版年月。

長篇《怨女》，皇冠出版社，未註明出版年月。根據水晶〈讀張著「怨女」偶拾〉一文，〈怨女〉一九六六年八月二十三日開始在香港《星島晚報》連載。水晶文見❸。

散文集《流言》，皇冠出版社，未註明出版年月。

短篇小說選《張愛玲短篇小說集》，皇冠出版社，一九六九年九月再版；據夏志清〈張愛玲的短篇小說〉一文，短篇小說集《傳奇》增訂本在一九四七年出版，一九五四年香港天風書店重版，書名改為《張愛玲短篇小說集》；夏文見《愛情、社會、小說》一書，純文學叢書二十九，一九七〇年九月初版。

短篇〈五四遺事〉，見《文學雜誌》第一卷第五期。

附錄

誰說張愛玲小說膚淺？

陳炳良〈有關張愛玲論著知見書目〉引用了〈張愛玲的女性本位〉的一段文字為例，指稱「高氏有時對張氏小說的了解似不太深入」，並且很自豪地說：「讀者看過了本書對有關故事的討論後，便會明白張氏的作品並不像高氏所說的那麼膚淺了」。該文原出《張愛玲短篇小說論集》（臺北遠景，一九八三年四月初版），並被收入鄭樹森編選《張愛玲的世界》（臺北允晨，一九九〇年十一月初版）。上引陳文所說「本書」，指《張愛玲短篇小說論集》。

我完全尊重陳炳良對拙作「似不太深入」的評語，那是他的意見，但是必須對「膚淺」的記述略做澄清。拙文本身也許膚淺，但是絕沒有說張愛玲小說膚淺。陳炳良把我沒說過的話硬塞在我嘴裡，主要是要在「不太深入」之上罪加一等，真是欲加之罪，何患無辭？我絕不會徒然浪費得來不易的時間與體力去評析我認為是膚淺的小說。

陳炳良確實很有自豪的理由。他那本書提供了不少創見，諸如〈張愛玲短篇小說的技巧〉認為張愛玲用「有牙齒的陰戶」母題來表達〈沉香屑——第二爐香〉的故事內容（見陳書第三頁），或許真的有參考價值。

同書還有羅小雲〈從「傾城之戀」看張愛玲對人生的觀照〉，對〈張愛玲的女性本位〉質疑。我對羅小雲的指正也予尊重。她認為拙文「只看到了張愛玲女性本位的突出，而忽略了張愛玲對她所處時代的視界，未免有些片面的說法」。其實拙文開頭就稱張愛玲的女性本位具有「社會性色彩」，白先勇先生在本書序文裏還特地指出這是「一項非常有趣的論點」。拙文結論亦強調了張愛玲小說有「不囿限於『女性』」的品質，不像羅小雲所說的那樣「片面」。

〈張愛玲的女性本位〉口齒不清，引來這麼多誤解與責備。好在張學已是顯學，有心的讀者很容易就可參閱諸家不同的評張文章，挑精撿瘦地比較閱讀。我對張愛玲小說也有與前不同的體會，或許會再寫些不成熟的意見，希望能減少令人覺得「不太深入」、「片面」的毛病。

以〈悲憫的笑紋〉分期論水晶小說

「對於一件藝術品的鑑賞所受到的經驗與知識的限制，使我們往往迷失在它的外在的形式裡，那五色繽紛、燦爛光華中，我們雖左衝右突，仍覺無所適從。」

——姚一葦〈論鑑賞〉

一

我們對小說的評價往往是含糊而混通的。面對水晶這樣一位兼寫評論和雜文的小說家，情勢更為明顯。有時候，即使對水晶作品的涉獵僅止於局部的小說或評論或雜文，甚至僅止於有關水晶的某些文字，我們也會具備那種足資評論水晶小說的自信。如果我們沈溺於這種滿足，我們不但忽略了作者個人小說發展史的意義，更重要的，我們忽略了小說在作者生命中的局限性質和自身俱足性質。它不足以完整的解釋作者全部的生命，作者生命中其它的部份也不足以完整的解釋它。從以上兩點了解出發，本文嘗試解釋水晶小說發展的意義，並且嘗試掌握水晶小說與非小說作品之間部份的可相互詮釋性。

二

水晶，江蘇南通人，一九三五年生。一九六七年三月，散文〈拋磚記——也談我的「寫作生活」〉回憶十三年前（約是一九五四年），唸大一，年齡「還未弱冠」（約是十九歲），第一篇文章（一篇散文）在中央副刊登出來。由於當時「洋洋自得」於名利雙收，就開始「僱傭作家」、「升斗作家」的寫作生涯，「六、七年間」（約至一九六一年間），「胡亂寫出了五十多篇短篇故事」。然後「五、六年前」（參照《青色的蚱蜢》集「跋」文，以下簡稱「跋」文，就是一九六一年間），洗手不幹「升斗作家」，開始「摸索寫作的新路」。由這篇散文看來，水晶早期小說沒有結集的很多。一九六一年以前的「五十多篇作品」只有四個短篇（〈同好〉、〈同情〉、〈瘋婦〉、〈兩個女人〉）附在散文集《拋磚記》後面。一九六一年至一九六七年初的作品，有十篇（〈青色的蚱蜢〉、〈愛的凌遲〉、〈沒有臉的人〉、〈死信〉、〈波希米亞人〉、〈快樂的一天〉、〈悲憫的笑紋〉、〈命運的婚宴〉、〈嗜里里嗜里〉、〈謫仙記〉）收在短篇小說集《青色的蚱蜢》裏。一九六七年三月以後，他一方面開始研究張愛玲小說，開始認真寫小說批評，一方面動身去美加唸書。一九七三年二月初版第二本小說集《鐘》，包括三篇：短篇〈鐘〉，一九六八年八月；中篇〈午夜夢囈〉，一九七一年十二月；短篇〈無情遊〉，一九七二年七月。

我們對水晶個人的生活經歷了解不多。大概他臺大外文系畢業，服兵役，「在社會上一共工作了八年」：其中於一九六四年去南洋北婆羅洲做事（見散文〈海外的笑話〉）。一九六七年間，去加拿大溫哥華唸書（見散文〈出差散記〉、〈短簡〉），後來轉到艾荷華寫作班。一九七二年寫〈「張愛玲的小說藝術」跋〉文，說：「這一年來，我既未唸書，也沒有做事」。

歸結起來：一九五四年開始以筆名水晶發表小說，一九六一年「洗手」，寫作態度有了第一次重要的轉變；一九六四年五月寫〈悲憫的笑紋〉，寫作態度做第二次重要的轉變。兩次轉變的重要性都不容忽視。然而早期小說收集不易，目前，第二次轉變較有脈絡可尋。第十期《書評書目月刊》書評信箱，登了讀者胡何楨投書，認為《鐘》集有四項缺點：

㈠書中多是「讀起來彆彆扭扭的怪詞句」；

㈡錯字太多；

㈢〈午夜夢囈〉一文，作者自稱有《白蛇傳》的間架。仔細讀完，卻覺得「不是那麼回事」。尤其是這篇作品的上篇，敘述主角方光正到公司以後的那些事情，顯得累贅；

㈣以這本書和《青色的蚱蜢》集，《拋磚記》集比較，顯得遜色，尤其和〈沒有臉的人〉相比，更有天淵之別。

水晶立刻回敬一篇〈才盡「江郎」言〉（見十二期《書評書目月刊》）。如果我們過濾掉這篇文章水晶動怒的部份（比如懷疑投書是月刊編者捉刀，比如破口大罵徐訏；這部份可以杜斯妥也夫斯基《卡拉馬助夫兄弟們》大律師費邱郭維奇的話推開不談：「宙彼得，你發怒，所以你無理」），並且參照水晶的小說，我們可以滿意於水晶對一、二、三點指責的回答。關於第四點，情形正好相反。我們回想一下：水晶曾在「跋」文裏許願要在「有暇時，專文論列」自己的創作觀，寫作方法，但是他一直吝慎於仔細闡述比較自己作品的轉變。目前，我們找到的只有以下兩句話：

> 比較起來，後期的〈嗐里里嗐里〉和〈鐘〉等，主題密藏多了（〈「拋磚記」補記〉）。

〈午〉文是我企圖掙脫自我小圈子，擴展視野的一篇小說，所以人物加多了（〈才盡「江郎」言〉）。

讓我們回答這個問題：〈悲憫的笑紋〉開始，水晶的小說意味著何種取向與程度的轉變？

三

先做個鳥瞰。「跋」文說：「目前在創作的途徑中，我比較偏好表現的是揶揄(Irony)，對比(Contrast)，和象徵(Symbol)」。分別界定意義。這裏所指的象徵，可能已包括散文〈神話、初型和象徵〉引用楊格(Jung)的觀念：象徵是「心靈能力」的精華和意象，不是抽象的，它以「肉身化」的方式出現。Irony，姚一葦〈論對比〉文，界定為機智、詭語、幽默、譏笑、愚弄、諷刺、諷諫、誇飾、抑低的敘述……諸活動之總稱；它可以包含上述各種，亦可以包含其中的某幾項；亦可以只有一項；並且做為對比（兩事物並列比較）的充要條件：有對比，必有嘲弄；有嘲弄，必有對比❶。借用這個觀念，並在必要時釐清嘲弄的特殊意含，我們把

❶ 姚一葦〈論對比〉文，見姚一葦《藝術的奧秘》書，臺灣開明書店，一九七一年十一月三版。

水晶的對比與Irony，視為同一件事的兩面。這一點很重要：對比，份量縱有輕重不等，是水晶小說裏必然可以尋得的固定表現手法。可以說，對比是水晶的一種固定思維方式。

再從敘述觀點的類屬，把水晶小說分成三組。第一組，第三人稱旁觀者(third person、objective) 敘述觀點：〈同情〉、〈瘋婦〉、〈兩個女人〉。第二組，混合第三人稱旁觀者和第一人稱主角 (third person, selective omniscient) 敘述觀點：〈青色的蚱蜢〉、〈愛的凌遲〉、〈死信〉、〈快樂的一天〉、〈悲憫的笑紋〉、〈嗜里里嗜里〉、〈謫仙記〉、〈無情遊〉。第三組，第一人稱主角(first person, narrator as a major character)敘述觀點：〈同好〉、〈沒有臉的人〉、〈波希米亞人〉、〈命運的婚宴〉、〈鐘〉、〈午夜夢囈〉。現在分析一下。第一組小說寫於其它兩組之前。這樣看起來：水晶曾由旁觀者客觀描述立場轉變為用意識流文字揣摩角色的思潮起伏，然後自第二組的〈悲憫的笑紋〉開始，水晶不止於揣摩角色的自怨自艾，開始關切人類自怨自艾以外的世界；小說的語調（作家的聲音）漸趨冷靜。自另一個脈絡來看：第三組裏〈沒有臉的人〉、〈波希米亞人〉寫於〈悲憫的笑紋〉以前，曾經正面擁抱某種人生價值；然而〈悲憫的笑紋〉以後的〈命運的婚宴〉，已採取一種人生觀察的態度；發展到〈鐘〉、〈午夜夢囈〉，水晶不止於〈悲憫的笑紋〉以後的第二組各篇，不止於拉遠作者和敘述者之間的距離，他開始善用這種敘述觀點，使第一人稱主角敘述者對事態產生誤謬的判斷，而且不再如〈同好〉，最後使主角恍然大悟；敘述者不再代表作者，作者冷冷遠藏在小說背後，操縱事態發展。

我們可以由水晶小說男女情感問題的演變，進一步說明〈悲憫的笑紋〉以後的這兩種傾向：其一，捕捉人生（或人心）片面，使主題擴大，視野擴大；其二，用敘述觀點，節制作者自我感情，使小說語調低沉，主題隱藏。

夏志清比較作者對〈無情遊〉李漢克和佛琴尼亞的態度：「Hank……寫的時候你比較同情，寫Virginia時好像『挖苦』她太多些，雖然兩人同樣是可憐蟲，好像Hank的dignity（尊嚴）和self-respect（自尊）多得多」❷。水晶處理男女情感問題，這種心理天秤的傾斜，其實由來已久。〈兩個女人〉是個典型例子：第一個女人久等情人不獲，視情人為脫離生活苦海的天梯；第二個女人為財勢下嫁一個缺乏「年輕的羅曼蒂克的愛」的中年殷商，內心呼喚「她的『真我』」；或者，是一張未成型的男孩子的臉」。〈瘋婦〉延續第一個女人的主題：「瑛」先與「他」鬥氣，由於瘋婦的話：「男人……小錯……不計較……忘了……」而與他和好；他乞恕，固然狼狽，可是她了解佔下風的終究是自己；瘋癡，成為棄婦的一種下場。〈死信〉重覆第一個女人的苦等，一面函求國外留學的變心男友，一面貪戀著對街車伕壯盛的男性肉

❷ 見水晶〈才盡「江郎」言〉文，《書評書目月刊》一二期。

體。這種貪戀，延續到〈快樂的一天〉女主角海倫身上；她在景陶與吳民之間，強自以為高明的抉擇了第二個女人的生活。這種抉擇可以上溯到〈青色的蚱蜢〉蘿西和〈愛的凌遲〉小荃：蘿西死亡，小荃病中自責。大體說來，這些小說對男女情感問題的看法，都不離〈兩個女人〉的籠罩：女人抉擇婚姻或愛情對象，因應社會價值標準（財勢、留學），並且貪戀男性肉體；偶爾想到自我，大都矇然不自知。這種看法，大概代表大部份臺灣廿多歲男學生對異性，以及對生活現實與自我之間協調的妥協看法。

其中〈青色的蚱蜢〉曾表示「他」擺脫兒女情長牽絆的意圖：那使「他」像「大旱逢著甘霖的農人」。發展到〈沒有臉的人〉、〈波希米亞人〉，不僅擺脫，而且分別另有懷抱。〈沒有臉的人〉捕捉一種不怨尤，安貧樂業中年男人的落寞，落寞裏有自憐與「擺脫個人的哀愁和憂戚」互為消長；近似子于〈瓷瓶〉的心境。作者在羅亦強與祈綏音的對比裏，正面肯定一種（套句〈無情遊〉李漢克的話說）像「一個人準備剃度為僧」，以及長久為僧，所需要的「道德上的勇氣」。〈波希米亞人〉作家山地為了證實雪鏘的淫蕩，對雪鏘舊情人方思豪不發醋勁，然而免不了嫌惡，終於在方思豪身上發現自己，以及波希米亞人俱樂部，有「可笑的淺薄」、「偽裝的深沉」；抽身而退，尋回「年歲有時盡，榮華止乎其身，唯有文章之無窮」的作家自我；另一次正面肯定道德上的勇氣。這兩個另有懷抱的短篇是我們極好的回顧位置。

在此以前，〈兩個女人〉、〈瘋婦〉不免作者自評的缺點：前者造句「略嫌堆砌」，後者耽於「驚奇結尾」；〈愛的凌遲〉的意識流文字流連於小兒女自怨自艾，沖淡了那種受凌罰的深切感；〈青色的蚱蜢〉、〈快樂的一天〉的主題不免作者自評〈同好〉的話：〈太過霸道〉，缺乏〈沒有臉的人〉、〈波希米亞人〉那種推波助瀾的節奏以及心理遞變的力量；由於身份交代不足，吳氏的哲學深度尤其顯得做作；〈死信〉、〈青色的蚱蜢〉缺乏對事態發展明晰而節制交代的耐心。

發展到〈悲憫的笑紋〉，我們說過，水晶既不以揣摩小兒女自怨自艾為滿足，也不急於正面肯定人生價值。它有兩層對比。其一：玉香和白臉大學生各有所思，互不了解；其二：敘事者兩度強調啞女阿蘭的笑紋具有悲憫意含，事實上阿蘭具有這種看破俗務，悲憫俯世的哲學深度，是件可疑的事。作者超然於兩者對比之上，超然於角色和敘述者之外，透露本身的悲憫意含。

〈無情遊〉的企圖更大。水晶散文〈神話、初型和象徵〉曾經分析白先勇短篇〈芝加哥之死〉男主角吳漢魂：「所以，吳漢魂（請注意吳漢魂——無漢魂，漢無魂，或者，無魂漢——這個名字，便具有濃烈的『初型』性質）這個文學博士，便成為所有在美洲修習文科留學生的『集體無意識代表』(Representative of Collective Unconsciousness)。這一種乍看極不合理，越看越合理的寫作方法，是一種值得提倡的嘗試」。吳漢魂自沉而死，如果不死，該變成水晶〈無情遊〉的李漢克了。我們可以套水晶自己的句型說：請注意Hank，漢克——漢客，大漢來客，客漢，客居大漢——這個名字，具有另一種「初型」的性質。李漢克軀體未死，心靈已死。自十年前母親死後，衣著和髮式嬉皮化，不在乎中國朋友漸漸稀少，覺得與洋人交往可以「醒時同交歡，醉後各分散」，「永結無情遊，相期邈雲漢」；不在乎洋人當他日本人：這點大概針對近代中國人的反日情緒而發。生活樂趣淪為趕幾個縱酒縱慾的bachelor's parties（單身漢狂歡會）。

做為對比，佛琴尼亞屬於另一種（水晶所說）「留學生的『神話』」。她是「初型的」(archetypal)，而非個別的(individual)。我們簡單分析她的作用。她「含羞默默的嬌羞表情」、「近乎媚眼的表情」、「掀起一陣猜疑的漣漪，便偷偷瞧了他一眼：只見漢克比她高不了多少，兩人身材倒是『一對』」，然而在裘麗心中：「即使在美國女人中間，自梳不嫁的也很普遍」，「她們何至於像佛琴尼亞這樣容易受刺激」。這些描寫，使李漢克以及田氏姐妹王氏姐妹裘麗這些「雲英未嫁」或「甚至連追求的男朋友都沒有」的老小姐的無情，不只是寡情，達到極點。她博取讀者同情，使漢克和她們——不，讀者轉念一想——時代潮流或社會壓力，顯得巨大殘忍。即令她跳了一場「隨風而飄」舞，也許還不夠資格像「風裏不時飄下來一陣陣榆錢，落在漢克的肩上」，讓漢克「撣了撣」去。這是一種「乍看極不合理，越看越合理的寫法」（見散文〈神話、初型和象徵〉）。散文〈出差散記〉曾主張：除非作者「有意從留美生活的題材裡，表現自己的感性，而不是突出一個個別的社會現象」，「留美生活不值得寫」，因為「這種生活首先便犯了不周偏的問題」。〈無情遊〉是這個主張的有力佐證。

在創作心理上，玉香和佛琴尼亞自然是〈兩個女人〉的再變調。現實生活與自我協調的問題內容，轉變為白臉大學生的前途茫茫和留學生的「未老莫還鄉」。但是她們的哀怨已屬次要（玉香的意識流文字已兼顧諧趣與粗俗），作者也自裁決大是大非的宣講臺退下（對人生價值有一種難以確言的暗示），用低冷的小說語調（〈無情遊〉一如水晶期待於〈芝加哥之死〉，文字「空洞」，來暗射留學生無國無家的精神狀態），冷靜描說人生或人心片面的景象（比如說，李漢克為何一定要在喪母以後，服飾生活才開始大變，就不再是趣味的焦點）。水晶既無意讓李漢克做一個施叔青短篇〈擺盪的人〉R的那場渾沌的夢，也吝於讓他開始「在兩種文化邊緣擺盪」，讓「遠處城裏的燈火，一盞接著一盞亮了」。

四

〈悲憫的笑紋〉以後那些不涉及男女情愛問題的小說，不僅也表露對正面肯定人生價值的遲疑，也開始關切較大的世界。〈命運的婚宴〉用將軍今昔，以及老柯宿命與將軍不信命運，雙重對比，引發「我」回憶，產生過去與現在兩個婚宴對比，以及「我」與將軍面對現實「參透世事人情」的對比。將軍在「我」心中幻化為一個象徵：「可靠、紮實；博大，寬容，像一位男性的神」；一種不止於（套句〈沒有臉的人〉的話）「經驗能使一個人變得善良」的領會；因為有了這種領會，我們在這個世界上，「才不會感到寂寞」。相反的，短篇〈嗜里里嗜里〉描寫海外中國人Y，一覺醒來，城市的人逃空，景象零亂；他惶急，無助，遇見狂舞中的舊情人，同舞起來，向「濃密幽邃的熱帶原始森林」奔去。這個短篇，是不是「海外的中國人，無法從任何一處找到真正的安全感」的極化？從前曾「面對面，站在舞臺上，一同表演舞蹈」，而「時常隨著自己下意識一同浮沉的」情人適時出現，是不是把海外中國人心身企求的異性需要極化？家國皆不可得，偕情人狂舞狂歌入林是不是回歸狂野原始做一種歸避？如果是，這個歸避與〈無情遊〉李漢克在單身漢狂歡會裏追求的那種聲色肉慾滿足有何分別？再看〈謫仙記〉。它的象徵意義有兩層。其一：由於扮演話劇裏的耶穌，小D產生罪感，著了妓女瑪德肋那的戲服出走，明知尋淫者將發現他不是女的，他將得到難堪的羞辱，還跟太保吉米去苟合，終於受到淩辱；淩辱完了，時間已近聖誕夜「子夜零點」；水晶是不是用這種時間的配合，暗示我們必需經過贖罪的過程，心裏的聖子才能誕生？其二：小D是自戀者（第一四七頁，他一再顧影自憐，並且想到希臘神話裏的自戀男子Narcissus），希望化身為女性（第一五九頁，他在路上覺得「剛才慘遭了宮刑」；第一七三頁，找老鴇賴阿娜「毫無恐懼」、「無畏的」），以親近同性。一種由自戀轉為同性戀的過程。第二層意義可以解釋小D為何偏偏要化裝成妓女，而不是別的男角，並且可以做為小D產生罪感的一種原因。

發展到〈鐘〉、〈午夜夢囈〉，我們說過，它們都利用敘述者的情感理智囿限，對事態產生錯誤判斷。所以，我們必須超越字面的意義，去尋找作者的本意。〈沒有臉的人〉、〈波希米亞人〉可以聽見作者直接的聲音，此時我們直接聽見的是敘述者，作者的聲音間接傳來。〈鐘〉的敘述者相當自大。「我」回憶十五歲春天南京的生活，回憶中的少年自我不但具有傷逝感（比如，他到丹鳳街，覺得「時間一下子跌落了好幾個世紀……不論係六代豪華，多少興亡恨事，還是唐宋元明清，甚至民國，都疊合在這裏，像一張曝光發生錯誤的照片。連深深屋簷下，低飛呢喃的燕子，也像是剛從王謝堂前移居來的」），博學（比如，在玄武湖坐久了，「覺得自己不見了，只有迴文詩體的六個字在旋轉：『荷葉月色湖水，湖水荷葉月色……』」；比如，隨時就想起火神普洛米修士，想起「如蘭似麝」四字，想起莊子〈秋水〉篇，《綠野仙蹤》，《西遊記》。文人酸，猛炫學，自大籠罩一切；正是散文〈海外的笑話〉所說「書酸無聊」、「書到用時方恨『多』」的人。「我」不贊成三聖姑代父殉鐘，認為「這樣的死，其實也就是一種懦怯的行為；因為不敢面對現實，逃避後果，同時害怕擔負起應盡的責任。這樣的死，是毫不足惜的」，所以決定「在社會上做個好公民」。惑於反叛社會約束的那股力量（電影片名「腸斷天涯」、「青青河畔草」，以及老曲羊毛衫前奧林匹克的五環圖案，都暗示這股力量的廣大與強勁），覺得自己「必須這，必須那，將來像『叫哥哥』一樣，死在只有幾寸見方天地的竹絲籠裏」，向三聖姑祈禱；求指點迷津以後，遇見逃竄的蛇和迴護雛雞的母雞，「剎那間我似乎穎慧了許多」，自覺「悟出了」三聖姑的指示，回去向母親懺悔，請罪。這種神人相通的感覺，以自大做為基礎，帶來滿足。這種滿足，從十五歲，延續到敘述者回憶往事的年歲。水晶的抉擇是什麼？「我」一直想要一件有奧林匹克五環標誌的羊毛衫。那個標誌不但總使「我」想到希臘神祇，而且有天下午那標誌「環襯著青空，倏忽化作流麗的彩虹，旋舞起來」，有次在月光裏「五隻黑圈圈，有點嚇人」，「我」抬起頭來，「月亮週圍，有一圈五彩的環，濛濛的，彷彿老曲衣衫的彩虹曲，印到天上去了」。這個重要的意象，是不是水晶對那種反抗社會約束的力量的一種期待？老曲的作弊搗亂固然不足取法，叫哥哥的生涯又如何？水晶是不是期待兩者間的一種折衷？一種昇華？「我」在月夜看那「五彩的環」，自忖：「那是月暈，我明白」，也許水晶不把它看成月暈。

五

關於「仍然不脫男女私情的範疇」的〈午夜夢囈〉，作者自釋很多。其中最引人訾議，就是《鐘》集〈自序〉沒有解釋清楚的「法海心理」。依我們的看法：法海出身佛門，自有一種捉妖驅邪的職業責任感，認為許仙為妖所惑，有損陽壽。而且許仙後來每次都是主動找法海釋疑，猶如我們疑惑自己有病，主動去看醫生一樣，法海本身不必有，也可以沒有水晶所謂「恐怕玉人芳心另有所屬而產生的妒恨交加心理」。所以水晶所謂，與「我國男性的傳統心理有關」的「法海心理」，其實是指《白蛇傳》作者的創作心理。水晶的

卜鏡清（方光正）的看法	人物	作者安排的對比人物
許仙	方光正	樊老
	卜鏡清	老滕
白娘娘	林素貞	樊老的女兒
小青	符艷女	
法海	M. L. 徐	謝龜子
	郭經理	嗡鼻子

原意大概也是這樣。了解了這一點，再參照作品與水晶自釋，我們把〈午夜夢囈〉的幾重人物列表於下。

其中方光正卜鏡清是法海心理的兩條出路：作者自釋為「一個人的兩個性格」，林素貞符艷女「也是」。其它水晶自釋「暗暗重疊反射」的關係，都可以按表推求出來。其實，我們說過，卜鏡清（方光正）對《白蛇傳》人物的看法並不正常：他們產生聯想的時候，可能只受到白娘娘誘追許仙這部份情節的影響，產生一種貪圖女性又得不著的自憐自艾心理。他們沒想到《白蛇傳》裏的許仙，可以視為一個懦弱、兩面倒的男人。自比許仙，並不高明。他們判斷林素貞或符艷女與M・L・徐的關係，以及林素貞浴室自殺，都不正確。後來寫信盯梢，增加林素貞患得患失的心理。我們可以套句論文〈象憂亦憂、象喜亦喜〉的句型說：這種寫法，作者可以稱之為「求助於古老的記憶」，是他有意採用的，並非不自覺。

這個中篇不是沒有值得商榷的地方。文中有句話說：「大家便忙著上了車，魚貫進入頭等車廂」。根據臺灣省鐵路局一九七二年十二月一日再版的「臺灣鐵路旅客列車時刻表」，目前臺灣省西部縱貫線的列車，同一車次（比如莒光客車、觀光客車、柴油客車、對號特快車、快車客車、普通客車），車廂不分等級。這個原則，大概在〈午夜夢囈〉故事發生的一九六〇年代，就已使用。所以，如果「頭等車廂」發自方光正午夜夢囈裏的自吹自擂，也已經超出了他日常生活的常識範圍，將有損他的說服企圖。這麼看起來，方光正當不便輕易說出口。

再看郭經理叫人：「僕歐，快來把這裏掃一下」，「僕歐」一詞，臺灣一般生活裏已很少使用。像郭經理這種角色，其實不妨用「Waiter」。小說題目也有可商榷之處。我們知道，敘述者當時的身心狀況與敘述語調配合，十分重要。我們記得杜斯妥也夫斯基《白痴》三部五章開始那篇冗長的聲明「重要的聲明——在我的沉淪以前」，是衰弱病危的伊波里照稿宣讀的，所以一直有敘述的條理，能持續講完。《卡拉馬助夫兄弟們》六卷一章為了明晰而條理的交待曹西瑪長老的生平，曾一再說明這個記錄並不是長老生前談話情形的實錄，而是事後整理過的，有所增減。而「夢囈」，常是一種狂亂或衰弱或昏沉的狀況。比如耿濟之譯的《卡拉馬助夫兄弟們》，只有八卷八章用了兩次：米卡醉酒狂歡以後神智漸失，昏沉欲睡，「像在夢囈一般」；警長進來捉到米卡（他一直以為米卡謀殺親生父親），大叫：「但這真是夢囈，先生們這真是夢囈！」，「這是夢囈！這是夢囈！」❸。可是〈午夜夢囈〉方光正的敘述語調平靜有條理，事件發生的時間秩序和場地都很準確，像一份整理過的回憶記錄，不像是夢囈。方光正這一場自入夜至「凌晨一點」的夢，這點最嚴重，已經觸犯了佛洛依德歸納夢的幾項特點之一：在夢中，作夢者通常看不見自己的形象❹。

❸ 耿濟之譯，杜斯妥也夫斯基《卡拉馬助夫兄弟們》，新潮文庫五，志文出版社一九六八年四月初版。

問題形成：描寫人心事實的小說，比如〈午夜夢囈〉，是否必須符合那種原則性的心理學知識？

六

自《悲憫的笑紋》之後的〈命運的婚宴〉開始，水晶在小說裏運用自己雜文和論文的寫作見解，才較有脈絡可尋。我們說過，在「跋」文以後，水晶開始仔細研究張愛玲。這個時候，水晶小說和論文可以相互印證的地方很多。我們舉人物命名和鏡子意象為例。

散文〈讀張愛玲新作有感〉說：「張愛玲在替書中人物取名字時，似乎也很留神，契合身份甚多，這一點在西洋小說家筆下，幾乎成為一種專門學問」。〈沒有臉的人〉羅亦強、復華和興華，「多麼豪氣的名字」。〈快樂的一天〉吳民和無名同音，所以他與沙灘上那個攤女同行的無名男子等值。〈悲憫的笑紋〉玉香、麗雪，契合女理髮師的身份。〈嗜里里嗜里〉、〈謫仙記〉用英文字母取代名字：Y，R，小D；散文〈出差散記〉說：「也許讀者以為我是卡

❹ 見林克明譯，佛洛依德《性學三論・愛情心理學》，新潮文庫四八，志文出版社一九七一年十月再版。

夫卡迷，名字一律用英文字母來代表。卡夫卡當然值得學習」；這種名字提示我們將讀一篇迴異於日常生活秩序的小說；水晶維護秩序，要比七等生固執得多。發展到〈午夜夢囈〉，名字更重要了。方光正卜鏡清的名字很快使我們想到直射光線在光滑鏡面反射的現象；這兩個人一而二，二而一的關係非常明白。

鏡子意象，論文〈象憂亦憂、象喜亦喜——泛論張愛玲小說中的鏡子意象〉反覆討論。我們可以把水晶小說鏡子意象的功用概略分為三類。第一類，人物藉鏡子確定自己的身份。〈沒有臉的人〉羅亦強一大早就「對一面破鏡子」刮鬍子。〈快樂的一天〉海倫正「驚喜讚嘆」野柳突兀的石頭，「瞧，這塊長方形，彷彿一面穿衣鏡，要照透一個人的靈魂深處」，立刻，吳民就突然出現了。〈謫仙記〉小D著耶穌受難戲裝對鏡：「幽黯的鏡面，驀然變作一口古井，他恍恍看見，耶穌踏著螺旋式的井身，向他慢步走來（剎那間，他有一陣迷惑，分不清是耶穌朝他走來，還是他向耶穌走去）兩邊也歙然振鳴起，史徒華神甫迴聲式的嗓音，一圈套著一圈，波紋般盪漾開來：——我是耶穌！——我是耶穌！——我是耶穌！」，小D終於決定換瑪德昐那的罪人戲裝；換好以後，又對一次鏡，心裏害怕。後來在市場公司的玻璃櫥窗前，看見木頭人瑪德昐那，心情開始篤定。這裏「玻璃的作用，跟鏡子簡直不相上下」（見論文〈象憂亦憂、象喜亦喜〉）。在盥洗室：「昏暗的鏡面，映照出她血紅的身影，旁邊瑟縮站著，一身罪衣罪裙的小D」，用鏡子做媒介，小D才引起賴阿娜的注意。〈鐘〉裏「我」透過玻璃櫥窗看三聖姑塑像，後來進校長室，面對一片發光的陳設（銀盾、銀牌、銀杯；玻璃鏡框；全鋼文件櫃；白銅墨盒；水盂；烏金印色盒；克羅米毛巾架），以及校長的眼鏡片，促使他屈從社會約束。〈午夜夢囈〉林素貞在谷關招待所面對櫥窗陳設的「東洋踊優」良久，後來抬她上車，在方光正眼中「越看越像一個絹製的玩偶」了。這一類用法裏，人物多半意會到鏡子意象對自己的重要。

第二類，人物未必意會，作者卻藉鏡子意象判定人物的屬性。〈謫仙記〉後臺化粧室的鏡子、相當於神話故事Narcissus面對的湖面：「小D抬起頭來，立刻，化粧鏡內也有一個美少年，抬起頭來迎接他」，「小D痴痴望著鏡中的影子」，「冰涼的鏡面偎著面頰，也有湖水的涼意，小D又不禁馳目鏡中的美少年，默默相對好一會，這才……」；證實小D性格內（套論文〈象憂亦憂、象喜亦喜〉的話）「幾分顧影自憐的因素」。盥洗室那面鏡子則殺氣很盛：老鴇賴阿娜「對鏡坐下」，「化粧鏡戲劇性地，將她的龐大身影，劈為兩半，一邊一半，卻能夠盡職地，把鏡面塞得飽飽的」。〈無情遊〉佛琴尼亞在車上「連忙朝田慎言頭上的小橫鏡內，飛快瞟了一眼，自己的臉，可不正像一頭酸貓，是鐵板著的?連忙抿嘴一笑，一面撫頭幌腦，這一表情，引動得一車的人都霍霍大笑起來，死僵的空氣，也跟著鬆活了」；佛琴尼亞知道用鏡子看自己表情，鏡子的作用可歸入第一類；但是更重要的是照鏡子以及後來的小動作使這批老小姐們會意到彼此屬性的共通點，它與最後王小姐發現佛琴尼亞的白頭髮「裝做沒看見什麼」的作用一樣，暗示了她們相憐而認同的心理。套句論文〈象憂亦憂、象喜亦喜〉的話說，作者在眾女面前「高擎著一面明鏡」，在讀者心中，造成她們整合一體不可分的印象。後來李漢克過來和佛琴尼亞搭話，「她一扭頭，『啊喲——』了一聲，幾乎打翻了手中的紙盤子，那神情彷彿一個人在半夜照鏡子，驀然照見了自己的真魂」，用鏡子確定了兩個人等值的地位。當然，李漢克一直沒有對鏡，可以做為水晶心理天秤傾斜的另一證據。〈午夜夢囈〉方光正和卜鏡清打架，把牆上一面長方形穿衣鏡震得「四分五裂，頓時變成了一面蜘蛛網」；當時林素貞已死，符艷女與他們也暫時沒有往來，他們兩人之間的關係（法海心理的兩條出路，一個男人性格的兩面）就如破裂鏡面裏的影子，模糊，複雜，有待重新調整了。

第三類，用鏡子做時空的轉換。〈命運的婚宴〉「我」舉步登樓，「迎面一座寬大的穿衣鏡內，反映出一個少年的身影：鴨舌帽，白府綢襯衫，紅花領結，深藍嗶嘰短褲。他是誰？誰是他？混沌中，我逐漸廝認出：這一個迎面走來的少年，正是十五年前的『我』。『我？』『不錯，是我』」；這個作用，與張愛玲〈金鎖記〉曹七巧由鏡子裏面的幻象，一下子滑過十年的手法，完全類似。就人物命名和鏡子意象而言，水晶小說和批評的相互影響，多半具有正面建設的意義。這提醒我們不必沉迷於這種陶醉：我們終於發現，作家某人受到某人的影響，我們發現，批評家某人對別人小說的研析，其實是夫子自道。

七

胡何楨投書，可能意味了讀者對水晶小說一種負面印象的普遍性。我們期待讀者不要拘泥於小說的少數幾種表現方式（如〈沒有臉的人〉那種）。我們歸結水晶〈悲憫的笑紋〉以後幾點主要的傾向，都意味著水晶可能在中國近代小說裏，將佔有不容忽視的地位。我們有很多作家，曾在捨棄舊有表現方式，表達新的理念和感覺的過程上一蹶不振。我們也有很多作家，甚至還不曾意味到超越自我所暗示的那種擴大寫作潛能的意義。水晶個人為維護自我，縱或在散文或批評裏，偶爾有失忍讓，這不應該影響我們對小說家水晶的期待。

本文的研究確實使我們對水晶小說的期待，成為有理由的期待。

附註

本文論及水晶的四本書：《青色的蚱蜢》集，文星叢刊二六〇，文星書局，一九六七年六月二十五日初版，後來轉為大林文庫六〇，大林書店，一九七〇年十二月二十日初版；《拋磚記》集，三民文庫五四，三民書局，一九六九年七月初版；《張愛玲的小說藝術》集，萬卷文庫二〇，大地出版社，一九七三年九月三十日初版；《鐘》集，三民文庫一七〇，三民書局，一九七三年二月初版。

司馬中原英雄的衰亡與昇揚

一

司馬中原的長篇小說《狂風沙》自一九六五年三月開始在臺北《皇冠雜誌》（第二三卷第一期，總號第一三三期）逐月連載，至一九六七年二月的《皇冠雜誌》（第二六卷第六期，總號第一五六期）為止。一九六七年五月，《狂風沙》單行本由皇冠雜誌社初版發行。根據作者自述，這本小說的構思始於一九五五年（見該書〈狂風沙后記〉，以下簡稱〈后記〉），定稿於一九六六年（見書末作者自註）❶，曾經過十年經營。這本小說是在邊寫邊連載的情

---

❶ 本文根據〈司馬中原的語言〉（幼獅文藝月刊第二一六期）與〈司馬中原與「狂風沙」〉（中華文藝月刊一卷五期）改寫而成。本文的論點與舊作已大不相同，所以敢於發表，以取代舊作。改寫期間

形下完成的（見〈后記〉），並且，我們比較單行本與連載中的內容就可以知道，這本小說在初版前後，並沒有修改或刪增。

了解以上那些寫作過程，對我們欣賞《狂風沙》，並非毫無幫助。至少我們可以領會到兩件事。其一，在那種情勢裏，作者可能無法完全有效的掩飾他的主題。某些長久縈繞於作者的心理事實，可能會不得不做較為坦誠、直率的流露。

《狂風沙》的主要趣味，正建立在這個真實的基礎上。作者經營關東山這個英雄形象，本身的英雄崇拜❷產生了改變。關東山由做為神明的英雄沉澱為厄運基層人，再自厄運基層裏昇揚，聳立成做為有德者的英雄。在英雄類別的轉變過程裏，讀者的英雄崇拜受到壓抑，然後得到補償性的滿足。這一點，我們自本文第二節開始，再詳細討論。

其二，我們不能盡信作者本人對作品的解釋。對我們讀者而言，這是一個有悠久傳統的評言。創作完成以後，作品就是個自身俱足的生命，可以容納不同角度產生的不同解釋。作者本人對作品的解釋，可能是片面真實的，也可能竟然是有意隱瞞實情的。

曾蒙姚一葦先生，柯慶明先生撥冗指正，在此誌謝。

❷ 湯姆斯・卡萊爾(Thomas Carlyle)，一七九五—一八六六，蘇格蘭作家。這句話引自何欣譯《英雄與英雄崇拜》，國立編譯館出版，中華書局印行，一九六三年十月出版。

我們先舉個簡單的例子，說明這件事的重要。時下好以政黨屬性來區分臺灣小說的批評者，或許會很單純的認可〈后記〉自陳的反共立場：

「我覺得那一時代的背景，和前赤色大陸的時代背景相同，往昔鹽梟們所受的痛苦在輪迴，慘痛的悲劇正在重演，我實在值得寫一部這樣的書。」

事實上，這段話充其量只可以做為司馬中原中篇小說《餓狼》❸的註腳。《狂風沙》衡稱時局，並不採取《餓狼》那種一味評擊諷刺共產黨的立場。關東山曾說「即使北伐軍平定北洋，太平軍還得靠人心維繫才得久長」（第一三二五頁）。他由牯爺的事件擔憂到「誰敢說在北伐陣營中，沒有牯爺那種披著人皮的慾獸」，所以他祝禱：「願一切掌權人敞開仁懷，披覆萬民」、「願北伐軍好自為之罷」（第一三四八頁）。他對北伐軍何總指揮闡釋「全民宗奉的三民主義的主要內容」喃喃自語：「道理確是不錯的，朝後麼？該看怎樣去行了！」（第一三四五頁）

《狂風沙》衡稱時局，確有保留而謹慎的一面。我們可以引用作者對長篇小說《荒原》❹的話，為這種態度找到前例。《荒原》曾被批評者簡略而認真的稱為「一本極夠份量與水準

❸ 長篇小說《餓狼》，一九七二年十二月出版，陸軍總司令部發行。

❹ 《荒原》，一九六二年四月大業書局初版印行，一九七三年二月皇冠出版社重印發行。

的反共小說」❺。司馬中原在一九六三年致李英豪的信上說：

「與其說我反共，不如說，我反對一切暴力。一切文明必須建築在人道觀點上；否則，那沒有根基的文明便成了深陷的沙丘。中國農民是迷信、保守、固執；但有著溫良、知足和人道的一面。他們有權保有他們的世界。（這種世界是合情合理的生存條件的，他們並不想干犯或改變別人。）任何政治家不配指導他們，只能用一種緩緩靜靜的風，吹拂他們，使他們從一個古老的夢境引渡到另一個新的夢境。」❻

司馬中原當時曾很具體的指出：《荒原》這本書「從何指揮身上批評政府當時的保守和部份顢頇，不但荏弱也不夠深入」，但是對「中國近年苦難的責任，我作了雙面的批判。我批判了共產黨無視於人道，我也根據事實，對政府當時的保守和部份顢頇，作了『春秋』之責。」❼

作者雖然沒有對《狂風沙》做類似的闡釋，但是他在《狂風沙》裏衡稱時局，與《荒原》的態度，十分相近。自由中國的作家在表明他們對時局、政治、社會的看法的時候，確實享

❺ 見吳友詩〈評「荒原」〉文，該文收入皇冠出版社重印的《荒原》書內。

❻ 見張默〈從「荒原」出發〉文，該文收入皇冠出版社重印的《荒原》書內。

❼ 見魏子雲〈款步於「荒原」內外〉文，該文收入皇冠出版社重印的《荒原》書內。

有相當程度的自由。比那些好以政黨屬性來區分臺灣作家的批評者所了解的自由，要大得多。

我們還會列舉作者本人對作品的解釋，與事實不符的實例。

二

我們借用卡萊爾「英雄崇拜」的定義，來討論關東山在《狂風沙》裏的屬性。簡單的說：英雄指「偉大人物」，崇拜「就是沒有限制的羨慕敬佩」❽。我們曾指出，關東山在《狂風沙》裏，由做為神明的英雄沉淪為厄運基層人，再自厄運基層昇揚成做為有德者的英雄。本文將分三個層次說明關東山這種英雄類型的轉變。本節討論第一個層次：關東山成為神明英雄的原因和方式。

基本上，關東山做為神明的英雄，是《狂風沙》最重要的一項假設。作者視這項假設為傳說故事的一部份，而作者本人，則矢志忠於傳說。做為自我檢討，〈后記〉自陳：這本書的企圖在「復活並重現一個時代」、「召回一個已逝的時代，勾勒出它全部的面影，賦予那些人物的生命」；它是用「傳統的寫實手法」去鋪陳「人物造成的事件」。所謂「傳統的寫實

❽ 見❷。

手法」沒有明確的界定。我們在〈后記〉裏歸納，大略得到以下三項說明：㈠忠實記錄傳說裏「精於擊技的人物」，以傳說的觀點為觀點，不以「現代若干觀點」去存疑。這樣就避免了「中國鄉野傳說」和「現代若干觀點」之間「自然的衝突性」。㈡「在作品中盡量吸取民間傳說中質樸的美，卻不願使作品的精神落入古老傳奇的窠臼」。所謂「古老傳奇的窠臼」和「質樸的美」也沒有明確的界定；「窠臼」大概指脂粉男人藉裙帶關係，得名利忘道義的固定故事形式。那些故事的人物「多無左右命運，改變環境的能力，也缺乏那種醒覺」，所以「質樸的美」大概指剛性、獷悍、愚拙和樸訥這些性質。㈢「儘量取用他們本身的生活語言，使用鄉土氣習濃烈的，平樸野獷的文字，儘量避免使用現代的文明社會中習見的詞彙」。

〈后記〉一再強調《狂風沙》故事來源的可靠性，以求得「穩固的『史』的基礎」和「史的依據」。提到作者自我創造的成份（如童年印象，如「作者是否能在作品中充實其生活的肌裏；賦作品以真實的血肉」），則強調作者本身「原始的誇張性」，要盡量附和民間傳說「適度的誇張性」。

《狂風沙》的故事，發生於司馬中原誕生以前❾的北伐時期。〈后記〉似乎認為這個故事可以是對那個特定時空的客觀描述，可以是一種自外於作者本人的客觀存在。至少，《狂

❾ 司馬中原，原名吳延玫，一九三三年生。

風沙》正是對那個傳說世界的追求，一種減少作者自我創造成份的追求。事實並非如此。我們將在以下列舉的實例裏看出，作者刻畫關東山在傳說裏做為神明英雄，具有豐富的想像力和創意。所以關東山做為神明英雄，其原因不只在於它是傳說裏的一部份，也在於它是作者內心潛藏的英雄崇拜的一部份。

司馬中原主要用兩種方式，來奠定關東山神明英雄的地位。其一，是以俠義小說裏的俠士豪傑，來影射關東山。其中最重要的，當然，是以關東山做為《三國演義》關雲長和《水滸傳》關勝的延續。延續的主要憑藉，在於造型與社會地位。我們用一百廿回本《三國演義》和七十回本《水滸傳》做個比較。

造型。關雲長：「身長九尺，髯長二尺；面如重棗，脣若塗脂；丹鳳眼，臥蠶眉；相貌堂堂，威風凜凜」（第一回「宴桃園豪傑三結義，斬黃巾英雄首立功」）；關勝：「生得規模與祖上雲長相似，使一口青龍偃月刀，人稱大刀關勝」，「端的好表人材：堂堂八尺五六身軀，細細三柳髭鬚，兩眉入鬢，鳳眼朝天；面如重棗，脣若塗硃」（第六二回「宋江兵打大名城，關勝義取梁山泊」）；關東山：在三里灣沒鼻子老頭眼裏，「論人品，論氣度，多少年來這間荒舖裏沒款待過這樣的客人；他的身材在十幾個大漢裏算是最高的，兩隻厚敦敦的肩膀真能擔得山，可就沒有那幫掌車的那股野氣；他頭上的黑熊皮帽子，帽頂鑲著極珍貴的水獺皮，傳說裏雪花都不朝上落；他一身玄緞的長袍斜對角掖在黑緞的腰緣裏，露出銀色貂毛裏子，緣兩面插著兩把全新帶烤藍的匣槍，兩隻皮靴的軟帶上，插著八把雪亮的小攮子，他紅塗塗的那張長方大臉帶著一股說不出的霜寒味，儘管兩道又濃又長的眉下兩隻溫厚的眼，總帶著似笑非笑的樣兒，可一看多了，就有點兒逼得人打寒噤——想到堂上供著的關公」。（第二四頁）

社會地位。關雲長：荊門州當陽縣玉泉山的普靜看見空中無頭的關雲長在關平周倉的擁護之中大叫「還我頭來」，就對他說：「昔非今是，一切休論；後果前因，彼此不爽。今將軍為呂蒙所害，大呼『還我頭來』，然則顏良，文醜五關六將等眾人之頭，又將向誰索耶？」於是關雲長恍然大悟，稽首皈依而去。「後往往於玉泉山顯聖護民。鄉人感其德，就於山頂上建廟，四時致祭」（第七七回「玉泉山關公顯聖，洛陽城曹操感神」）。關勝：「……關勝義勇之將，世本忠臣，乃祖為神，家家立廟」（第六三回「呼延灼月夜賺關勝，宋公明雪天擒索超」）。關東山：「又有人說孫傳芳當人提起關八，誇稱他是北地無出其右的豪士，黑松林義釋彭老漢，為單挑民間疾苦進天牢捨命，直可比擬上古代的關雲長」（第一四〇頁）。

不僅如此。關東山羊角鎮單騎赴朱四判官約會，規模似乎追隨著《三國演義》關雲長單刀赴會東吳；萬家樓追殺朱四判官，手提七顆人頭回城（這事在小說裏曾經至少四度提起），業爺把保爺生前坐驥白馬一塊玉相贈，也似乎不離《三國演義》關雲長過五關斬六將，騎神駿赤兔馬的籠罩。除關雲長之外，也使用其他的俠士豪傑來影射。戴旺官以「相如懷璧，張良刺暴」為「大俠之風」，暗指關東山（第二二〇頁）。萬家樓老帳房程青雲認為關東山：「何等的威風，何等的氣概，那一點也不輸演義說部裏的豪傑英雄」（第五六八頁）。瞎眼的關東山在萬家樓老百姓言談裏，隱約上承漢高祖劉邦，楚項羽的餘蔭，而明白指稱為「英雄」和「英雄人物」（第一二五一、一二五二頁）。這些影射都有助於在讀者心理喚起一種勇武蓋世的英雄印象。就關東山領新六合幫走私鹽跑江湖這個身份而言，以關雲長來影射，也是一種合情理的附會：關雲長在中國幫會組織裏，確實曾形成某種代表義氣、勇武的象徵⑩。（這樣看來，大狗熊能順口引用《三國演義》馬謖失街亭的掌故（第六九八頁），不能算牽強。）最重要的，是使關東山承繼了那些俠士豪傑做為神明英雄的地位。

另一種奠定關東山為神明英雄的方式，是把關東山比擬為具有超自然力量(power)的事物。例子很多。風月堂老鴇母劉媽媽說：「誰不把八爺您當神看？」（第二三三頁）；北洋軍副師長說他「是條見首不見尾的雲龍」（第四二四頁）；朱四判官在羊角鎮先戲稱關東山

⑩ 見關雲〈秘密社會與黑社會面面觀之十一——影響我國幫會的兩本小說〉文，一九七三年三月十五日《中國時報》人間副刊。

為「咱們的喪門神」，然後槍擊以身殉教喻的關東山：「『我看見了！我看見了！八……爺！』朱四判官忽然哀嚎著，屈膝跪在地上：『您不會記恨我罷？八爺，您不是人，您就是神！』」（第五四五頁）；萬家樓老帳房說關東山的抵達是「暴雨落飛龍」（第五六五頁）；在萬菡英心裏「他彷彿是一尊神祇，為拯苦救難履踏凡塵……」（第五六九頁），是忘我疾翔的「蒼鷹」（第六九七頁）；在許多鄉野傳說裏，「人們直把他當成活佛」，認為「像關八爺這種樣的俠士是上應天星的」，「天要倒孫傳芳，鹽市才顯出關八爺來的！」，「八爺是條神龍」（第六八六頁）；老木匠萬才對關東山說：「您真是個神人？」（第一二五七頁），然後在秋夜獨思：「像八爺這樣的人物，原是傳說中的一條神龍」（第一二八三頁）；小餛飩更虔誠了：「八爺就是那樣的神祇」，「他總是一尊神，他心目裏的神」（第一二八五頁）；最後在牯爺的眼裏：「這個瞎了眼的人就是活生生的果報神，他從陰森冷黯的地獄裏來，燒起一把慘紅的報應的烈火」（第一三二七頁），形象十分恐怖。

這一種奠定關東山為神明英雄的方式，最主要的，是強調神明英雄必需具備的力量。佛洛依德晚年的著作《迷幻》(*The Future of an Illusion*)論及宗教的起源與功效，曾說：「神明維持三種工作：他們必須驅除人們對自然的畏懼；在人們面臨命運的殘酷壓迫下，特別是死亡的威脅，神明就必須設法緩和人們對這些威脅的恐懼。還有祂們必須在文明強迫加於苦難人們身上時加以補償」[11]。根據這段話，我們省察關東山在《狂風沙》裏做為神明英雄的工作。他領導新六合幫冒險走私鹽，養家活口，驅除他們對自然的畏懼。他領導人民抗暴，緩和人們對命運，對死亡的恐懼。他在厄運基層裏形成一種期待。如果說這種期待的本身，可以是厄運基層的補償，那麼，關東山的神明英雄地位，於斯可以初定。

三

我們回味作者奠定關東山神明英雄地位的兩種方法，可以發現，關東山的神性，完全經由小說裏的群眾或人物來渲染而成。作者一直避免讓關東山本身在行為或談吐上，暗示或顯示他的神性。這麼看，既然關東山做為神明英雄，是故事的一項假設，必然有另一種假設，在限制神明英雄那種假設的範圍。確實如此。《狂風沙》一方面崇拜關東山如神明，另一方面，又視之為常人。本節就討論這第二個層次，頗資玩味的問題。我們將分析何以作者要訂定如此不同的假設，作者如何使這種假設合情理，最後，關東山向厄運基層印證自我以後，產生那些影響。（本文使用「厄運」一詞，指受難suffering的意思；「基層」，泛指社會群眾

[11] 見石印滇、王杏慶合譯《迷幻》，向日葵新刊三十，一九七一年十月二十日初版，晨鐘出版社印行。

或平民，包括農民、鹽民。）

一種便捷的解釋是：視關東山為人的這項假設，是傳說的一部份。這是作者忠於傳說的結果。比如小說開始時，追敘關東山的生活歷練：二十歲時候是老六合幫拉車縧的小小子；老六合幫受剿散亡，關東山隻身劫法場不成功，北走加入陸軍速成學堂，五年後做緝私隊長，義釋彭老漢以後自首進大牢，和獄卒一起到關東，在額爾古納河打老毛子兵（短篇〈邊陲〉就取材於額爾古納河邊民抵抗赤俄的故事），然後（卅二、三歲）被向老三請回來領新六合幫走私鹽。這段描寫，就可能是對傳說忠實的記錄。

事實上，我們原來對這個傳說一無所知。不僅如此，幾乎所有司馬中原自稱為傳說的故事，只有在小說裏的時空環境裏廣為流傳。在他實際寫作的時空環境裏，這些故事在寫作前後，都沒有達到家喻戶曉的地步。如果說傳說是歷史的累積，如果說家喻戶曉是傳說的條件，司馬中原的小說，往往不過是傳說的雛形或流傳的起步而已。我們無法辨認作者是否忠實記錄口傳階段的傳說。相反的，我們可以很容易證明作者曾「用現代人的知識，理性，和思考去分析」⑫傳說，然後整修傳說，使傳說故事合情理。《狂風沙》視關東山為厄運基層人，

⑫ 被視為《鄉野傳聞》五本集子「總序」的短篇〈大黑娥〉開始兩頁，曾重覆〈后記〉的觀點說：「這些故事用現代人的知識，理性，和思考去分析，立刻會指出它們的荒謬和無稽之處來，但是他們曾

很可能就是整修傳說，使小說合情理的一項結果。我們舉個例子，說明作者對傳說懷疑的態度，以及對傳說做理性的思考。

《三國演義》裏關雲長死訊還沒有傳來，孔明說：「吾夜觀天象，見將星落於荊楚之地，已知雲長必然被禍」（第七七回）。可見羅貫中曾視關雲長為上應將星。《水滸傳》的一百零八好漢則根本是殿前太尉洪信在江西信州龍虎山「伏魔之殿」誤放下凡的妖魔（第一回「張天師祈禳瘟疫，洪太尉誤走妖魔」），大刀關勝上應天勇星，是三十六天罡星之一（第七十回「忠義堂石碣受天文，梁山泊英雄驚惡夢」）。做為因襲模仿，《狂風沙》曾提及傳說裏關東山「上應天星」（第六八六頁）。但是作者對關東山那段生活歷練下的按語卻是：

> 世上若沒有那多悲慘事，就顯不出關八爺那樣豪強的漢子了（第一一一九頁）。

這句話很重要。它使我們看出作者對傳說做了理性的思索。思索的目的，在尋求關東山氣度、豪情的形成原因，尋求一種合情理的解釋。再舉個例子：關東山在鹽市福昌棧主王大

被人一代一代地相信過，傳述過，因此他「有權利」把它們保存下來」。見齊邦媛〈司馬中原筆下震撼山野的哀痛〉文，載於《中外文學雜誌》二卷三期。

少的大花廳見到戴旺官師徒以後，曾經兩度回想關於他們的傳聞，回想裏有這樣兩段話：

> 故事是鮮活的，但總帶有幾分荒誕，自己當初不止一次懷疑過，世上當真有聶隱、紅線之流的武俠嗎？……（第一六六頁）

> 自己是苦練國術多年的人，常覺得坊間那些南派的武俠小說無稽，什麼飛劍一起，百里取人首級，什麼師祖下山，猿鶴相隨……但像神拳太保戴老爺子師徒，確是具有一番不凡的身手。也許在羅老大的傳說裏，有些誇張失實的地方……（第二〇四頁）

司馬中原確實疑雲滿腹。關東山瞎眼以後，苦練盲目聽音，待機會復仇；出手以前，先激使牯爺讓自己先出手，終於手刃牯爺。這些安排，都是司馬中原力求自免於「無稽」的表示。瞎眼的關東山對老木匠說過：

> 「其實這並不稀奇，」關八爺說：「世上凡事都有事理，只要想穿了，再加上苦練就成，古話說：熟能生巧，是一點兒也沒錯的……」（第一二八二頁）

老木匠不得不嘆服他「說的句句在理」。做為讀者，我們該對司馬中原嘆服什麼？關東山後來以木匠手藝與武技相提並論，可見司馬中原對武俠技藝的取信是保留的。半信半疑，是一種存疑的態度。這種存疑，促使作者在《狂風沙》裏努力使傳聞中的武功合理化。如果傳說代表一種對傳聞中的武功完全採信的立場，司馬中原與傳說的距離，立即判然可鑑。

進一步看，司馬中原了解英雄崇拜乃發自基層民眾對戰事平復，政治清明的渴盼。散文《煙雲》書僮老秦說得明白：「看書可不要過份迷書，這些小書上說某人是某種星宿臨凡的，實在全是假話」，他不相信歷朝歷代真有唱本描寫的太平盛世（君「正」臣「賢」，政「簡」刑「輕」）：「若真民無疾苦，會有這許多賺人眼淚的唱本兒？」。《狂風沙》也說：

> 在久遠的歷史進程中，民間流佈的傳說就已經具有了這樣一種特性，部份平樸的事實僅是它的核子。當它開始流佈的同時，就好像在雪地上滾球一樣，加添了許多種神秘的，誇張的，想像的描述。到後來，每個轉述那些傳說的人，都自由的加上了他們內心潛藏的希望，使那些傳說中洋溢著廣大民間神秘的願望，也代表了民間潛在的反暴力的精神……雪球愈滾愈大，那些後來加添的富麗的描述，反而掩蓋了原有的事實，使事實降為次要的了。（第六八六頁）

《狂風沙》在轉述傳說的同時，不僅加添了許多誇張的，想像的描述，最重要的，這些描述大部份是免於無稽的，理性的。基於這種基本的了解，我們就不難領會長篇小說〈綠楊村〉裏，孟家四房鬧狐仙是長房爭取繼承產業所造的謠言（那時他稱長房為「混沌愚懞的鄉野世界」）的那種暗示。而且，如果〈后記〉所謂「現代若干觀點」指對傳說真實性的懷疑或拒絕的觀點，則「現代若干觀點」與忠實記錄傳說之間，就不會存在互斥的情勢。作者可以一方面忠實記錄，一方面又心存懷疑。兩者是不同層面的事。我們一方面讀到《狂風沙》鄔家瓦房鄔百萬（第三〇〇頁）或長頭夫人（第四九三頁）那種渲染哄鬧的鬼故事，一方面又可以讀到短篇〈狗屎蛋和尾巴神〉那種對迷信或愚昧的正面打擊。司馬中原就在那懷疑的層面裏，對傳說添加那些免於無稽的，理性的解釋。關東山做為厄運基層人的這項假設，雖然可能原來是傳說的一部份，如果我們視為作者對傳說添加的說明，當更具有說服力。

司馬中原主要用了兩種方法使關東山著實地向厄運基層人互相印證。其一，是關東山高度的自覺能力，其二，是女人，做為人的層面上一種強大而相牽制的力量，的無情透察。第一種方法明顯而直接，第二種方法有力而迂迴。我們分別討論這兩種方法。

神明英雄關東山對當面稱他「神」的人，都不予理會。理由很簡單，他的人格塑型裏不允許那種自以為神的狂妄存在。只有一次，當朱四判官跪在他面前哀嚎說：「你不會記恨我罷？八爺，你不是人，你就是神！」

> 「我只是關八。」關八爺說，疼痛和暈眩使他咬住牙，額角滾下豆大的汗粒，他原來紅塗塗的臉慘白得可怕，但他聲音仍是溫柔的，充滿了對世上的哀憐：「我只盼你記得你的話，救救……鹽……市……罷。」剛說完話，他就咚的一聲摜倒在石坪的血泊裏了。（第五四五頁）

「我只是關八」這個肯定特稱句子，相當於否定泛稱句「我不是神」；是基於否定的自我認定，劇力萬鈞。

除此以外，神明英雄關東山自覺為厄運基層人的例子俯拾皆是：思潮裏先是自負：「……走不盡的野路，歷不盡的風霜，英雄也英雄過，俠義也俠義過，話又說回來，人間若沒有這多的不平事，哪還用得著英雄俠義去灑血拋頭?!古往今來，英雄俠義全是叫人間不平逼出來的……」（第一三〇頁），馬上有所更正：「……我不是什麼英雄豪傑，只是個肉和血做成的常人……」（第一三一頁）；在鹽市福昌棧說：「我關八不過是浪跡江湖的直性人……」（第一六二頁）；他對戴旺官說：「這種世道，想挺起脊樑來學著做一個人，也竟有這麼多的難處」（第二二〇頁）；自忖：「打這種火，拼這種仗，到底是為了什麼？自己不是保疆衛國的英雄好漢……」，「絕非是什麼樣忠肝義膽的豪雄，更非是江湖上聞名的好漢，只是一個想做一個『人』，肯做一個『人』的人」（第三九九頁）；自忖：「在亂世，任何一個想做一個『人』的人，都必得懷抱這種苦痛……」（第四七八頁）；自忖：「……想在這種劫難交加的亂世做個『人』，就不能不看這些，不能不想這些，看在眼裏兩眼滴血，想在心裏五內俱焚！做『人』，是的，一個『人』該挑的擔子就有這般重法，直能把人壓死……」（第五二七頁）；對牯爺說：「我說過我不是什麼樣的英雄……」（第九〇八頁）；自忖：「關東山好像只配做一個亂世人」（第一二九四頁）；在萬家樓闔族宴席上說：「……我關某只不過是亂世裏一個莽夫……」（第一三二二頁）。

相對於關東山高度自覺的能力，女人透察的力量決不容忽視。我們先把話說遠一點。《狂風沙》裏男人對婚姻的態度有兩個不相容的極端。一方面司馬中原對男人維持家庭生計這份傳統責任非常執著。舉幾個例子。他描寫六合幫弟兄時，話說得非常明白：「他們沒有那份閒情觀賞什麼雪景，也無視於寒冷迷離的命運，他們只想到黃瘦著臉亂髮蓬蓬的妻，飢餓啼號的兒女……」，「拿血汗換得那些，回去哺養家人已是他們最豐足的夢」（第一二七頁）；寫石二矮子的生活態度：「人不存心欺人壓人，就該在這世上活下去，人活下去就得穿透苦難，穿透血海汪洋，去取得一碗飯分給妻兒。若談道理，道理也就這麼多了！」（第二九一頁）。後來在鄔家瓦房鬼故事裏，那些冤鬼決定讓鄔百萬發財，但是有三個條件：①埋屍，②請和尚唸經超度，③「你發財之後，盼能找著咱們家小，多少施捨些，讓他們不致餓死」（第三〇三頁），做鬼也記得照顧家小。關東山打完鄔家瓦房那戰，自忖：「……這可是你關東山單憑一腔熱血獲得了的麼？也只有把死者姓名鄉里開給彭老漢，求他暗下差人去照顧死者的家小罷了……可哀的是那些死去的兄弟，有的仍有著白髮蕭蕭的老親娘，有的仍留下一堆凝望野胡胡蒼天的妻兒，即使彭老漢能照顧她們的生活，誰又能安慰得那些殘了破了的心靈？」（第四七八頁）

另一方面，作者對婚姻避之猶恐不及。關東山正是例子。這個「生是一片雲，死是一場霧」（第二七頁）的人，「自從踏上了江湖，使他連靜下來一溜遼遼的時間全沒有了」（第二一〇頁）。他要在「一片苦難的海」裏救「那些災民」（第二一〇頁）。救世責任感容不得本身的家小觀念（第七八六頁：「但家卻早已飄進雲裏了」）以及愛慕女人的念頭。從這個角度來看，關東山反而以為貪戀家室「日後行事反多了一層顧忌」，認為妻小是發展事業（一項磊落光明的事業）的障礙。

這兩個極端的看法，不僅形成關東山內在潛伏的矛盾，也促使短篇〈窮途〉那個揹狗皮捲兒的流浪漢到處飄泊。年輕時候他住在山北，憧憬山南的繁榮，新婚夜「不甘心像條烏風蛇，只會盤著黑松枝，把這一生活埋在北山窩的寒冷裏面」，趁新娘倦睡就溜走了。但是傳說裏山南的繁榮是幾十年前的事情，已不復存在。他寧死也「不願再回北山村受那份奚落和訕笑」，靠彈琴賣唱到處流浪。他流浪的方向是朝向兩極的：「秋風抓起衫攏，使那人身子大仰著彷彿倒著朝後走的樣子，若不虧他背上豎起個長條狗皮捲兒和捲心露出的琴把兒，只怕是前後難分了」。他心裏不解「為什麼不能扔開心窩深處的一點兒黑？黑裏展現的老窩巢！」。當「迎客的紅燈籠裏，火舌兒受雨粒一激，撲突撲突的跳著」的時候，他遇見野店舖的女主人（她深深了解「男子漢都是天生的飄流命呀，人窩在巢裏，心底長出眼來，脖頸伸在歲月上望著遠方」），格外（與《荒原》歪胡癩兒一樣）體會家庭溫暖的重要。他了解到自己終究不會是女人房裏「守菊的狸貓」，所以「不必回頭」，繼續自懲似的流浪。

關東山的嚴肅的救世抱負使他免於責懲自己拒絕成家的決定，也使他無從體會家庭溫暖的重要。最重要的一點是，他沒能在婚姻以外尋求異性（心理與生理雙方面的）慰藉。這就提供了性壓抑的可能。

關東山的情形確實如此。舉幾個例子說明。周遭人物對女人的輕佻和不敬（比如大狗熊、稽核所長、王大少這些次要人物談到嫖妓時那種趾高氣揚，玩世不恭的姿態），他不但無動於衷，而且從來就無意駁斥。這種情形後來還延伸到張二花鞋身上⑬。關東山在鹽市福昌棧看見一個十五六歲的年輕妓女（後來證實為柴家堡柴二爺的姪女），立刻從姿態、神情、習慣上「判斷出她絕非是尋常人家的女兒，她身後一定有著某種私隱」；然後在搥腿侍候的時候「隔著衣裳，關八爺仍能感覺到傳自她內心的戰慄」；他「就著燈光仔細端詳著她的臉」，仍舊只是想到恩人獄卒秦鎮的女兒愛姑下落不明。花玉寶唱歌時，他「那有心腸去領略妓女的弦歌」。後來在如意堂，老曹向他解釋「活馬九」：

> 「顯見大少是個外行。」老曹說：「活馬老九您全不知道？她是滬上一代尤物，聽說，呃呃……聽說她……若是墊雞蛋，雞蛋不碎，若是換成一疊兒紙，擦得紙片一張一張的朝四面飛，……那才像騎活馬，夠銷魂的……」（第一九二頁）

這番話說得如意堂的萬三笑得彎腰，說話不成腔調；原先被「活馬九」這個諢號「弄糊塗」，而發問的關東山，這時「趁空兒看了看妓院的客堂……」，想到卞三毛六，「暗暗的挫

---

⑬張二花鞋後來在旅店裡見到兩個女人打架，衣衫盡碎，也完全無動於衷。

著牙」。我們實在不必諱言關東山潛在而強烈的性壓抑。

了解到這一種心理基礎，我們才容易掌握《狂風沙》這些安排的用意：（萬三嘴裏勝過活馬九的）小餛飩、（前身為名妓小荷花的）愛姑、小菊花、小叫天這些風塵女人都轉變為正義俠女；小姑奶奶萬菡英不為關東山辭婚惱怒，反而共襄義舉，周濟難民（長篇〈綠楊村〉孟碧琴在男方辭婚以後，癡情悲哀，鬱鬱病終）。表面上這些安排強調了救世不讓鬚眉（這正是長篇〈綠楊村〉的主題，它為此責怪了小舅、小姨姨、孟碧琴、孟碧雲所代表的那「文弱而優柔」的「古老的知識世界」），對那種輕視女人的語調形成一股相牽制的力量，實際上它對關東山的性壓抑形成一種相補償的心理背景：直截了當的讓男女平等，共同節慾⑭。

那麼《狂風沙》裏美麗的女人站在異性的立場（有別於戴旺官自前輩的立場，或徐四自生死搏殺仇敵立場）視關東山為基層人，而非神，非英雄，就顯得自然而有說服力。舉幾個例子。

愛姑安慰萬菡英，肯定關東山有婚姻的需要：「小姑奶奶，我說，妳心裏若真有個關八爺，妳就該等著，等著四方安泰了，他自會找一處棲身處，不再飄遊。」（第一四九頁），最

⑭《狂風沙》對女人輕蔑的態度在短篇〈夏季市場〉、中篇〈餓狼〉裡極化：視女人為耗盡男人體力精神的淫蕩者。

後等著了的，是小餛飩；愛姑在關東山的病榻前回想：「久久以來，關東山在她眼裏就是一尊使人敬愛的神：依照傳說的描摹，他比得過許多唱本中歌頌的歷史英雄……」，但在身遭卞三毛六施暴那夜，她了解到「他不是神」，現在面對病臥床榻的關東山，她再度了解「他到底不是神，他有著跟常人無別的血肉之身」，「他不是神」，「他不是當年無邪的心裏所幻想的神」（第六七二頁）；萬菡英在關東山辭婚離去以後發現「……他不是什麼英雄，不是什麼好漢，他只是一個關愛人的人，東飄西盪的生活著。」（第一一七頁）

《狂風沙》使關東山向厄運基層印證自我，主要產生了兩種影響。就正面的意義來看，我們可以很容易指出關東山使厄運基層開始具有反抗暴政與改變環境的醒覺。作者暗示：捨身救世，改變人類命運這類事，不再是神明英雄的事，而是基層民眾每一個人的事。相反的就負面的意義來看，關東山既已認同於厄運基層，肉體與心智就囿限於人。人的肉體與心智能力的極限，曾成為《狂風沙》故事發展合情理的邏輯基礎，然而，也使《狂風沙》不僅憤世，而且虛無。

作者對世事的憤憤不平，可說是一九四〇年代中國人熱切企求社會平靜，政治改革而不得滿足的自然反應。〈后記〉說：「在被迫保衛的一方，唯一的人道就是無我的抗爭」。這種反應，竟然擴大為虛無感。虛無感配合死者的血和生者的憫產生，十分動人。

死者的血：鹽市戰後的沙窩子，

乾燥的浮動的流沙最是貪婪，它們飽飽的吸飲了無名的人血，然後再隨著長風去半空流浪，一面飛逐旋舞，一面細聲的，鬼魂低泣般的唱著那樣的幽歌。

虛……無，虛……無……

虛……無……無……啊！（第一二二八頁）

生者的懨：

「去！去！」正當他們勒住牲口談話時，那個白頭髮的老太太捎著吹火筒出來，沉沉鬱鬱的冷著那張臉，冷漠中透出不知是厭惡還是疲倦的神情，叉著腰，嘟著嘴，像趕雞似的揮動吹火筒，嚷哭般的啞著嗓子說：「去！打仗別處打去！瀏河打了八晝夜，死人堆成山，鬼門關不收兇鬼，一到陰雨天，遍野鬼哭你們沒聽見?!（※瀏河，地名；蘇浙之戰的戰場，此役蘇浙兩省軍閥火拼，傷亡慘重。）我三個兒子全死了，骨頭上

黃銹了，你們還在我門口談打火？你們想拖走我死鬼兒子的鬼魂？」（第二一二頁）

當時由緝私隊長陪同巡視陣地的關東山對這無禮老婦恍若不聞不見。司馬中原在〈后記〉裏對虛無感也不聞不見。

四

我們前面曾指出：《狂風沙》不止於使關東山向厄運基層印證自我而已，在人的基礎上，它使關東山昇揚為有德者的英雄。本節討論這第三個層次的問題。我們將分析何以作者要使關東山成為有德者的英雄，他如何使這種昇揚合情理，最後，這種昇揚成功以後，產生那些影響。

原因很簡單。本文第二節曾省察關東山做為神明英雄的三項工作。我們曾說：神明英雄關東山在厄運基層裏形成一種平靖亂世的期待。如果這種期待的本身，可以是厄運基層的補償，那麼，關東山的神明英雄地位才可以初定。經過本文第三節的討論後，我們可看出這種神明英雄的地位並不穩固。本文第三節曾說明關東山向厄運基層印證自我，人的極限使關東山無法具有〈后記〉所說的那種「左右命運，改變環境的能力」；影響所及，使《狂風沙》憤慨和虛無。這種負面的影響，必然沖消那種對神明英雄的期待，正意味了神明英雄的衰亡。因此，如果作者不願那種對神明英雄的崇拜落空，就必須使關東山的英雄類型轉變，他必須在另一個價值標準裏塑造出英雄形像。

這個價值標準就選定在人心的善惡上。作者把戰爭頻劇，政局動盪的原因，歸結於外力無法改變的「貪邪的慾念」（第一三二五頁）。這種情形，於政局領導人物「貪」「暴」「奸邪」⑮時，就形成暴力。所以，《狂風沙》塑造關東山為理想的領袖人物，為有德者的英雄，使他的人格塑型，成為普遍行為的規範。它意味了作者所期待於政治領袖的德行：合於「中國王道」的溫柔敦厚、關懷別人、犧牲自己、感化別人，是「替老百姓服務的，都是像春風一樣悠悠的吹著他們」⑯。

司馬中原主要用了兩種方法，使關東山的人格塑型完美。其一，是正面描寫。舉幾個例子。關東山就是這樣一個私鹽販領袖：膽識、骨氣、仁義（第一八頁），救世忘己（第一一

⑮ 司馬中原長篇小說〈綠楊村〉曾暗示「世上人心理」的「貪」「暴」「奸邪」使「柔若弱柳」的舊式女人不合時宜。

⑯ 見孫瑋芒〈荒原的靈語——夜訪司馬中原〉文，《幼獅文藝月刊》第二四一期。

六頁），恨酷刑酷吏（第二四一頁），節淫節儉（第二五〇頁，他「說服了鹽市上的官紳們，遣散了各堂子的姑娘和停止豪華的宴飲……」），愛心（第五三六頁），寬懷（第九〇八頁），憑良心挑重擔（第一〇六九頁）。

其二，是對比。這對比可分為兩方面來說明。一方面，我們以關東山與關雲長、關勝比較。《三國演義》關雲長不僅在世是個剛愎的人，昇天為神，受普靜指點以後，還附體使呂蒙慘死，既報私仇（和瞬目吐痰嚇曹操一樣）也維護自己勇武蓋世的自尊（曹操嘆曰：「關將軍真天神也」）；最後顯靈求劉玄德出兵報仇，加速故事裏蜀漢的覆亡。相對於此，關東山報仇就光明磊落了。他最後手刃牯爺的時候，牯爺「早已不是一個尚存一絲人性的兇犯，而是一隻渴飲人血的豺狼」。作者這時在措詞上，牯爺（第一二八三頁）已不再和萬振全兄弟（第一〇八頁）朱四判官（第一〇六五頁）同為地頭蛇，他已轉變為「狂獸」（第一三三九頁）。所以關東山「對他的一切悲憫同情均歸無用，唯一的方法就是了結掉他」。關東山躊躇再三，才想到「自身卻有著葬身槍下的預感」（第一三三二頁）。這個牯爺眼中的「果報神」關東山，顯得關雲長心胸窄狹，不識大體。

《水滸傳》大刀關勝佔的篇幅不多。除了勇武和「人生世上，君知我報君，友知我報友」（第六三回）那種迂闊的義氣以外，我們對他的個性了解不多。以他與關東山比較，最主要的，可以顯示出關東山做為受難者的那種印象。宋江念念不忘他們大多曾是「朝廷軍官」。關勝「乃是漢末三分義勇武安王嫡派子孫」，並且曾為「蒲東巡檢，屈在下僚」（第六二回）。宋江關勝等人雖然自認替天行道，專打世間不平事，但是他們沒有向厄運基層認同的可能。比較起來，司馬中原以關東山與厄運基層相互印證，就不遺餘力。他不惜放棄小說情節開始就鋪設的懸疑（誰是「剷除了跟長房交誼深厚的老六合幫的人？」），借用牯爺首次的意識流出現（第六六〇頁，「而這卻是自己極不願做的……」開始），讓牯爺自動現身向讀者洩漏機密，使得以後「野林裏死了紅眼萬樹，沙河口死了萬小喜兒，縱火焚燒萬梁鋪，坑害六合幫的王大貴」諸事，以及關東山被剖雙眼，都暗示關東山與厄運基層相同，同屬於受計害的對象。這使我們在關東山那張紅塗塗的長方大臉之上，彷彿可以看見長篇《荒原》裏歪胡癩兒的那張臉：

> 那張臉在紫紅的火光下哪裏是人臉，鼻子眼睛分不清，全是疤痕和筋肉凸起的痂結，好像一隻變形的南瓜。左眼被一道收縮的疤痕吊住，弄成永也閉不起的大圓球，眼珠半凸出在外面的溜打轉，右眼叫埋在一條灰鐵色的肉柱裏，即使睜著也像瞎了一樣。一隻耳朵被削去上半截兒，另一隻倒好好的，只是變了地方，耳眼朝後倒釘在痂疤上。

（第五六頁）

關東山雖然不像歪胡癩兒具有形象化的受難的造型，但是受難，確實形成關東山人格塑型裏不可缺少的一部份。我們現在以關東山與《狂風沙》的罪惡比較，討論作者使關東山成為有德者英雄的另一方面的對比手法。《狂風沙》的最大罪惡，是執迷不悟於權力意志的無限伸張。長篇〈青春行〉說：「對人群存有支配慾望就該是暴力的根源」（第三六四頁），作者也說：「指導同支配他人的慾望事實上就是暴力的根源」，因為「指導同支配就必須限制別人」，壓迫別人⑰。朱四判官由關東山以身殉曉喻，發現自己一向執迷不悟，舉槍自裁。牯爺至死不悔，以至關東山萌生殺機。但是基本上，作者認定那種根植人心的「貪邪的慾念」在《狂風沙》裏揮之不去。相對於此，關東山在性格上雖然具有善感、自憐的傾向，在心理上雖然具有性壓抑的可能，在作者的道德標準上，他仍然是一個完美的足資模仿的有德者。朱四判官那套土匪哲學做為對比，可以顯示關東山處亂世心情不亂，具有擇善固執、處世泰然的美德。牯爺至死不悟做為對比，可以顯示關東山的膽識、勇氣，和不可缺少。這兩個主要的對比，不僅使作者對關東山德行的正面描寫，得到有力的反證，最重要的，是合力襯出

⑰ 見⑯。

關東山不自知的真誠。真誠，是卡萊爾「偉大人物」的第一要義⑱。關東山遂昇揚為有德者的英雄。

影響非常深遠。我們分兩點說明。第一種影響：由於作者強調關東山過人的膽識以及捨身忘我這兩種德行，使關東山做為厄運基層人，一直不能充份享有《三國演義》和《水滸傳》讚揚的那種相知深切，共擔禍福的兄弟感情（《水滸傳》一百零八好漢甚至生生相會於世間），並且拒絕了《三國演義》和《水滸傳》認可的異性的慰藉。除了與神拳太保戴旺官、窩心腿方勝、張二花鞋、鐵扇子湯六刮這幾個俠士惺惺相惜以外，他一直在精神上自外於世界：對朱四判官那夥人，「他會像翼護六合幫這干弟兄一樣，盡力翼護他們，像面臨著蒼鷹的母雞翼護她的雞雛」（第四○○頁），對六合幫弟兄，則「我關東山」與「眼前這些兄弟」（第二七頁）；對厄運基層，則「我」與「一片苦難的海」裏「那些災民」（第二一○頁）；都是一種「我」與「你」的對立關係。探討起來，鹽梟的謀生方式並不見容於軍閥社會（〈后記〉稱鹽梟們「一度生存在極端孤絕的境界」）；而且因為戰爭平息以後「跟隨他走道的六合幫那干漢子們風流雲散了」，他會像「離群孤雁」（第五六八頁），像「斷線的風箏」（第一三三七

⑱ 見《英雄與英雄崇拜》，第五九頁；見❷。司馬中原一向反對「恩威並用」，而主張領導要以「誠德」為本。見一九七五年一月十四日青年戰士報郭風城〈鐵夫〉文。

頁〉，關東山也曾惶惑於戰爭平息以後「假如還活著」的可能（第一二九三頁）。但是做為「現代文明最大的缺陷就是付出感不夠」[19]的矯枉者關東山，卻一直沒有短篇〈窮途〉那種反觀自我的能力。《狂風沙》只是用後來大狗熊對憂心隱世關東山的尋訪，具體化那種孤立無援的處境，情狀狼狽。這樣看起來，關東山做為一九六〇年代小說的主角，未能免於隔絕、疏離的生存處境。司馬中原不是不知道關東山做為有德者的英雄，他的行為規範，具有這種難於仿效的不食人間煙火的一面。

進一步看，關東山所要削除或感化的對象，根本不是幾個少數的暴力當權者，而是與本身分離的一種人心慾望。由關東山可知，作者從來沒有把無限伸張的權力意志視為一種普遍的人類本能，所以他一直沒有把他的干戈由個人揮舞向個人自己，挖掘自我內在的心理問題。一如短篇〈路客與刀客〉寄望「世上多幾個賀一郎就夠了」，《狂風沙》寄望「無數無數的關東山，會在民族的苦難中繼起，迎向更大暴力，更狂的風沙」（第一三五三頁）。但是農民抗暴成功，又結合成新的統治力量，壓迫別人，就造成歷史上治亂間隔出現的循迴[20]。基於這種推理，《狂風沙》推演出人類命運的「歷史的輪迴」觀念[21]。這種推理與散文〈煙雲〉老

---

[19] 見[16]。

[20] 見[16]。

奶奶單純以生命交替現象來解釋「輪迴」，並不全同，也與《三國演義》那種空泛的「天下分久必合，合久必分」，不盡全同。在這個基礎上，我們了解到關東山被剖雙眼的重要：做為有德者的英雄，雙目失明至少使他減低了英雄崇拜擁立他為新的當權者的可能。做為盲者，隱世的關東山可以保持超然的對厄運基層關切、憂心，為他們悲慘的命運「認真的悲哀過——人生到底都是牽牽扯扯無盡忽忙的。」㉒如果說「強人惡人造出來」基層人的厄運，是「世間悲劇的源頭」（第五七三頁），如果說「我對中國的悲劇有一個感覺：一個最深的悲劇，是不自知的悲劇」㉓，《狂風沙》的悲劇也許是：人不自知他具有無限伸張的權力意志，而這種權力意志侵害到他人的生存權利。

第二種影響：由於作者塑造關東山為有德者的英雄，為善惡爭執的完美者，就使《狂風沙》具有一種獨特的簡單的人性體察，一種決絕不肯深入的自限。《狂風沙》的人物，除了朱四判官以外，大都不曾面臨本身性格激變的考驗，或因內在嚴重衝突矛盾而舉止失措。除

㉑ 見〈后記〉。

㉒ 見散文〈煙雲〉，該文收入短篇小說集《煙雲》書，皇冠叢書第二二五號，版次與印行年月均未註明。

㉓ 見⑯。

了他和關東山以外，故事裏人物性格都固定在作者起初暗示或強調過的特點上。這些特點，大都可以用一個簡單的句子描述無遺。比如小牯爺：陰謀奪取萬家領導地位的惡人。套句佛斯特的術語，除了關東山和朱四判官為圓形人物(round character)以外，他們大多是扁平人物(flat character)㉔。就性格特點來看，張二花鞋與萬再生可視為關東山與朱四判官的重覆，所以顯得單調。相反的，萬菡英、石二矮子、大狗熊等人，卻有平衡關東山那凜然不可侵犯的人格塑型的作用。我們知道《狂風沙》的次要人物大都沒有〈興隆集的風波〉、〈七里墳的鬼話〉、〈祝老三的趣話〉、〈狗屎蛋與尾巴神〉那種諷世勸善的用意，他們本身性格刻畫大都不能深入，但是他們在其性格特點上，大都生動可人。

作者在《狂風沙》十年的人性體察，可能不僅於此。但是《狂風沙》本身，確實在人性刻畫上有所選擇，劃地自限。我們以為，這正是作者表現創意的地方。這本書最大的興趣與成就，在於討論領導人物的能力限度與道德操守，在於說服我們崇拜有德者的英雄。除此之外，它忽略了人性內在慾望的深入討論。嚴格說來，在人性觀察上，這本書只是借用性格單一的人物，來討論幾個概念化的抽離的人性觀念。我們回憶作者在〈后記〉以外，曾多次強

㉔ 見佛斯特(E. M. Forster)〈小說面面觀〉(Aspects of the Novel)，李文彬譯，新潮文庫九〇，一九七三年九月初版。

調創意的重要。他曾說：「在現實空間裏，有志寫作的人應該對他本身的生活環境，細心的觀察，深刻的進入，儘量拓寬他們的創作天地，去尋覓和他自己生命相連繫的題材，這樣還是有好的作品產生」㉕。〈青春行〉曾強調自我的重要，認為作者的「生存情境」會「或多或少的潛流入作品中，它充溢對人生的愛，使作品披滿了光輝」（第六頁）。在這個基礎上，我們衡量《狂風沙》的語言，就很有意思。

本文第二節曾引〈后記〉這句話：這本書要儘量取用「他們本身的生活語言」。這話只說準了一半。我們必須考慮一項相反而制衡的因素：我們無法完全重新經驗故事時空情境。因此，小說語言的取用，必然以現代人的經驗接受程度為準繩。我們的經驗取向和深淺都不一致，所以小說語言取用也不能說個絕對標準。只能概略說個「可接受性」。這個彈性很大的範疇，正是作者建立本身語言風格的活動的範疇。一般而言，只要作者本人能真正經驗他的語言，同為現代人，我們也大致（不一定完全）能經驗。因此，小說語言的可接受性，取決於作者是否自我省察到他的創作經驗——一個繁奧的創作過程的心理模式，並且完整（有效而節制）的藉寫作傳達這項創作經驗。這種自我省察是一種心智或直覺的能力。它使作者

㉕ 見⑯。司馬中原對寫作的闡釋很多，目前我所讀到的，比較完整的一篇是〈小說素材的取擇和題材的處理〉，該文為一九七六年三月二十六日在清華大學演講的記錄。見《「清華人」雜誌》第六期。

對自己的創作心理了然於懷（出乎其外），但又密切結合不致游離（入乎其內）。衡量小說藝術要求的一種基準是：作者傳達創作經驗是否完整、節制，而且有效。

《狂風沙》裏，這種直覺或心智的能力凝聚得不足。語言和情節，各舉一例。

夾註超載：

噯，「墜把兒」三，（黑道暗語：指姓陳的老三。）咱們「小架兒」不搭，（黑道暗語：小架兒就是雞的別稱。）「繩頭兒」不扯，（黑道暗語：繩頭兒即是牛。）跟它娘「琵琶」似的，（※琵琶，在黑道人稱「鴨子」為琵琶，取其兩形相似也。）擠在「草把兒」（黑道暗語：指姓萬的。）家的「稠子」上，（黑道暗語：意指集鎮。）替角把兒四，（指朱四判官。）開暗「扇兒」，（※黑道暗語：扇兒指門，暗扇兒即暗裏開路。）把「方子」，（黑道暗語：「方子」即窗戶。）即算今夜「水平」「風隱」，（黑道暗語：意指一切順心如意。）咱們還是……嗨，眼看它娘滿街走「長臉」，（※黑道暗語：「長臉」指驢和騾馬。）各院住的「黑炭頭兒」，（※黑道暗語：指肥豬。），夜來扯不上「蒙頭子」，（※黑道暗語：指被子。）窩得慌！（第七七頁）。

情節旁支：王大貴在樹林裏聽見烏鴉發狂鼓噪的聲音，咕哢一句，又啐出一口吐沫。敘述者立即開始說明這種反應是受傳說的影響，三喜鵲兒和烏鴉如何顯著不同；人們為何喜歡三喜鵲兒，厭惡烏鴉呢？關於顏色的傳說是如何，關於噪叫聲音的傳說又如何，教條式的傳說有那些，童歌、謠歌形式的傳說又有那些，王大貴是如何受這些傳說影響。「王大貴只要一聽鳴噪聲，就知那是一大群烏鴉，他首先就想到遇著這些臭酸烏蟲，不是好兆頭，急忙詛咒兩聲，吐口吐沫來破它！（※北方傳說，遇上烏鴉叫，這樣就可以破除晦氣了。）同時他又滿懷厭惡的勒住牲口……」（第八三〇頁）。好不容易，王大貴才又開始有了活動。

這些鋪張源於（〈后記〉所意味的那種）對故事時空情境，從事客觀描述的追求。然而它們來自敘事者，作者本人，而不似散文〈煙雲〉藉奶奶之口，所以就缺乏那種悠揚抒情的語調。由此，我們可以看見作者炫學的目的。炫學在以上兩個例子裏，旁支作者的注意力在每個註解或關於烏的傳說內容上，在作者創作過程的心理遞變脈絡裏，使自我省察能力疏忽於節制那股沛然莫之能禦的創作衝動，而暫時游離出來多餘的情緒。多餘的情緒具現為夾註超載和情節不相干。所以，炫學使創作過程的心理模式不完整。如果說作品的一貫性是完整的創作過程心理模式具現於作品的性質，這種（多餘的情緒所具現的）夾註超載和情節旁支，就破壞了作品的一貫性。

然而相反的，這種鋪張往往是司馬中原的讀者所追求的趣味。一方面，他們以吸取新知識的心情，來追隨司馬中原炫耀的鄉野傳說知識，以滿足對一九四九年以前中國大陸的懷念。另一方面，這種鋪張正好擴大了故事時空與讀者生活時空的距離，正好縮短了故事與讀者的心理距離；他們在粗心的閱讀裏，覺得司馬中原使他們暫時擺脫生活現實，使他們精神壓力暫時解脫。這兩種閱讀容易導致厭惡或低估：作者的鋪張也許出自一己的想像或誇張，而且他對厄運基層也不過是熱愛和悲哀。

這就同時對作者和讀者說明了：人，必然要面對無可逃避的整個生命現實與自我，以及兩者之間的平衡問題。自我省察，幫助作者和讀者選取適切的姿態和距離，來面對這種平衡的問題，並樹立作品不容等閒視之的基礎。

這麼說，作者與讀者的自我省察都應該加上耐性，以使其省察持續，然後貫穿作品。

附錄

當時不便說明的意見

〈司馬中原英雄的衰亡與昇揚〉曾多次改寫。本書後記裡提到耗時三年才定稿的，就是這篇。發表前請了姚一葦、柯慶明兩位先生過目。現在已不記得他們當時要我修改的指示為何，大概面賜了許多鼓勵與打氣的話。難忘的是私下向姚先生報告了當時拙文不便說明的一項觀察，當場得他贊同。我在追念姚先生的短文〈我們的姚一葦〉（一九九七年五月一日臺北《聯合報》副刊）裡曾披露此事。現在就把那篇短文收錄於此。

我們的姚一葦

四月十五日中午承鄭樹森電話告知姚先生於十一日在臺北過世，同日傍晚在當天郵件裡看到姚先生來信，信寫於四月二日，臺北郵戳日期是六日，大概是進醫院前幾天才投郵。這封信步履踉蹌，比平常臺北航郵要慢。注定了要等我驚聞噩耗之後才得敬閱。

隨信寄來《聯合文學》四月號〈文學往何處去——從現代到後現代〉影本。信上說因為等寄這篇文章發表之影本，所以遲回我信，另加句令我全心震顫的謙詞：「請指教」。我當然了解他的苦心。一九九四年底我在臺北打電話向他問候，十多年不見，他最關心的事，是我是否涉獵後現代主義，並囑我閱讀當月《中外文學》他的〈後現代劇場三問〉。姚先生永遠希望朋友們分享文學藝術帶給他的喜悅，雖然他必然深知後輩如我的學養與領悟力都差他一大截。這就是他的恢宏大度與胸襟。

〈文學往何處去〉說他「正襟危坐」讀文學經典。其實他的許多讀者也用同樣虔誠的態度讀他的著作。他的美學理論讓我們在朱光潛、劉文潭之外仍有鑽研的空間。他也許不是臺灣小說批評的始作俑者，但那四篇早期的小說批評（論王禎和〈嫁粧一牛車〉、白先勇〈遊園驚夢〉、水晶〈悲憫的笑紋〉、黃春明〈兒子的大玩偶〉）在分析方法和嚴肅的態度上開創先河，成為臺灣小說批評之典範。姚先生與其他臺灣資深文評家之貢獻，不會因為有人信口嚷嚷「臺灣沒有『文學批評』這回事」而受損或消逝。

影響王禎和創作生涯的國人當然不會限於一個人。但是王禎和在文字記錄裡自承影響他的國人只提姚先生一位。王禎和對姚先生之尊崇可想而知。

姚先生的影響不限於臺灣。黃維樑提到一九四九年之後香港對海峽兩岸書籍兼容並包的現象：「毛澤東的詩詞、浩然的《金光大道》、郭沫若的《李白與杜甫》，擺在書店中，與蔣中正嘉言錄、姜貴的《旋風》、姚一葦的《藝術的奧秘》一起爭取讀者。」（〈八十年代以來兩岸香港的文學交流〉）一九九一年六月河北大學出版的《當代中國文學史》提到臺灣戲劇，僅舉姚先生的《紅鼻子》為例討論。

廿多年前我請他過目一篇論司馬中原《狂風沙》的小文章。他看完之後邀我去他臺北興隆路的家取稿順便交談。我記得當面向他報告拙文當時不便說明的一些觀察：《狂風沙》英雄崇拜形態之轉變（神明英雄→厄運人→道德英雄）可說是臺灣老兵對蔣介石先生看法的自然流露。不便說的理由是那個轉變過程承認了英雄平亂事功之失敗。所以這個被標籤（或指責）為懷念大陸而與臺灣現實脫節的故事，其實暗含著非常本土的一種臺灣經驗。姚先生聽了就開心地笑起來。我們坐在室外的小陽臺上，臺桌上放著熱茶，是個涼爽多星的夜晚。他在爽脆輕快的笑聲裡說：「不能點明，真是可惜。」兩隻明亮智慧的眼睛與天上的星星一同閃爍。這個大膽的小說淺見，算是他與我多年來共守的一個「秘密」。可惜他等不到我洩這個密，數說他的笑聲，眼裡的星星。

我相信他一生願意做「我們的姚一葦」，就像〈文學往何處去〉提到現代主義文學作品包含「大的關懷」，以「我們白先勇的《臺北人》」與西方經典著作並列為例那樣親暱與驕傲——這裡「我們」指臺灣，指中華文化。姚先生與錢穆一樣自學而成大家，沒有正式的文學（姚）或史學（錢）的學校訓練。缺乏科班經驗反而促使他們治學格外努力、嚴謹、包含與執著。姚先生實踐了「有生之年，不斷地寫下去」（〈我寫「傅青主」〉）的諾言。一九九六年九月十六日來信猶言：「我的身體已有進步。目前雖然仍在吃藥（大概要永遠吃下去）。我已開始做一點輕鬆些的工作。最後是希望能恢復寫作。如果不能寫，那有何人生意義？」他的治學熱忱真是死而後已。

七等生的道德架構

——容忍比自由還更重要

——胡適

一

七等生作品的主要趣味，在於他個人在人我對待關係上，秉持一種特殊的價值觀念。如果個人道德架構，意味著個人處世待人所奉行的一套價值標準，七等生作品的主要趣味，正建立在他個人的道德架構上。

本文將分節，分別自人我對待關係背道而馳的一面，兩性關係，以及人我對待關係相互關聯的一面，討論七等生建立個人道德架構的過程與結果。我們將討論七等生作品裏兩項重要的觀念：「自由」與「神」，並試探若干分析七等生文字風格的方法。

這樣的討論，或許可以使我們今後對七等生善感多思的心理發展，以及作品長期多變晦澀的現象，增加解釋上的便利。我們或許可以確立七等生作品相互的關係，與各別作品的特色。這些作品包括兩篇散文，四十三篇短篇小說，三篇中篇小說，二十四首詩❶。

❶ 本文論及七等生以下這些作品：①短篇小說集《僵局》，一九六九年一月十五日出版，河馬文庫一，林白出版社印行；包括三組廿三篇，(1)〈僵局〉，〈虔誠之日〉，〈我的戀人〉，〈爭執〉，〈呆板〉，〈空心球〉，〈天使〉；(2)〈隱循的小角色〉，〈讚賞〉，〈回鄉的人〉，〈父親之死〉，〈浪子〉，〈慚愧〉，〈結婚〉，〈俘虜〉；(3)〈獵槍〉，〈林洛甫〉，〈我愛黑眼珠〉，〈灰色鳥〉，〈私奔〉，〈AB夫婦〉，〈某夜在鹿鎮〉，〈跳遠選手退休了〉；②中篇小說集《放生鼠》，一九七〇年十二月中篇，〈精神病患〉，〈放生鼠〉；短篇小說集《巨蟹集》，一九七二年三月一日出版，紅葉文叢一〇，新風出版社印行，包括中篇〈巨蟹〉與十六個短篇，〈木塊〉，〈訪問〉，〈回響〉，〈銀幣〉，〈希臘〉，〈爸爸給你說個故事〉，〈海灣〉，〈流徙〉，〈離開〉，〈笑容〉，〈墓場〉，〈眼〉，〈漫遊者〉，〈使徒〉，〈絲瓜布〉，〈十七章〉，另外還有散文〈冬來花園〉，郭楓序〈橫行的異鄉人〉，葉石濤〈論七等生的僵局〉；詩集《1966–1971五年集》，一九七二年九月版，河馬文庫二一，林白出版社印行，包括自序，後記，詩二十四首；短篇〈綢絲綠巾〉，《現代文學》二二期，一九六四年十月十日出版；短篇〈來到小鎮的亞茲別〉，《現

七等生原名劉武雄，一九三九年生；臺灣省苗栗通霄人，臺北師範學校藝術科畢業。根據散文〈冬來花園〉，一九六五年聖誕節前日，曾任園丁職，為時數星期。根據詩集《五年集》自序，自師範學校畢業至一九七二年夏天以前，他做過小學老師、廣告公司企劃、會議速寫、咖啡室僕役等職業。除了本行小學教師以外，別的職業大概任職的時間都很短❷。

二

代文學》二六期，一九六五年十一月二十日出版；短篇〈牌戲〉，《現代文學》二七期，一九六六年二月十五日出版；短篇〈無葉之樹〉，《現代文學》五一期，一九七三年九月出版；散文〈黑眼珠與我〉，《文學季刊》三期，一九六七年四月十日出版。

其中中篇〈放生鼠〉與〈精神病患〉，據葉石濤〈論七等生的小說〉一文說：「已更名為《錄音帶・羅武格》，收在蘭開文叢」，並與《葉石濤評論集》書同時出版，葉文見《葉石濤評論集》書，蘭開文叢六，一九六八年九月初版。

❷ 《放生鼠》書與《五年集》書，都註明了七等生生於一九三九年。隱地〈七等生「結婚」〉一文，註記為一九三七年，恐怕是錯的。隱地文見《隱地看小說》書，大江出版社，一九六七年九月一日出版。

這一節，我們討論七等生道德架構，在人我對待關係上，背道而馳的一面。我們分四點討論。第一點：七等生確實有意自異於世，並視自我以外「生活中普遍的一切」，為截然可一分為二的客體世界。短篇〈爭執〉是個很好的例子。故事裏的男人老戴，視那個「根植在他們眾人的心底，相信祂的真實」的神像，是充滿「虛假和蒙騙的東西」。然後，老戴與神像交談。這段對話在形式上去掉了引號以減除音響，並暗示是出現在老戴的意識裏。對話裏有這樣的兩段：

你敢情就是一樁欺騙。
願不願被欺決定在你，老戴，祂又說話。
我非常抱歉，當然決定是在我。
但把你交給我，你就省得自己煩心。
把我交給你，也許，但我對他們的卑視這怎樣說？
你也是他們中的一個。
戴回頭望望庭院的人們。
這一點我不願，我不是他們之中的一個。

老戴所「卑視」的「他們」，不只意謂著信教的群眾，已具有意指社會群眾的意思。短篇〈爭執〉是他第一本書《僵局》的第四篇。〈爭執〉這種卑視大眾的抉擇，在以後的作品裏幾乎沒有改變。當短篇〈虔誠之日〉男主角卻步於教堂之外，當〈爭執〉老戴自廟寺走出，當中篇〈放生鼠〉羅武格自靈糧堂走出，七等生都提昇本身與散贈靈糧的神祇平起平坐，自立一席之地。七等生得到與眾不同的滿足。如《五年集》後記所說：

「他的存在完全是殊異於其他人的一件事實，當他內心充滿了孤獨、寂寞、敗喪且愚蠢的感覺時」。

第二點，七等生不主張人為信仰彼此爭鬥，並崇尚不受人擺佈的自由。〈爭執〉裏勸降失敗的神像，〈虔誠之日〉裏的上帝，以及〈放生鼠〉基督教靈糧堂佈道大會的牧師，雖然被七等生指為欺騙，但祂們都被認可為善意的欺騙，對拒降者寬大，對社會大眾是一種需要，並且具有安定社會大眾的功能。在這些方面，祂們是等值的，了解這點，就不難掌握〈巨蟹〉第八節裏，一段易生誤會的話：「除了神的信念，人不應自設信仰，發動戰爭。每一個人來自神處的使命都不相同，就像我們的面目和身體，每一個人都能擁有自我的特色的權力」。這段話裏的「神」，不僅指謂七等生認可的自我，也指謂七等生所拒絕的神祇。因此，這段話似乎可解釋為：人在自我價值系統確定之後，不應該侵犯他人的價值系統。

這種看法與七等生「自由」觀念息息相聯。《僵局》集以後一再強調的「自由」，都意含著「不受他人左右」。比如中篇〈巨蟹〉：「當他們結成了團體便開始批評和排斥心靈自由的人」，「這世界最糟的事是：當有自由便將自由當藉口」，「人類皆同等自由和平等」。比如中篇〈放生鼠〉第四章暗示自由為藝術家「受難的清苦生活」所享有的。這些「自由」都與《僵局》集的短篇〈跳遠選手退休了〉遙相呼應，都不曾意謂著生活秩序、價值觀念自我確認以後的一種游刃自足，或閒逸的心態。不僅如此，七等生的自由，還意謂了兩項難以實現的條件：生活空間的絕對獨佔，以及超越時間。短篇〈木塊〉裏的男人接到一張訃聞，使他驚異於自己的住處仍為人所查知，「如同在那個小鎮，個人是個異常大而明顯的目標，不能像蟲蟻一樣渺小得看不出隱衷」，並且使他了解人生也有涯的時限。這時候，訃信不再如短篇〈天使〉引起亡友的深切悲痛，相反的，他「似乎失落了他一生中最珍貴的事物」。驚懼之餘，空間擺設的順序、大小、與光線，整個違反他正常官能的反應。掛鐘鐘擺的聲響震嚇了他。在神智迷斷中，他用一筒獵槍打碎了家具和掛鐘。

這個短篇不僅使我們了解到七等生「自由」的兩項條件，最重要的，是使我們看見七等生對社會人在社會裏的功能，對社會角色在社會裏的付出與收受，都缺乏精微冷靜的思考。

他只是在概念上一味要求不受侵犯，獨立，避免死亡。要求不遂，似乎是必然的事，一如〈木塊〉題旁附語所說：

——一切都準備好了，想贏得自由，在這座城市是斷不能實現的。

第三點，他疑懼外在世界計劃迫害。這種疑懼，不僅是七等生要求「自由」不遂的自然結果，它幾乎已訴諸本能。短篇〈僵局〉鍾獨自坐在起居室裏，不須充分理由就「開始有一種感覺，當他抬頭時，他注意到那張長桌和圍著它排擺的十二張椅子，有著一群小組織正在那裏磋商計劃。他聞得一股流蕩過來的陰詭的微風」。再舉一個例子。短篇〈訪問〉《巨蟹集》並不提供任何線索就斷言市長對男主角「巧設」一種「誘惑」，這誘惑來自女傭，而男主角大為驚慌：

一座城市像是一座森林，他從這森林裏捕獸的陷阱中逃出來，驚慌無目的地行走著。

……

缺乏安全感的傾向，《僵局》集以後日益擴大：「由於他的孤獨，他竟陷入於一種非常膽怯和過份思慮的不安境域」，他經常覺得「恐懼的感覺再度襲來」❸。在《僵局》集以後，這種疑懼不再如《僵局》集裏藉小說故事事態發展，而使疑懼在故事裏合情理。比如《僵局》集短篇〈私奔〉，「他」害怕「她」的先生潘番追殺，而感到恐懼。

第四點，七等生似乎了解缺乏安全感的主要原因在於自己。短篇〈來罷，爸爸給你說個故事〉說得很清楚：

「誰在追趕著你，你要東奔西逃地。」

他聲音低沉地說道：「我自己。」

三

這一節我們討論七等生作品裏的兩性關係。七等生作品在男女兩性關係上，確實與世迥

❸ 見中篇〈巨蟹〉第六節，見❶。

異。我們分四點詳細分析這些異點。

第一點：基本上，男人需要獨立自由，也需要滿足性慾，因此，女人就被視為男人獨立自由的侵害者。〈放生鼠〉描寫男人對性的需要如此迫切：

> 自淫是他每在慾念來臨時用以敷衍它的短暫辦法，他獨自躺在帆布床裏蠢笨地抖動著。日積夜累，他的情緒會變得怪異和難以平靜；身軀的筋肉充滿了緊張，且苦悶得要爆裂。在白日的工作後，恐懼襲向他，有如洪水淹沒他，他在電燈光下的偉人的傳記的研究總是半途而廢。無時無刻，敏捷的神經觸鬚把那底層的慾念揭醒，牽引著它，借著曖昧惡毒的想像撩撥他。

雖然有時在短篇〈我的戀人〉、〈某夜在鹿鎮〉、〈虔誠之日〉，中篇〈放生鼠〉裏，男人可以輕易捕捉女人洩慾，而且女人時常被描寫為智能低下❹，女人仍被視為男人生活的入侵

---

❹ 中篇〈放生鼠〉第三九節，曾針對人類希望破滅的感覺說：「男人還可蠢動和抵抗，甚至反過來開玩笑，女人卻深植在寂寞裏甚至不能喚叫」。七等生在智能或文化開拓上，忽略女人的能力。除了在強調女人對男人性的吸引力時，女人才取得較為突出的地位。比如短篇〈我的戀人〉、〈私奔〉、〈牌

者。舉兩個例子。

我們一定要做愛才能了解，和彼此拉近。不要總是以為那是男人的利益而已，妳們總認為做愛時女人是犧牲品，這是不對的，反而有時情形是相反的。（〈放生鼠〉）

無疑地我信奉的自由，重建和維持已久的孤寂的樂趣將會毀棄；我已經預先看見她即將在未來在我面前顯現的尖酸刻薄的面幕，她的巨臂的冰冷將刺戟我且扼困我使我逐漸窒息。（〈虔誠之日〉）

不僅如此。短篇〈牌戲〉還描述女人用性為手段輕易擺佈幾個男人。這就引申出七等生「自由」的第二義：它有時是男人免於性慾左右以後的輕鬆狀況。短篇〈流徙〉，〈離開〉，〈笑容〉都在對與女人共同生活躊躇、退縮，但在性壓力之外覺得如釋重負。短篇〈銀幣〉，如果那「既高且大」掌握她「自由」（這裏自由意含不受他人左右）的「主人」意謂為金錢，她就是個賣淫的女人。這麼看，他免於誘惑，心存餽贈，眼裏細辨銀幣上浮凸的異國文字就

戲〉，中篇〈放生鼠〉、〈十七章〉，女人受到膜拜，但是女人的身體，仍然是「一個外表完好的空殼」（〈牌戲〉）。

有意義：

LIBERTY

IN

GOD WE TRUST

畢竟是「異國」文字而已。七等生的國度未必追求這種免於性誘的自由。短篇〈讚賞〉雷拒絕陳小姐要求做愛後雖然博取「堅忍和高貴的節操」的讚美，卻流於尋找妓女縱慾。他一夜不侵犯她而覺得「空虛和悵惘」，而且想：「以後千萬不要遇到她，那實在太危險了」。免於性慾，對七等生作品裏的男人而言，幾近不可能。〈放生鼠〉的序章敘述畫家提供捕鼠籠向「婆娘」們交換一隻被捉到的大灰鼠，放生以後幾天，那隻灰鼠被毒死在河邊。這故事裏的大灰鼠，極適於做為七等生「自由」第二義的註腳。

第二點：在婚姻裏，妻子仍然被視為丈夫洩慾的對象。我們以短篇〈十七章〉為例。在這個故事裏，B一如短篇〈結婚〉羅雲郎，短篇〈隱遁的小角色〉亞茲別，自好友A與「她」之間退讓。起初在婚姻裏，他決定不再「隨自由意志去做一切事」（這裏自由意含不受他人左右），他「變得理智起來」，決定「把精神與肉體澈底分開，是唯一生存的佳徑」。他在這個「小而愉快享樂的王國」裏，遷就生理組成家庭，在精神上與妻子各馳其道。這種男女貌合神離，再加上一個朋友A的結合，在故事裏藉由一個陌生人而有三次轉變。第一次在三人相處融洽的時候，那人著奇裝異服怪模怪樣，騎腳踏車在炎陽下，在河床上來回四五次。他引起讀者滑稽或不調和的感覺。第二次三人共處已「對絕望默然」，整天未進食物，那陌生人穿歌者服裝在城堡上展臂大唱。他引起讀者沉悶或聲嘶力竭的印象。第三次出現時，B已不告而別，A與「她」繼續逃亡，逃避另外一個男人的追捕。那陌生人在暮色田埂上放風箏。這放風箏的景象投射在A與「她」不合法不安定的結合裏，具有受制（飛不遠），短暫（飛不久），和脆弱（一般而言，風箏是紙竹糊的）的影射。

那陌生人企圖引起的印象，大概就是七等生對三個人共同生活的看法。我們所感興趣的是：七等生對B靈肉二分的婚姻，「常常內心抱著懷疑但又不能不承認所謂人生的目的的單純」。這種完全以男人自我利益為中心的抉擇，不僅對張愛玲、歐陽子一系列的女性本位是種大反動，而且也嚴重違反中國小說裏一種尊重貞節妻子的傳統。這個傳統最具代表性的作品是《浮生六記》。七等生作品裏的女人曾被描寫為淫色。相反的，在婚姻裏妻子，如B或哲森或羅雲郎或李龍弟的妻子，都沒有這種影射，然而，她們都處境淒涼。

第三點，在婚姻裏，由妻子供養丈夫，以便丈夫做文化活動，藝術創作。我們以中篇〈精神病患〉為例。這個故事裏，哲森與阿蓮的婚姻狀況是：「她繼續在幾個月前應徵的特產店做店員，我則在各大學裏旁聽哲學課程和戲劇課程。」理由很簡單：「第一，阿蓮不能放棄現在的職業，這是我們經濟的總來源。第二，我必須對學識一事持續著恒心」。類似的婚姻狀況，在短篇〈我愛黑眼珠〉裏可以找到。〈精神病患〉曾進一步說，「我雖然是個男人，可是能在我們的窩巢做著家庭工作感到十分愉快」，「我想再去應徵一些什麼工作，但檢討起來，斷定自己不能長久做下去；我的性格已經過份堅持我所規劃的做事原則而與整個社會對抗起來了」。這種由妻子負責家庭主要生計的觀念，延伸出拒絕生養子女的觀念。〈精神病患〉哲森最後發現自己身罹梅毒，在暴亂中殺死流產後，偷偷再度懷孕的阿蓮。梅毒看似哲森拒絕生養子女的理由：以免哲森自己「弄得混亂和暴躁」。事實上，這是一項託辭，以掩飾他懲殺背叛者阿蓮的快感。七等生不諱言女人生養子女的渴念，如短篇〈私奔〉裏「她」幻想自己有孩子：「有，我有，我是母親為什麼沒有孩子？」但是每一次女人懷孕，都自覺嚴重違抗了男人的意願。〈來罷，爸爸給你說個故事〉在養育兒女上，顯得舉棋不定。〈虔誠之日〉把小孩寄養在公立托兒所裏。〈結婚〉裏羅雲郎使曾美霞懷孕，不肯結婚，終使曾美霞瘋狂，飲毒而死。

第四點，在婚姻裏，妻子必需忍受丈夫的冷漠和虐待。這是兩種不同程度的歧視待遇。我們分別舉例說明。冷漠可引〈我愛黑眼珠〉為例。在這個故事裏，李龍弟受洪水所困，不僅以食物照顧妓女，而且以不認對面嘶號、流失的妻子，晴子，來避免妓女的情感負擔。臨別時，他還送了一件雨衣給妓女。他在供養自己生活的妻子之外，表現得像一個不取回報的英雄。一如短篇〈私奔〉裏「他」自況的英雄主義。

這種英雄主義，使七等生作品裏的男人在逃亡，或在洪水中，做了保護女人的行為。我們注意到：在逃亡或在洪水中，這些男人可以暫時不必考慮到他對文化活動，藝術創作的責任。免於這種責任感，這些男人並非不可以照顧女人。這樣看，我們就解釋了李龍弟「奇怪的思維方式」❺。他擁著妓女，面對一水之隔的晴子，「居然」這麼想：「至於我，我必須選擇，在現況中選擇，我必須負起我做人的條件，我不是掛名來這個世上獲取利益的，我須負起一件使我感到存在的榮譽之責任。無論如何，這一條鴻溝使我感覺我不再是你具體的丈夫，除非有一刻，這個鴻溝消除了，我才可能返回給你。……」

舉幾個婚姻裏丈夫暴虐的例子。短篇〈呆板〉妻子不再等候「惡魔」回家重演互毆的「惡戲」而逃走。短篇〈AB夫婦〉丈夫A為妻子B的死，而「為自己無聊而殘酷的一生悔痛」。故事裏A逐次切斷蜘蛛腿的惡意快感，與B生前殘足的景象對比，證實了A的殘酷：A利用

❺見劉紹銘〈現代中國小說之時間與現實觀念〉一文，《中外文學》第四一期，張漢良中譯；原文載一九七三年四月出版的《淡江文學評論》(*Tamkang Review*)。

婚姻在法律和習俗上的力量，使飽受虐待的妻子受困於家庭，無法逃避。七等生筆下的男人真是善用婚姻。他筆下的妻子從沒有訴諸法律離婚的觀念，更罔論法律常識或知識。她們只有偕同情人逃亡，或單獨逃亡，在逃亡裏疲乏衰老，或回來投降。這些情況，都使女人染上不貞的色彩。〈精神病患〉哲森知道阿蓮懷孕以後，大為震怒，直到阿蓮出走以後，才「許願我不再將內心的憤怒之情緒殘待女性」。然而短篇〈絲瓜布〉裏「他」為了面子出手打美麗的「她」，自覺理直氣壯。這兩個相對的例子，可以說明這些男人在婚姻裏的心理不平衡。這種不平衡不再懸於性慾的無法宣洩。它既是攻擊性的維護婚姻裏妻子對先生的服務，也是在這種維護之外，沒能得到足夠的心理補償。七等生作品裏的已婚男人，一如〈黑眼珠與我〉所說，在生活上多半是「寄居蟹」。他們雖然獲得了性慾與經濟生活的雙重解決，在婚姻裏仍然覺得「喪失個體絕對自由和獨立」（〈十七章〉第六章），是個暴君。

四

這一節，我們討論七等生道德架構，在人我對待關係上，相互關聯的一面。我們的興趣，在於撿拾七等生作品裏，究竟肯定了什麼人生意義。進一步，如果這些人生意義使七等生與外在世界產生關聯，我們要討論：對七等生作品，產生了那些有意義的影響。

我們分四點討論。第一點：他強調「個性的尊嚴」，「自發的精神和奮鬥的生命力」，並且似乎崇尚勞工群眾的生活。中篇〈巨蟹〉第八節主張「我們活著是為維護個性的尊嚴，我們脫離野蠻進入文明，是靠自發的精神和奮鬥的生命力」。這段話似乎可做為〈虔誠之日〉裏神的幻象的註腳。在那個故事裏，那個「習於到教堂尋到『一點慰藉緩和情緒』的男人」，這一次意料之外的，在教堂門口「為一位面不奇特的人阻止」。這個人的形象是這樣的：

> 當他對我搖頭和注視我時，我突然醒悟他是誰。他相貌平凡和粗糙，並非一般狂烈者所宣傳的那種修飾過的漂亮和浮傲的神態，他的衣著簡陋沾有塵土而非秀緻和潔淨，他是個削瘦有臂力的工人而非肥弱的書生。他把守在那裏看來是為了嘲諷和維護，彷佛一位小丑守在猛獸的檻門。那些在現世以名譽代表他的人，此時莊嚴地坐在高階的講壇上，瞟搖著浮幻的眼珠；象徵他的精神的燭火，在這日落的城市顯示暗澹和脆弱。他真正的神奇，乃在於他善於多變，無所不在；他是突然降下擋住我走進，我一退步，他即形消失。

這個目睹異象的男人認為世間「一切都不能」慰撫人類心靈。他要「拋棄」現有的一切與否定「往日纏絆我的習俗和倫情」，為「再活下去的理由」。七等生並沒有進一步界定那個幻象的意義。我們以為，那個幻象似乎具有勞力階層大眾的影射：「相貌平凡和粗糙」，「衣著簡陋沾有塵土而非秀緻和潔淨，他是個削瘦有臂力的工人而非肥弱的書生」。七等生作品除了散文〈冬來花園〉敘述一九六五年聖誕節前日，謀得數星期園丁職務，感到「我為工作，為工作的時辰和機會感到神聖」以外，在意識上和情感上，大概都沒有再進一步擁抱勞力階層的興趣，和魄力。因此，七等生作品在這一層意義上，與那個幻象的關聯，並不密切。

這二點：七等生曾肯定專屬於少數人的友情，並且曾談及愛情，事業，鄉土感情。短篇〈天使〉就明白肯定愛情，事業，友情為人生意義，並且指責「現代人活著並不需要具備這些意義，廣泛地，人們活著是為了滿足慾望」。經過本文第二節與第三節的討論，我們可以暫時擱下七等生的愛情，事業觀念不談。重要的是友情。自《僵局》集開始，友情這項主題就一貫為七等生堅持。比如短篇〈讚賞〉（《僵局》集）和短篇〈使徒〉（《巨蟹集》），都強調在朋友方面所能得到的安適感。七等生的這項堅持，有時是生活實際的需要。比如〈讚賞〉坦白寫「我」苦等老同學雷寄錢救濟。比如短篇〈墓場〉描述自己存在意義的確認焦慮，友情似乎可以使七等生自異於世以後，減輕那種焦慮。

進一步看，七等生作品的友情，只肯定在少數人身上。短篇〈空心球〉說得很明白：

> 他與別人的不同就在他那自設的德操對他的派使。柯感到世界僅存他一人在挽持恆古傳來的高貴美德。他自飲在這種精神的堅忍愉悅裏。……他當然也有各種類似的慾望，但是一貧如洗的柯不能做到；他沒有把時間充分利用來為大眾服務，他寧願把自己貢獻給少數的人們。（〈空心球〉）。

這個短篇也提示了七等生在友我對待關係裏貢獻的意願。雖然實際上七等生作品裏的人物未必為朋友做了什麼，至少他們能因貢獻一念，而覺得平衡。另一方面，我們說過，七等生貢獻的對象的範圍十分狹窄。短篇〈跳遠選手退休了〉是另一個例子。這個故事裏，退休的跳遠選手為了追求個人「絕對的自由意志」（這個故事兩度提到「自由」，都意含「不受他人左右」），逃避為鄉土種族在運動會上爭取光榮。雖然他曾困惑，並且在逃避之後曾說：

> 掙脫束縛後的結果是孤獨——無意義的孤獨。

那種鄉土感情仍然極為澈底的，為個人「自由意志」打敗。七等生始終罕於流露普渡眾人的意願。〈虔誠之日〉裏目睹幻象的男人，驚喜之餘，還恐怕洩密。除了短篇〈結婚〉、〈回鄉的人〉分別關切到婚姻勢利觀念和戰爭的殘酷以外，七等生也罕於對外在世界，流露關懷。

第三點：《僵局》集以後，中篇〈巨蟹〉第八節強調心靈自由者的責任感（這裏自由仍意含著「不受他人左右」），指向文化開拓的方向。這種關切，仍非實際生活的同情或改革。我們以為，文化責任感可循兩種途徑來滿足：其一，參與文運工作；其二，確立本身作品的價值。這兩項滿足，七等生都極度缺乏。關於前者，除了〈放生鼠〉羅武格自許為藝術家，曾為了本身貧困的生活，而贊同一項宣稱忠於藝術的資助計劃以外，七等生作品一向忽視人類共同謀事的力量。關於後者，一方面他未曾受到批評家詳細的研析，許多批評都只限於讀後印象的陳述（如「怪異」、「撲朔迷離」、「奇怪」、「頭皮發癢」、「奇怪的推理過程」、「大惑不解」、「暗澹的絕望和狂傲的晦暗」、「我們實在無法了解他的心理過程」、「七等生的小說到底是怎麼一回事呢？」、「七等生到底預備告訴我們什麼？」、「他究竟企圖象徵什麼？」……❻），另一方面，他已產生了確定自己作品成就的焦懼。《五年集》後記說：

❻ 這些文字都引自本文註解裏提到的有關七等生的文章。為了避免對那些文章作者不恭敬的嫌疑，就一概不註明這些文字的出處。

首先寫作是為要保全自我的記憶且一併對世界的記錄，把我與本來是混在一起的世界試圖分開來，所以筆名對於我，是我對生活中普遍的一切要加以抗辯，尤其在我生活的環境裏，他們幾乎是集體地朝向某種虛假的價值的時候。

這段話表現的感情是憤怒。〈放生鼠〉羅武格卻顯出了自憐和驚懼：

……你別走開，我看看你，諸位也看看這位代表現代人的靈魂的苦痛的角色的絕佳人選。

羅武格聽見這話，「不知所措，萬分驚懼」。七等生在驚懼之外，也有慨慨於寫作的一面。當他自異於世，自得於世的時候，他說：

如果沒有他們，我的存在算是什麼意義呢？（〈墓場〉）

然而最後他不免說：

我知道我有名字，可是沒有人叫我。（〈墓場〉）

以上的討論使我們了解，除了少數人的友情之外，七等生在人我對待關係相關聯的一面上，所得不多。現在我們討論第四點：這些得失對七等生的作品，產生了怎樣的影響。

我們回憶一篇署名P・A・的短文，曾對《僵局》集的風格有很生動的描寫：

「整本書很少採用流水帳式的日記寫法，他把每篇小說的重點放在幾個場景上，然後佈置好一個奇怪的角度或鏡頭，一筆一筆地勾勒出來，中間夾纏著一些人物的獨白或對白，讓你不自覺地走進他的畫面，插著手目擊一些發生的事；冷冷地看他一幕幕地把場景交代完畢，一點也不多加嚕嗦，就把筆停掉，留下一大片空白，隨你自己去填補，你愛怎麼想就怎麼想，他從來不會要你跟他笑成一團或哭成一團。他把事實客觀地鋪陳在你眼前，而不像通俗小說加上許多作者的好惡！（那些人通常把好人寫得太好，壞人寫得太壞！）我們不是常說『罄竹難書』什麼的嗎？有時候，你會發覺，有些字眼被用得太濫了，就像用鬆了的吊帶，容納不了那些真實而又複雜的感受。拿悲傷來說，『哀莫大於心死』，實在用不上眼淚鼻涕來填格子。七等生把這種技巧發展到只剩下對白和寥寥幾句加註動作的『劇本』；像〈俘虜〉這一篇可以算是一種嘗試，但是這種方法很容易流為即興式的描寫，缺乏深刻的內涵。」❼

由於七等生所依憑的人生意義，不足以減緩他的缺乏安全感。《僵局》集以後，那種恐懼或不安全感，就日益擴大。影響及於作品，P・A・先生指稱的那些優點，在《僵局》集以後，就開始散失。《僵局》集以後的中篇〈精神病患〉、〈放生鼠〉、〈巨蟹〉，都夾雜了冗長的議論。七等生在這些中篇裏，逐漸喪失了以事件傳達意念(will)的耐心。他急於向讀者宣揚某些紛紜的意念。如世界的虛偽，如極權政治對藝術家的迫害。這些議論往往不但缺乏說服力，也缺乏哲學思辨的趣味。可以說，這些議論往往只能視為作者在傾吐個人矛盾的心理或觀念，以及急躁的情緒。我們以為，這是內省型作家七等生，應該避免的一種自我宣揚的方式。基本的心理學常識告訴我們，我們每個人多少都會缺乏安全感，適度缺乏安全感可以幫助我們去尋求安全感。但是一味沉浸於缺乏安全感裏，而不知自拔，就會形成病態的心理。作為小說作家，七等生即令想以他本身的紛亂為題材，也不能採用那種缺乏節制的，傾近歇斯底里的敘述。至少，他必須減低他成就的焦慮，以紛亂為題材，或另取題材，向我們證實他有處理中篇，或長篇小說的能力。

❼ P・A・〈七等生的「僵局」〉文，見《青溪雜誌》第二五期，一九六九年七月一日出版。

在這一點上，我們實在無從想像葉石濤在〈論七等生的小說〉一文裏，說〈放生鼠〉、〈精神病患〉、〈昨夜在鹿鎮〉這三篇小說：「較他過去的許多小說已經開朗得多，成熟得多，而且有一些跡象足以證明他回歸到傳統的小說手法」❽。

五

劉紹銘在〈現代中國小說之時間與現實觀念〉一文❾裏，以臺灣政治環境作為七等生及其同期作家，走向自我，避免談論社會現狀的外在客觀因素。事實上就外在因素而言，我們以為，第一點，我們另外必須考慮到自由中國作家對集體安全的重要性的體認。自由中國作家多少都因為五四文風漫談政治，育大中國共產黨，引起政治變動的事實，會默認文人改革社會熱情的限度。覆巢之下無完卵是一事實，文人的政見或許孤陋又是一事實。第二點，我們另外必須考慮到自由中國一九六〇年代文風，深受達達、超現實主義，乃至虛無主義的影響。這種種西洋思潮的湧入，正好使自由中國的作家，得到精神上藉以站立的柱杖❿。

❽ 見葉石濤〈論七等生的小說〉文，見❶。

❾ 見❺。

本文的研究，使我們對劉紹銘引為良例的七等生，尋得了個人內在的因素。了解七等生的道德架構，可以發現，《僵局》時期七等生罕於談論臺灣社會現狀，是一件極其自然的事。《僵局》集以後，七等生偏好空泛的議論藝術家與極權政治之間的概念，也是極其自然的事。我們相信，如果對七等生同期的作家，分別做仔細的研究，大概也可以分別尋得各別的個人因素。

劉紹銘另外在〈七等生「小兒麻痺」的文體〉一文⓫裏，提示我們不必以常情常理來衡量七等生的文字。這個觀念很普遍。P・A・的〈七等生的「僵局」〉一文，以及雷驤〈「僵局」之凝聚及其解脫〉⓬一文，都強調過這一點。我們注意到七等生文字運用歧義的一種慣用法。我們在七等生作品裏，時常會遇見一些不合語意或語用習慣的字詞。有的時候，我們可以藉由相當的英文字或字群，輾轉求得一種解釋。比如〈跳遠選手退休了〉有一句話是：「假如沒有責任的意志自由是一種虛無」。我們可以由「假如」聯想到英文字If。七等生似乎在這個字上有意引起歧義ambiguity。他原意是「是否」，經由Whether想到If，再由If轉

⓾ 見余光中〈在中國的土壤上〉文，余文見《望鄉的牧神》書，藍星叢書之五，一九六九年四月再版。

⓫ 見劉紹銘《靈台書簡》書，三民文庫一六三，三民書局印行，一九七二年十一月初版。

⓬ 見《現代文學》第四八期。

為「假如」。

這就是說，了解七等生文字，可以借助一點記號學的知識。文字不合語意，語用，甚至語法的規則或習慣，不必視為作品不完善的部份。我們可以在習慣或規則之外，設法尋求了解。

根本上，我們設法了解七等生的文字，但是我們並不鼓勵讀者仿效七等生的文字。同樣重要的是，我們設法了解七等生的道德架構，我們未必贊同或鼓勵這種道德架構。我們只是在一個自由的國度裏，設法了解七等生個人的道德架構。七等生在以身試社會傳統道德之大法。我們似乎不必鳴鼓攻之擊之。因為一方面，七等生的部份想法，或部份想法的片斷，確實有時已觸及現代中國人，或說中國男人，內心私藏不露的心理事實。另一方面，七等生的道德架構可能只是源於一個藝術追求者，自以為是，或自以為真的幻念。他的部份想法，或部份想法的片斷，未必具有廣披的普遍性。

福克納說過，我們讀小說，首要了解，而不是褒貶。在這個了解的基礎上，我們對七等生的作品，產生了若干制約性的批評。

黃春明小說裏人的尊嚴問題

一

一九七四年六月八日，黃春明在臺北《中國時報》副刊「人間」，發表散文〈屋頂上的番茄樹〉。在這篇散文裏，黃春明回憶他小學三年級時候，有一次上美術課，老師要學生們畫「我的家」。他在一個房子的屋頂上，畫了一棵番茄樹，比例上比房子都大，還長了紅番茄。當時在他家的屋頂上，確實長著番茄樹。但是，當時黃春明高高興興的畫好圖畫，交給老師，卻引起老師的憤怒。老師問他：「你畫的是什麼？」，他說：「番茄樹」，老師啪地給他一記耳光；再問他：「你到底看過番茄樹沒有？啊！」他摀著捱打的臉頰說：「看過」，老師又是一記耳光：「你還說看過！」他說：「老師，我真的看過。」老師拉開他的手，又是一巴掌，把黃春明的鼻血打出來了。

黃春明的文字自然比我們的敘述要生動得多。老師仍未歇怒。黃春明描述以後的情形說：

我的鼻血流出來了。同時腦子浮現出屋頂上的番茄來，我冷靜的說：

「我家的屋頂上就長了番茄樹。」

「你種的？」這下沒打我。

「自己長出來的。」

「騙鬼！」又想打我，但他把半空的手縮了回去。「屋頂上沒有土怎麼活呢？騙鬼！」

這時祖父的話也浮出來了。我說：

「想活下去的話就有辦法。」其實那時我還不懂這句話的意思。

「如果你不想活了你就再辯！」他舉起手威脅我。我反而放下手，把頭抬起來站好。

好像要為真理犧牲的樣子。當然，那時什麼都還不懂的。

老師看來壓不住三年級小學生黃春明，轉口叫班長帶黃春明去醫務室。黃春明沒肯去，一直站在那裏，最後老師把畫收集起來就回辦公室去了。當天黃春明回家，遠遠看到屋頂上番茄樹在風裏搖動，就禁不住放聲痛哭起來。

這件不愉快的童年經驗，與其它我們所可收集到的黃春明的生活記錄一樣，可能對黃春明的作品，多少已產生了決定性的影響❶。這方面的研究，屬於以心理學理解文學的範疇。我們的討論，將另闢蹊徑。

❶ 一九七四年七月出版的《「書評書目」月刊》第十五期，以及一九七五年三月出版的《「文藝」月刊》，分別做了黃春明小說的批評專號。收在《書評書目》的六篇文章是：王安祈〈黃春明和他的小說〉，雲笙鶴〈被命運播弄的一群〉，柳南城〈「莎喲娜啦・再見」與「鑼」〉，江放〈失去的桃花源〉，吳靜吉〈莎喲娜啦・拜拜〉，林懷民〈傾聽那呼喚〉。收在《「文藝」月刊》的六篇文章是：唐颼〈談黃春明小說的風格〉，周伯乃〈黃春明小說中的人性尊嚴〉，陳克環〈黃春明是一棵樹〉，何欣〈簡析「莎喲娜啦」〉，廖運偉〈從「魚」看黃春明的創作意識〉，許永代〈街頭巷尾的小人物〉。其中王安祈〈黃春明和他的小說〉，林懷民〈傾聽那呼喚〉，以及《小寡婦》集林海音序文〈這個「自暴自棄」的黃春明〉，以及《書評書目月刊》第十八期（一九七四年十月出版）的〈作家話像〉，都有關於黃春明生活的記載。仙人掌版《兒子的大玩偶》書的那篇序文〈關於黃春明〉（未署作者姓名）裏說，一九六七年他開始在《文學季刊》發表小說的時候，他的作品就「曾先後被各報刊討論過」。所以，能找到有關黃春明的生活記錄，可能還有。我要特別謝謝隱地先生寄贈許多有關黃春明的資料，使我能完成這篇文章。

我們以為，以上引述的那個事件，對我們讀者而言，本身具有三種象徵的意義。這三個象徵的意義，有先後層次漸進的關係。它們正好提示我們一種欣賞黃春明小說的有意思的方式。其一，屋頂上的番茄樹，如〈屋頂上的番茄樹〉所說，意含著「世界上，沒有一顆種子，有權選擇自己的土地」的宿命；這種宿命，供給我們基本生存環境上許多困境；這些困境，在黃春明的小說裏，是小說人物所察覺的。其二，老師對學生的誤解和粗暴，意含著人性內容的某種缺失，使我們冷靜與明理的能力受到限制；這種受限，形成人際關係裏某種溝通的不可能，這種不可能，形成另外一種人生困境：人際溝通的困境。這種困境，在黃春明的小說裏，不是小說人物所察覺的。其三，小學生視祖父的話為真理，那份堅持，是面對人生困境的時候，在倫理關係裏，對老人智慧，自然而且堅牢的信賴；大而言之，黃春明小說裏主要人物的舉手投足，無不說明黃春明對中國家庭倫常關係和鄉土的關切。

簡單的說起來，我們可以界定黃春明小說裏，個人對其鄉土，以及祖孫、父母子女、夫妻、兄弟姐妹、朋友之間的責任感，是一種約定俗成的(conventional)承諾。在日常生活裏，個人在正常的情形下，會自動而且不知不覺的履行這項承諾。也就是說，克盡他對鄉土的責任，或遵行中國傳統倫理的要求。相對於此，黃春明的小說裏，人與人之間口頭應允的承諾，是一種偶發的(incidental)承諾。付與承諾的當事人一定察覺到這項承諾，但是，不一定履行這項承諾，除非這項承諾與那種約定俗成的承諾互相關聯。

界定這兩種承諾的意思，可以簡化我們以下的討論。我們可以看出來：如果黃春明的小說人物處於各別不同的困境，仍然企圖履行他的承諾，在故事裏，他就具有一種尊貴的人性特色，他能在讀者心中，贏得黃春明所默許的尊敬。我們說，那就是黃春明小說裏人的尊嚴的肯定。在那個肯定的意義上，原有的困境不再顛撲不破，因為企圖履行承諾，在故事裏，往往就是在克服困境。克服困境，確定自我的尊嚴，往往就是黃春明小說人物的人生的意義。

這種層次漸進的過程，是我們對黃春明小說尊嚴意義基本的了解。黃春明小說未必就遵循著這個程序發展。他的小說，考慮各別不同的困境，各別不同的履行承諾或不履行承諾，以及各別不同的成功和失敗。

本文第二節與第三節，將分別討論黃春明小說裏兩種不同的人生困境，第四節和第五節，將分別討論小說人物贏得尊嚴的過程，第六節將利用那種基本的了解，舉幾個例子概要討論各別的作品。

本文論及黃春明的作品，包括：散文〈往事只能回味〉（一九七四年五月一日《中國時報》「人間」副刊），〈屋頂上的番茄樹〉；小說集《莎喲娜啦・再見》（臺北遠景出版社，一九七四年三月二十五日初版）裏的〈自序〉、〈青番公的故事〉、〈蘋果的滋味〉、〈看海的日子〉、〈莎喲娜啦・再見〉；小說集《鑼》（臺北遠景出版社，一九七四年三月二十五日初版）裏的〈自序〉、〈甘庚伯的黃昏〉、〈阿屘與警察〉、〈兒子的大玩偶〉、〈兩個油漆匠〉、〈鑼〉；小說集《小寡婦》（臺北遠景出版社，一九七四年四月三版）裏的〈魚〉、〈溺死一隻老貓〉、〈癬〉、〈小琪的那一頂帽子〉、〈小寡婦〉；劇本〈神、人、鬼〉（《文學季刊》第三集，一九六七年四月十日出版）。

其中〈魚〉、〈溺死一隻老貓〉、〈看海的日子〉、〈青番公的故事〉、〈癬〉、〈兒子的大玩偶〉幾篇，曾收入小說集《兒子的大玩偶》（仙人掌出版社，一九六九年十月三十一日初版）。該書還有一篇〈關於黃春明〉代序，一篇〈不是後記的後記〉代跋。該書收入的〈兒子的大玩偶〉與《鑼》版不盡相同，我們以《鑼》集裏的為準。

他最早的作品，多發表在林海音主編時期的《聯合報》副刊，以及《幼獅文藝月刊》❷。這一段時間的作品，除了短篇〈男人與小刀〉收入小說集《莎喲娜啦・再見》，做為自序的一部份，其它的大都還沒有收集成書。一般人想收集，大概不太容易。目前我們所知道的這時期作品，還有〈玩火〉、〈把瓶子升上去〉、〈跟著腳走〉、〈沒有頭的胡蜂〉、〈借個火〉等❸。

---

❷ 見〈作家話像〉一文，見❶。

❸ 〈跟著腳走〉，見《文學季刊》第一期，一九六六年十月出版；〈沒有頭的胡蜂〉，見《文學季刊》

二

前曾指出，黃春明小說的第一種困境，是一種宿命，這種宿命，在黃春明小說裏，並不是所有人類共同無法逃避的命運。它們只發生在一些不幸的人們身上，這些人多少都察覺到他們特殊的不幸命運，在心理上，產生一種受挫感。像〈看海的日子〉妓女白梅所說：

……命運是傲橫的，不是我們這樣的女人能去和他撒嬌的事。

我們套用黃春明自己的用詞，稱這種困境是一種「宿命」，主要在強調：它們雖然在不同的故事裏，有不同的形式，但是，它們必然有一個外在的，個人無法改變的原因。我們根據這些原因，把這種困境大致區分為三類。

第一類，如吳靜吉所說，來自自然環境，或意外❹，或戰爭。兩個顯著的自然環境例子：

第二期，一九六七年一月出版；〈玩火〉，是林海音〈那個「自暴自棄」的黃春明〉一文所提到的；〈借個火〉，是雲笙鶴〈被命運播弄的一群〉一文所提到的，見❶。

〈青蕃公的故事〉歪仔歪的大洪水，〈看海的日子〉坑底的暴風雨。意外的例子：〈蘋果的滋味〉裏的車禍，〈小琪的那一頂帽子〉裏快鍋示範的爆炸，林再發妻子美麗的跌跤，王武雄掀開小琪帽子的舉動。戰爭的例子：〈甘庚伯的黃昏〉裏的兒子阿興，在臺灣光復以後，自日本部隊退伍返鄉，就瘋了。他形成甘庚伯的困境。

第二類，來自偏執的社會風氣，或不週到的家庭照顧——這種不週到的家庭照顧，並非來自貧窮。我們舉幾個例子。〈兩個油漆匠〉的阿力（金阿力）和猴子（金旺根），在家鄉從小「讓家人打罵」。猴子的伯父，與〈兒子的大玩偶〉裏坤樹的伯父一樣，有經濟能力照顧姪子，但疏於照顧。於是，兩人順著從鄉村到城市謀生的潮流，從東部到祈山市求職。他們在城市生活艱苦，工作吃力，可是回家鄉的時候，被鄉人當著「外星球的人」團團圍起來，受到尊敬。這種偏執的社會風氣，不但使得一班班從東部來祈山市的火車，載著鄉村青年湧進城市，也使他們覺得必需賺些錢才能有「面子」返鄉，於是滯留、徬徨於城市。〈蘋果的滋味〉裏車禍發生以後，妻子阿桂所怨的，就是工人阿發那種到大都市「碰運」的決定。

〈青蕃公的故事〉裏，青蕃公憤然而且堅決的話：「他們不要田，我知道他們不要田」，很可以反映鄉村老人對這種社會風氣的另一種看法。可見家鄉有田產的年青人如果肯抗拒那

❹ 見吳靜吉〈莎喲娜啦・拜拜〉一文，見❶。

種社會風氣，也可以得到某種支持。這使我們想起張系國小說裏，對臺灣鄉村青年在去留問題上的矛盾的描寫。

這種臺灣鄉村——臺灣都市的去留問題,與中華民國大專學生國內——國外的去留問題，自然有某種程度的相似性❺。黃春明目前的作品裏，也曾涉及出國留學與返國服務的問題。不過這個時候，出國留學那種偏執的社會風氣，只是作者執意鞭伐的對象，它本身並沒有形成小說人物的困境。在〈小寡婦〉裏，黃春明諷刺馬善行那種歸國學人，也諷刺臺灣社會崇洋的心理。然而，除了馬善行的小聰明以外，黃春明並沒有賦給他任何鮮明的個性。大部份的篇幅用以描寫馬善行經營小寡婦酒吧的情形，流於一種呆板的記錄。當黃春明企圖以美國士兵的無知，以及酒吧女的不幸做一對比，再以酒吧女菲菲對美國兵比利的同情結束故事的時候，這篇小說，已無可避免的染上極度濫情的色彩。

〈莎喲娜啦・再見〉利用主角第一人稱敘述觀點。黃春明藉主角黃君之口，好好教訓了臺大中文系四年級陳姓的學生。因為他連故宮博物院都沒去過，而且學中文，實在不必去日本留學。在這一件事上，黃君確是沾沾自喜的。但是這篇小說一共交代兩件事，故事一開始

❺ 柳南城〈「莎喲娜啦・再見」與「鑼」〉一文裏曾有一句話說：「例如〈兩個油漆匠〉，讀來酷似留美小說」，大概也是指這個相似性；見❶。

就說：

> 想想這兩天來的行徑，竟為了幹兩件罪惡勾當，心裏還禁不住沾沾自喜。
> 一件是，帶七個日本人去嫖我們的女同胞。
> 一件是，我在這七個日本人和一位中國的年輕人之間，搭了一座僞橋；也就是說撒了天大的謊。
> 事情是這樣的……

在故事裏，黃君對於帶七個日本客人去礁溪嫖妓的那另一件事，並不一直是沾沾自喜的。黃春明曾賦予黃君某種程度的反省能力，使他的反日情緒，愛國情緒，在這件不得不做的差事上，產生了極大的矛盾和怨恨。所以黃君在這個倒敘的故事的開始或結尾，對整個故事的描述，事實上是他對自我的一個概括的評估。那評估，依他的個性來看，不應該只有「沾沾自喜」而已。現在既然黃君在故事的結尾，只是沉浸在訓完大學生，使日本人受窘的得意裏，無暇做評估，那故事開始的評估就顯得不足了。重要的是，這種不足，使得整個故事的敘事語調不一致。

另一種黃春明耿耿於懷的社會風氣，是臺灣社會裏，販賣親生女兒為養女，以及販賣養女給妓女戶從娼的風氣。那種風氣造成〈看海的日子〉妓女白梅和鶯鶯「被埋在傲橫的無比的養女到妓女的命運」。在〈蘋果的滋味〉裏，母親阿桂平時對大女兒阿珠的恐嚇：「你再不乖我就把你賣掉」，造成阿珠最大的恐懼。在父親阿發車禍發生的時候，阿珠想，這下子母親一定會賣女兒了。這種認定，造成了阿珠的困境。

第三類，來自貧窮。這種貧窮的現象，是早期臺灣社會福利做得不夠澈底的結果。也就是說，它已涉及初期臺灣農漁村在都市化過程裏，許多疏於照顧的貧窮死角。舉幾個例子。〈鑼〉憨欽仔謀生困難，常偷蕃薯。有一次他去偷木瓜，心想：「這個木瓜再吃不到，就算五頓沒吃了」。〈看海的日子〉裏，黃春明視貧窮為漁港裏小孩子搶魚的主要原因：

> 那些貧窮人家的小孩，提著草袋，帶著弟妹，很快的跑到魚市場，等待偷一些魚回去。其實他們經常是等漁船一靠岸，魚一籮一籮地被扛下來時，就在眾目睽睽之下，俯身到籮筐裏去搶魚的。這在他們想起來也是一種交易。當他們俯身去搶魚的時候，任憑自己的背部讓討海人的痛打，讓人辱罵。開始時這些孩子們這樣想：拿他幾條魚，打也給打了，罵也給罵了，現在不是平了？討海人也那麼想：打也打了，罵也罵了，就

> 讓他拿幾條魚吧！幹伊娘哩！小土匪！後來雙方都不必再那麼想了，打罵和魚的交易，早就在此地成為這種時節裏的他們的一種生活習慣了。

與〈鑼〉憨欽仔一樣，〈癬〉裏工人阿發的家庭，還以蕃薯為主食，並且，他們也一直買不起癬藥膏。〈蘋果的滋味〉裏工人阿發的兒子阿吉，在國校裏一直交不出代辦費；後來全家在醫院吃蘋果的時候，阿發說：「一個蘋果的錢抵四斤米」。可見黃春明還關心到臺灣都市社會的一些不平衡現象。

黃春明小說裏的臺灣社會問題，據我們所知，都是臺灣省政府或民間所不諱言的❻。然而他的社會參與的程度，仍然引起憂慮❼。憂慮的原因，源於中共在一九三〇、一九四〇年代利用文藝做為政治鬥爭的工具，盡力暴露社會的弱點，用以散佈對當時政府不滿的情緒❽；

---

❻ 一九七三年四月臺北出版的《「人與社會」雙月刊》，曾經做了一次臺灣勞工問題的調查訪問。讀這一類態度比較平和，論斷比較客觀的社會問題報告，可以證實黃春明作品驚人的寫實的性質。

❼ 見唐飈〈談黃春明小說的風格〉一文，見❶。

❽ 有關這方面的研究文章很多。最近我讀到兩篇，很可供朋友們參考：董保中〈現代中國作家對文學與政治的論爭〉一文，見一九七四年九月與十月號香港出版的《「中華月報」月刊》；夏志清著，董

自由中國的作家，自不宜過度渲染臺灣的社會問題。

我們以為，這是論者未曾仔細讀小說的結果。如果我們以黃春明小說裏的臺灣社會問題，與一九三〇、一九四〇年代作品的社會問題比較，我們可以發現，後者要嚴重得多；茅盾《林家鋪子》、沈從文《沈從文自傳》、魯迅《阿Q正傳》，這三篇著名的作品各別是他們作品裏的出色者，然而它們無一不提到軍隊拉伕、地方官殺頭那種恐怖的事件。我們很容易可以從比較裏，看出故事裏政治的優劣。這方面的研究，已大為超過本文的範圍。

另一方面，就黃春明本身作品看來，他描述社會問題的時候，僅做敘述，而不另做外加的顯著的評估。這是一種極為謹慎的態度。這種態度用於〈看海的日子〉裏，敘述坑底人為地方政府公地放領而雀躍的情形，同樣具有說服力。以地方警察與國校老師比較，在黃春明

保中譯〈蔣光慈・丁玲・蕭軍〉一文，見一九七三年八月號香港出版的《「中華月報」月刊》。蔣光慈於一九三〇年十月被開除共產黨籍，次年六月死於肺病。丁玲與蕭軍於一九五八年遭到清算。夏志清在文章最後，對他們的一生，寫了一段很沉痛的話：「他們看穿了共產主義的殘酷騙局而膽敢反對共產黨的暴虐政權。他們在維護人格完整上所作的努力是值得我們同情與欽佩，但我們沒有理由因此就原諒他們早期所寫的粗淺宣傳著作。不管他們的動機是如何的高尚，但是他們如此輕易的接受共產主義的欺騙，就證實他們缺少智慧。而智慧是創作成熟文藝作品不可或缺的條件。」

的小說裏，前者要比後者明理得多。〈蘋果的滋味〉和〈屋頂上的蕃茄樹〉裏的國校老師，不但缺乏了解小學生的耐心，最主要的，他們還缺乏愛，他們相當粗暴。

相對之下，〈溺死一隻老貓〉裏，警察處理阿盛伯引起的騷動，是和顏悅色的。民選的村長和村幹事，用村民大會來疏導觀念，以及阿盛伯去縣府陳情以後，民選的縣長把他交給建設課，這些處置在小說裏，與〈小琪的那一頂帽子〉裏警察的處置一樣，並沒有不當的意含。〈蘋果的滋味〉裏的外事警察，〈兩個油漆匠〉裏的警察局長，在處理事情上固然生硬，也沒有什麼不合法理的舉動。甚至在〈阿屘與警察〉裏，那位在法理之外網開一面的警察，在故事裏，還頗討人喜愛。

我們以為，至少就目前的黃春明而言，這種憂慮與誤解成正比例。

三

前曾指出，黃春明小說的第二種困境，源於某種人性內容的缺失。它是人與人之間，某種程度溝通的不可能。在故事情節裏，它們往往就是林懷民所說的：「鄉下人的單純無法合拍合節地適應社會的進步，往往成為時代的犧牲。」[9]

黃春明本人的詮釋也正是如此。〈溺死一隻老貓〉裏，以阿盛伯為主的老人們在交談間，列舉了三大理由，反對在清泉村池塘建游泳池。他們那一次情緒激昂的討論，對於情節發展極為重要。因為，那所謂的三大理由，對他們而言，形成一種理性的，也是一種宗教的力量，支持他們以後各種反對的行動。然而在這三大理由形成的時候，黃春明卻以小孫兒的跌跤與哭聲做為對比：

「對啊！那我們有三個大理由了，想想看，還有什麼其他的理由我們好反對。」

蚯蚓衝動的跳起來說：

「還要什麼理由！這三個理由已經就等於天掉下來了！」

就在這個同時，蚯蚓伯的孫子有一個從石獅上掉下來哇哇地哭叫起來，而他最後嚷的「天掉下來了！」這句話巧得就像因小孫兒跌下來而叫的。

在黃春明的天秤上，繁榮地方增建游泳池這事，就跟小孫兒從石獅上跌跤一樣，不值得大驚小怪。黃春明確定了臺灣鄉村現代化過程裏，政府措施與鄉村農民之間某種溝通的不可

---

❾ 見林懷民〈傾聽那呼喚〉一文，見❶。

能。在極端的例子裏，如〈溺死一隻老貓〉的阿盛伯，那種無可挽回的隔閡，還造成了後來當事人以使徒自居，以身殉道。

我們必須辨明的是：這種困境，並不單純的是小說人物的教育程度不夠的問題。除了〈阿屘與警察〉以外，黃春明的小說涉及鄉人無法配合現代化措施的時候，多半已注意到人性的問題。由於是人性的問題，這種困境，才與第一種困境一樣，具有必然的意含。

比如說，〈溺死一隻老貓〉阿盛伯這群老人，只能在每年少數幾次廟裏的祭拜裏，主使村人行事。其餘漫長的日子，他們只能相聚在一起，談論往日的貧苦、掙扎與光榮。因此，一旦阿盛伯掀起那個「天掉下來了」的使命，老人們就群情激昂。可以說，他們在努力爭取一個領導和主使村人的更大的地位。〈鑼〉裏憨欽仔最後的失敗，表面上看來，固然因為他那個自己添加的說白，抹煞了民主的意義，使得鎮公所立刻取消了他的差事：

打鑼打這兒來——
通知叫大家明白——
今年度的房間和綜合所得稅啊——
到月底一定要繳齊——

要是沒繳的啊——

這個官廳你們就知道，會像鋸雞那樣的鋸你們——

表面上看來，學校教育以及社會教育的不夠，使得憨欽仔誤解了民主和「官廳」的不同。我們以為，憨欽仔主要的問題，在於個性上的驕傲。優越感使他養成緬懷過去的習慣，也使他迫切等待恢復往日光榮的機會。現在一旦有了機會，除了在臭頭那群吃喪事飯的朋友面前耀武揚威之外，就是在鄉人面前再度證實他的優越的地位。平常被債主，或偷竊的時候被別人追迫得久了，現在傳達鎮公所的消息，想用代傳聖旨的那種威風，一吐冤氣，以致「官廳」之類的話就脫口而出了。所以我們說，憨欽仔主要的問題，是人性的，而不只是教育程度的。

〈癬〉裏工人阿發賭性難除，一直認為妻子一裝樂普就有違貞操。幸福家庭設計協會的李小姐，使妻子阿桂接受了裝樂普的觀念。可是教育，仍然不是阿發基本的問題。四個孩子父親的阿發，基本上已有根深蒂固的觀念，認為只有自己才能接觸妻子的生殖器官。我們以為，這也是人性的問題。

也就是說，黃春明小說人物與臺灣社會現代化措施之間的隔閡，在形式上，是社會教育不夠澈底的結果，在這一方面，流露著作者對社會問題的關切。然而黃春明對於問題的看法，是兩方面的。另一方面，才是小說裏黃春明根本的興趣。他以為他們人性內容的某種缺失，造成了他們理解能力的限制。就像〈兩個油漆匠〉裏的阿力，明明在祈山市月入只有一千兩百元，卻騙家裏月入有兩千元，徒增母親的索求，徒增自己的負擔和煩惱。

黃春明就利用這種人的自我限制，創造了許多突梯滑稽的人生片斷的描寫。這種例子真是舉不勝舉。值得我們注意的是，第一點，在一些成功的例子裏，它們可以做為一九四九年以後的自由中國小說，與大部份一九三〇、一九四〇年代中國小說的一項主要不同的證明。也就是說，黃春明與其同期臺灣作家在面對社會病象的時候，比較上，不像有些一九三〇、四〇年代作家那麼僅僅「鞭伐」某一個政府、政黨、有錢人、警察；因此，他們的作品，往往可以多承載一些其它的對人生、人性的觀察。以〈溺死一隻老貓〉裏的騷動，阿盛伯在村民大會上的擾亂，與茅盾《林家鋪子》裏的暴動來比較，作家們那種基本態度的分辨就判然立現。這方面的討論，已大為超出本文的範圍。

第二點，它們往往是黃春明小說情節發展上，不可缺少的部份。〈兩個油漆匠〉裏，警察局長對於情況的誤解與堅持，促使猴子想尋短見。〈青番公的故事〉最後描述濁水溪橋上交通阻塞，一團混亂，適足以和青番公平靜而喜悅的生活，做一對比。〈鑼〉裏「早雞報喜」的那節，以及憨欽仔偷木瓜的那一段描寫，都生動的凸顯了憨欽仔個性裏善良的一面。這個描寫的重要性，我們在第六節再說明。〈蘋果的滋味〉裏，阿桂母女錯進醫院的男廁所而不自知，也能間接的加強那個生活程度懸殊的主題。

第三點，在劇本〈神、人、鬼〉裏，我們也看見了那種突梯滑稽的場面：女人無痛產子，原有的生產痛苦，全由男人承擔；劇本裏的男人常抱著肚子叫痛、打滾，然而，這個動作從第二次重複開始，就足以引起讀者的不耐。

四

利用不同的困境，黃春明使讀者同情困境裏的小說人物。利用他們對不同性質的承諾，做不同程度的履行，或不履行，黃春明使讀者對他們尊敬，或不尊敬。就在這種種選擇之間，黃春明確定了有條件的人的尊嚴。

並不是每個小說人物在履行承諾的時候，都實際了遂了他的企圖。成敗對他們而言，並不重要。黃春明在他們企圖去履行承諾的時候，就確定了某個程度的人的尊嚴。

我們這一節討論他們對倫理承諾的履行。前曾指出，黃春明藉著這些履行而肯定的尊嚴，往往就是他們人生的意義。他使得許多習見的倫理教訓，成為動人而且有說服力的故事。我們依據小說人物之間的關係，把他們對承諾的履行，分為四類討論。其中有的類別裏，可以找到反面的例子，有的沒有。

第一類，是父母，或祖父，對晚輩的承諾。〈甘庚伯的黃昏〉描述甘庚伯照顧瘋了二十六年的兒子阿興。一個父親為兒子奉獻一生的故事。〈兒子的大玩偶〉的坤樹和妻子阿珠，〈癬〉的阿發和妻子阿桂，〈蘋果的滋味〉的阿發和妻子阿桂，以極微薄的收入負擔家計。在他們的生活裏，那是一種自自然然在履行的承諾。他們沒有因此而產生責無旁貸的自豪，也沒有產生怨言。〈青蕃公的故事〉裏，洪水淹沒歪仔歪的一幕，有關青蕃公的父親的描寫，實在令人難忘：

「跑！跑！……。」老人手拿著一根手杖，每說一字「跑」就往青蕃的身上狠狠的打過去。老人把手杖都打斷了，青蕃還是沒跑開。老人手拿著半截的手杖又連續打著：「你不跑我就打死你！」後來老人口裏說些什麼都聽不清了，因為他們都哭得不成聲音了。青蕃的眼睛被阿公打破頭皮的血淹得有點模糊，但神志還很清楚，他強背著想留在屋子裏的祖父往外面衝出去。外面暗得天和地都分不開，只聽那已經逼上來的洪水聲和人畜混亂的哀號聲，曾青蕃在稍做方向的判斷的時候，水就沖到了。

雖然故事的時空架構不同，在這一點上，黃春明對父、祖供養家庭生計的肯定，與司馬中原的〈狂風沙〉是相似的。所不同的，是黃春明只讓小說人物在家庭生活裏，實際去企圖完成那意願；而司馬中原還讓那些走道江湖的私鹽販，把他們的意願，直截了當的說出來。這使我們想到七等生道德架構裏男人在家庭裏的自我中心主義，那是如何強烈的不同！

這一類的反例，是〈兩個油漆匠〉和〈兒子的大玩偶〉裏的大伯父。在黃春明目前的小說裏，大伯父一直有反面的意義。

第二類，是子女對家庭的承諾。黃春明筆下的子女，在獨立生活以後或以前，對於負擔家用這個責任，不僅沒有逃避或怨言，他們的實踐，幾乎是一種奉獻。舉幾個獨立生活以後的例子。〈兩個油漆匠〉裏，阿力在出事當天，正在煩惱如何湊足母親這次要的一千塊錢。〈看海的日子〉裏，白梅曾被生母賣為養女，但是她對生母，對哥哥以及鄉人，仍然具有一體不可分的情感。懷孕回家住以後，立即出錢送哥哥進醫院鋸腳。〈魚〉裏，孫子阿蒼帶了祖父渴望已久的鰹仔魚回來，不幸魚在路上掉了。祖父不相信阿蒼真的帶回了魚，但也沒有留難。阿蒼不停的解釋：「我真的買回來了！」終於引起祖父不耐。在祖孫追打的過程裏，黃春明把祖父的失望，以及阿蒼的委曲和懊惱，提昇到極點。我們就在那兩個極點之間，理解到黃春明對履行倫常承諾的執著。

舉幾個子女獨立生活以前的例子。我們曾提到〈看海的日子〉裏，窮人家小孩在漁港偷魚和搶魚的描寫。相對的。在〈癬〉裏，孩子們負責去撿拾，或偷蕃薯，而蕃薯是他們的主食。〈蘋果的滋味〉裏，啞巴小女兒背上已背著小嬰兒。當然，在黃春明目前小說裏，最動人的孩子，是這個故事裏的姊姊阿珠。黃春明描寫她去國民學校接弟弟阿吉和阿松，那一節「雨中」，讓阿珠成為目前自由中國現代小說裏，最懂事、最堅強的小女孩子：

雨中

阿珠在頭上蓋一塊透明的塑膠布，急急忙忙走出矮房地區，向弟弟的學校走去。雨仍然下得很大，她的背後有一邊全濕透了，衣服緊緊貼在身上。其實只要她一出門，好好把塑膠布披好，就不至於會淋濕。她一路想著。她想沒有爸爸工作，家裏就沒有錢了。這一次媽媽一定會把我賣給別人做養女。這一次不會和平時一樣，只是那麼恐嚇她，「阿珠，你再不乖，我就把你賣掉！」

但是，這一次阿珠一點都不害怕。她一味想著當養女以後，要做一個很乖很聽話的養女，什麼苦都要忍受。這樣養家就不會虐待她，甚至會答應她回家來看看弟弟妹妹。

那時候她可能會有一點錢給弟弟買一枝槍，給妹妹買球和小娃娃。她想著想著，一點也不怕，只是愈想眼淚流的愈多。不知不覺，弟弟的學校已經在眼前了。

由阿珠的勇敢，聯想到〈看海的日子〉白梅或鶯鶯那種養女的命運，我們禁不住會不寒而慄。

第三類，是夫妻之間的承諾。黃春明筆下貧賤夫妻的結合，具有一種絕處逢生的莊嚴的意義。就像〈青番公的故事〉裏，青番公和阿菊在大洪水之後的結合，或〈看海的日子〉鶯鶯和魯的結合。黃春明筆下的妻子，與七等生筆下的妻子一樣，都是受教育極少的女人。可是她們在婚姻裏，與七等生筆下的妻子大不相同，她們享受著一種平等，互相體諒的對待。黃春明習慣於用一些輕微的摩擦，來描寫夫妻之間互相揣摩心思，互相體諒的那種含蓄的愛情。〈癖〉裏工人阿發和妻子阿桂、〈兒子的大玩偶〉裏坤樹和妻子阿珠、〈蘋果的滋味〉裏工人阿發和妻子阿桂，都是動人的例子。

值得注意的，是黃春明小說裏的女人的哭。黃春明有意讓她們的喜極而泣，來引動讀者的眼淚。確實有幾個成功的例子。〈看海的日子〉白梅抱著孩子坐火車，覺得受到了車子座客的尊敬，就「輕輕地哭泣起來」。〈兒子的大玩偶〉裏，妻子阿珠前晚與坤樹發生口角。第二天坤樹不吃早飯就出門。阿珠揹著阿龍暗暗在公園的路上找到坤樹，想到坤樹工作辛苦，她一路跟著，一路流著淚，「走幾步路，總得牽揹巾頭擦拭一下」。終於看到坤樹回家了，「阿珠看到他走進屋子裏的時候，流出了更多的眼淚，她只好用雙手掩面，而將頭頂在巷口的牆上，支拄著放鬆她的心緒」。

這兩個哭的描寫，與我們前曾提及的〈蘋果的滋味〉女兒阿珠在雨中的哭，在故事裏，都能在適切的位置上，讓讀者的擔心與同情，得到宣洩。然而，〈蘋果的滋味〉裏母親阿桂的哭，用途卻不一樣。我們在第六節，再說明那種用途。

第四類，是朋友之間的承諾。〈小琪的那一頂帽子〉裏，林再發在快鍋爆炸中變成殘廢，他的懷孕的妻子在家裏跌跤，這兩件意外，形成王武雄的困境。他在醫院的門口，由「缺乏勇氣」變為「什麼都不怕」，一念之轉，即在於他決定為朋友承擔一切。這時，王武雄「淚流得更厲害」。那個哭，與〈蘋果的滋味〉女兒阿珠在雨中的哭，是相近的。

男人流淚在自由中國的小說裏，並不少見。不過，多半與友情有關。林懷民〈逝者〉流的是傷逝與亡友之淚，司馬中原《狂風沙》關八爺，也曾為一起走江湖的漢子們的命運，滄然淚下。這是個很有意思的研究題目。這方面的討論，也已經超過本文的範圍。

五

並不是每篇黃春明的小說，都具有倫理的趣味。前曾指出，除了倫理的承諾以外，對鄉土的責任，也是黃春明作品裏，一種約定俗成的承諾。履行這種鄉土的承諾，也可以克服困境。

顯著成功的例子，是〈青蕃公的故事〉裏的青蕃公。他是臺灣農民固守田地的典型。再看〈溺死一隻老貓〉裏的阿盛伯。雖然他的死，在事態上不過是臺灣農村文明化過程的一件意外，沒有引起鄉人的重視，然而在黃春明的小說裏，他可算是黃春明對那種直率而且天真的人性，極度的懷念。在阿盛伯本人的邏輯裏，他確實是「使徒」，為鄉土拼掉老命。可以說，這點執著使他在同情之外，贏得人的尊嚴意義。

六

我們在以上各節的討論，主要在了解黃春明小說人物超脫困境，贏得作者與讀者尊敬的過程。基於這種基本的了解，我們在讀黃春明〈看海的日子〉或〈溺死一隻老貓〉那種贏得尊敬的故事，固然極為便利，我們讀其它的作品，也可以減少誤解的可能。

這個時候，我們視黃春明各別的作品，為各別獨立完整的生命。我們能夠較為清晰的看出小說人物各別不同的，或多重的困境，他們對不同性質的承諾，做了那些不同程度的履行。我們往往就在他們不同程度的成功和失敗裏，產生混雜的，尊敬或不尊敬。

我們分辨自己這種種讀後的印象，是很重要的。比如說，〈兩個油漆匠〉裏的阿力。他在困苦的生活裏，向朋友借錢以支援家用。這件事使他在生活的困境裏，藉著履行子女對家庭的承諾，贏得讀者的尊敬。可是在同時，他和猴子都拒絕了鄉土的承諾，陷在那種人性的困境裏，無法自拔。在這方面，他們贏得同情，而不再是尊敬。

再比如說，我們在讀〈癬〉的時候，看見子女，父母對家庭履行承諾，我們也看見阿發和阿桂之間的愛與性的相互授受，在這一方面，作者肯定了他們的尊嚴。可是故事一提到阿桂裝樂普，就觸及阿發的第二種困境。可以說，阿發對於只有丈夫才能接觸妻子身體這個觀念的固執，已經到了難於說服的地步。貧窮與缺乏教育，以及最主要的，阿發的男人的顏面，確實使得這種家庭，與衛生觀念或節育觀念之間，產生了極大的隔閡。那是另一種癬，這種癬，即使有好的癬藥膏和時間，也未必能治癒。在這方面，我們同情，而不是尊敬。

再舉個例子。〈蘋果的滋味〉的故事背景，很為工人阿發和妻子阿桂，安排了一個可敬的生活形態。故事一開始就是車禍。阿桂在車禍發生以後的哭，主要是一種在人前乞憐的姿態。阿發和阿桂曉得他們生活的困境將更為艱困，可是他們只知道埋怨，只知道乞憐，並且開始懷疑今後是否仍能一如往常，在困境裏履行父母對子女的承諾。在這個階段，女兒阿珠在雨中的哭，與母親阿桂乞憐的哭，形成強烈的對比。阿珠要堅強得多，也得到尊敬。然後，黃春明讓阿珠在一個可以偷衛生紙的機會行竊，不僅如此，黃春明讓他們一家得到肇事的美軍上校的賠償，讓他們一家人快樂。那種生活的困境，在他們的理解裏，一下子突然就消失了。沒有了困境，那種克服困境的意志力也就無從產生。一直到故事結束，這一家人都在真正的快樂。於是，他們成為真正卑小的人物。他們贏得同情，而不再是尊敬。

這篇小說，主要在描述人（阿珠、阿發、阿桂）的尊嚴的潰敗的過程。它可以用來支持我們前曾指出的看法：克服困境是黃春明小說形成人的尊嚴的必要過程。可以說，困境與履行倫理或鄉土的承諾，是形成黃春明小說人的尊嚴的兩個充份條件。當小說人物不再察覺他的第一種困境，而且他本身未被賦予第二種本身無法察覺的困境，困境即不存在。沒有困境，或者處於困境而不履行承諾，人的尊嚴即無從形成。〈蘋果的滋味〉讀起來所以「苦澀」[10]，

---

[10] 林懷民〈傾聽那呼喚〉一文，稱這篇小說「苦澀無比」。

道理就在這裏。

了解黃春明對中國家庭倫理的關切，對於掌握他各別小說的主題，確實可以有幫助。我們大都曉得〈兒子的大玩偶〉的結尾原來是：

> 「我，」因為抑制著什麼的原因，坤樹的話有點顫然地：「我要阿龍，認出我……」

姚一葦在〈論黃春明的「兒子的大玩偶」〉⓫一文裏，建議黃春明把「我要阿龍，認出我……」改為「你，你，你，你不要管。」後來收在遠景版《鑼》裏的〈兒子的大玩偶〉的結尾是：

> 「我，」因為抑制著什麼的原因，坤樹的話有點顫然地：「我，我，我……」

黃春明前後兩個結尾與姚一葦的結尾，有一點最主要的不同，那就是黃春明所關心的，也就是坤樹潛在所關心的，是「我」在倫理關係裏的確切的位置。那是男人在家庭裏，佔有

⓫ 該文已收入姚一葦《文學論集》一書，書評書目出版社印行，一九七四年十一月十五日初版。

一個確切而鮮明的父親的影像的需要，一種自我身份確認的需要。而不是妻子「你」這個時候，管不管我打彩臉的問題。姚一葦〈論黃春明「兒子的大玩偶」〉一文提到親子關係的問題，曾經借用叔本華「盲目的意志」的觀念，很精闢的指出「有奶便是娘」那種單向的親子關係。我們的討論，使我們看出黃春明對中國倫理關係的關切，主要在於坤樹履行他做父親的承諾，同時也需要肯定他父親的身份，那是一種尊嚴，也是黃春明世界裏，活的意義。

〈看海的日子〉裏，白梅的生母對白梅就一直是愧疚的。白梅回家鄉居住，並沒有受到歧視，她幫助哥哥治病，為鄉人出主意賣蕃薯，就已經贏得了鄉人的尊敬。她為什麼一定要生個孩子？我們很容易從這個歧義裏看出來：她要做母親以邀得家鄉以外的人，當她是良家婦女或從良的妓女。在黃春明的假設裏，如果她能在倫理關係裏能顯明的佔據一個正在履行倫理承諾的位置，她就能贏得家鄉以外的社會的尊敬。一個對愛情、婚姻都不存奢望的女人，竟以能贏得尊敬為活下去的理由，這一種確定自我倫理身份的執著，已經不止是心理上，以取代她生母的地位而得到補償所可以解釋的了。

〈鑼〉的憨欽仔也難免娶妻生子的想望。不過，他的問題比較複雜。基本上，他是極善良的。為了縮短他自己與臭頭他們的距離，他冒險拿掃把在棺材店的棺材上敲了三下，敲完以後，他就擔心自己真的殺了人，因為有人說敲三下棺材，第二天棺材店就有生意。回去以後，一夜難眠，直等到三更四更公雞啼叫，他才如釋重負，因為他相信「一更二更報死，三更四更報喜」。後來他經常在吃喪事飯的時候，偷偷摸摸裝一盒飯菜給白痴瘋彩。他想佔有她，而且他也有過親近的機會，可是他不敢。

相對於這善良一面的，是他在吃喪事飯以前求生方式上的偷、騙、以及耍賴。這個對比，襯出道德判斷的問題。讀者可以很容易看出黃春明對憨欽仔的同情。在這個對比上，他是站在我們平常習用的「偷」、「騙」、「耍賴」這些字眼所意含的譴責，相反的立場。這個時候，黃春明說服人的推理是：這是憨欽仔賴以保命的唯一途徑。

然而，當憨欽仔加入臭頭集團以後，黃春明的安排就大為不同。我們前曾分別指出，憨欽仔在生活上貧窮到無以為繼的困境，而在人性上的困境是驕傲。現在加入臭頭集團吃喪事飯，雖然仍然貧窮，卻可以像臭頭他們勉強活下去。生活的壓力減輕了，人性的困境卻更艱困。優越感使他在這個職業上感到有失顏面。這種矛盾造成他銘心徹骨的痛苦。因此，明明自己不曾佔有瘋彩，偏要開個玩笑：

有一天，臭頭劈頭就問：

「憨欽仔，你真的沒和瘋彩來過嗎？」

「我？」憨欽仔先愣了一下；接著笑嘻嘻地說：「我只是……。」

這個玩笑使憨欽仔在臭頭集團裏完全被孤立起來。不但如此，為了怕自己的「名譽」和瘋彩被人施暴的事情牽連在一起，他忍著痛楚，不再送食物給她了。其實他心裏在想：「倘若瘋彩肚子裏的那一塊肉是自己的，哇！那可真是的，我憨欽仔下油鍋也情願，我有一個孩子什麼苦頭都該吃。」

緊接著就是鎮公所的人來找他打鑼。這一下子憨欽仔神起來了。在他小心翼翼的耀武揚威之中，他宣布說：「……我馬上就娶瘋彩怎麼樣？放一泡尿就放一泡尿，怎麼樣？我愛怎麼放就怎麼放，你們又怎麼樣？你們只有吞口水過癮的份。」臭頭他們全愣住了。這個時候，黃春明描寫憨欽仔說：

> 娶瘋彩？憨欽仔自己暗暗地吃了一驚，這話怎麼說。他想向自己和他們解釋，「我……」吱唔了半天，我我地我不出話來。後來一心急乾脆就說：「我憨欽仔講話算話，說暫時就是暫時，我沒有你們的狗牙啃棺材板。」儘管他罵得多痛快，剛說了娶瘋彩的話，卻梗在心頭放不下。他實在怕他們把這句話，當做下賤拿來反擊他，「我當然不會娶

瘋彩。我是說我娶了她，你們又能怎麼樣?」但是，一說出不會娶瘋彩，心裏卻馬上又另生一種不安起來。他想娶就娶嘛！生的過癮，養的施恩。生的有別，養的才是爹，管他是誰的種子。

我們看見憨欽仔對娶瘋彩生子的想望，已經到了「管他是誰的種子」的地步。但是同時我們也看見，驕傲如何使他自絕於吃喪事飯這門職業，最主要的，驕傲如何打擊他娶妻生子的想望。這一個人性上的缺失，不但使他生活的困境重新加重，最主要的，是打消了他建立一個家庭倫理關係，並在這家庭中履行他的倫理承諾的可能。在這一點上，憨欽仔的失敗，已不是情節的安排裏，沒有娶瘋彩這件失敗所可比擬的。憨欽仔在處置瘋彩這件事情上的失敗，是確定他不可能贏得尊敬。他或許在貫徹始終的困境裏贏得同情，然而他在黃春明的尺度上，再也不可能產生〈溺死一隻老貓〉阿盛伯的那種視死如歸而得到的尊敬。

然後，更甚於此的，在憨欽仔最後瘋狂的嘶喊裏（「我憨欽仔，我憨欽仔。」），我們發現他那自許的優越感的最後的潰敗。那是一種比生活的困境比人性的困境更為悲慘的境地：人僅有的一點自尊的失去。

在黃春明的世界裏，失去自尊，可以說，是比無法形成人的尊嚴更不幸的。值得我們注意的是，促成憨欽仔最後這個澈底的失敗，既不是歐陽子小說集《秋葉》裏那種緊張的人際關係裏，他人的侵害，也不是來自一個外在的黨、政或別的力量。故事裏，那個鎮公所的人騎腳踏車趕來，要他「馬上停止」打鑼，「馬上回公所」，在情節發展上，是一個很合情理也合法理的安排。這樣的安排，不但使故事假設裏憨欽仔的貧窮，缺乏社會福利照顧，缺乏教育，博得讀者的同情，最主要的，還在於使憨欽仔最大的人性弱點：驕傲，毫不留情的摧毀了憨欽仔驕傲的理由：打鑼。

這已經不止是作者對社會問題的關切，最主要的，是作者在人性和人生觀察上的收穫。一面塵封的鑼，是記憶裏的驕傲。把那面鑼拿到現實裏來，必然是有裂痕的，因為那是記憶裏有意隱藏的往日挫折或失意。當他執意要打鑼驚世的時候，那面鑼勢必要破碎的，因為驕傲的限度，是止於活在記憶裏，而不是重現記憶於現實裏。

前曾指出，我們考慮黃春明小說裏人的尊嚴問題，在方法上，是在黃春明作品先歸約出一些基本的性質，再依據這些性質，去了解各別的作品。相對的，我們佩服，但是不同意周伯乃在〈黃春明小說中的人性尊嚴〉一文⑫裏使用的方法。他先引用心理學家佛洛姆的看法，定義「人性的尊嚴是產生於他的自覺與理性的處境中」，據此推論，產生論斷說：「黃春明

⑫ 見❶。

的小說，可能是他急於想抓住他那熟悉的環境的特質，急於傳真那個環境中的人物與事件，而忽略了在小說中鋪張一些意象，創造一些象徵性的場面，或者在語言上創造一些繁複的語義，能使小說更具有哲學構式，更具有深度和廣度」；他認為現代小說的趨勢，「是愈來愈近於詩的表現」，他認為現代短篇小說應有的「哲學構式」是海明威、卡繆、卡夫卡、貝克特諸人的短篇的那種「耐人尋味」。這使我們想起顏元叔在〈唐文標事件〉（〈中外文學月刊〉第二卷第五期，一九七三年十月出版）一文裏，批評唐文標的一段精闢的文字：

> 歷史迫使我們承認，文學是一幢巨宅，裏面有千百間各式各樣的房間。說得抽象點，文學必須是人生全面之自由表達。文學的創作必須「自由」，它的內涵必須是「人生全面」。文學既然如此「全面」而「自由」；則文學觀愈狹隘，愈是遠離真理。不同的時代可以有不同的側重，但是側重決不可誇張而涵蓋全局。每個人也許都有自己的文學觀，卻也應為其他的文學觀，保持龐大的容忍。

〈黃春明小說中的人性尊嚴〉一文作者的武斷，與唐文標大致是相近的。事實上，並不是任何人，都必需同意佛洛姆的人性尊嚴的定義。也並不是所有人，比如說黃春明大部份的小說人物，都有幸具有佛洛姆所說的那種「自覺與理性」的能力。但是他們仍能在別的標準之下，被認可為具有「人性尊嚴」。所以，周伯乃「人性尊嚴」的定義，不能涵蓋人生全體，也就是說，不能做為一種固定的格式，去衡量一切文學。做為小說作家，黃春明很可以自由的賦予小說，他自己的人性尊嚴的意義。至於黃春明小說是否具有哲學的「深度」的問題，我們以為，那要看我們用那一種哲學標準去衡量作品。自由中國的小說作家，如果沒有海明威、卡夫卡、卡繆、貝克特的「哲學構式」，未必就缺乏哲學的「深度」。衡量一個作家是否具有大家的潛能，我們以為，在文字能力以外，要看他有沒有自己對人生、人性的全盤看法，也就是說，在於他有沒有個性，而不在於他是不是一個世界公民⓭。

基本上，我們讀小說，先要說那「是」什麼，而不在說那「應該」是什麼。

⓭ 柳南城在〈「莎喲娜啦・再見」與「鑼」〉一文裏，稱〈看海的日子〉：「讓一個叫阿梅的妓女，從對於生的欲望擴展而成為對於整個世界的懷抱，這樣的成就，著實令人為之側目」，我一再讀這段文字，一直不懂什麼叫做「對於整個世界的懷抱」，見❶。

後記

這本書收集了作者自一九七一年十二月至一九七五年十二月的九篇論文。其中一篇是對文學理論的意見，其餘八篇，分別是研讀近代八位中國優秀小說家作品以後的心得。那篇對文學理論的意見，以及小說批評裏論歐陽子和司馬中原的兩篇，主要都只是分別針對一本書的書評。其餘幾篇，作者在寫作的時候，都盡可能收集論評對象所有的作品。

這本書選評小說，雖亦擇優者為之，但是作者並不以為，這本書可以涵蓋所有近代中國小說作家的佼佼者。就這點而言，作者選評作品，有時只是遷就一己閱讀、體會和思辨的方便。進一步看，這本書選評的作家，在論評以後多半仍繼續寫作，暫停寫作的，也隨時可能恢復寫作。因此，本書作者雖然曾努力使他的論點，在論評的作品裏成立，他並不視這些論點為對論評的作家的蓋棺定論。

作者以為，文學批評是一件經常的價值重估的工作。因此，他明知這本書必然會存在缺失，也願意結集出版，以做為今後讀者們評估作品時的參考。另一方面，作者希望讀者在閱讀本書以前，能夠多少涉獵過本書所論評的作品，在閱讀以後，能夠產生一讀有關作品的興趣。作者以為，讀原作比讀批評，更為重要。就某些觀點而言，批評文字不過是批評者在某個階段，從某個角度，對作家某個階段的作品，表示一己的意見而已。讀者可以引為參考，不必奉為圭臬。

這些文章寫作的時間，短則一個月，長則三年。每篇文章後面註明的日期，只是定稿的日期。作者在構思階段，曾努力選取一個或一組易於說理的基準。確定基準以後，曾努力使推理明晰、議論中肯、識見完整。本書結集出版以前，他曾略為更改過這些論文。

作者在寫作時，曾引用了許多其他文章的意見。事前既沒有徵求同意，事後也沒有立即致謝。現在趁結集出版的便利，向那些文章的作者一併致謝。在引用那些文章的時候，作者曾努力了解那些文章的含意。如果有屈解原意的地方，本書作者應負完全責任。

在寫作的過程中，作者曾領受很多師長，朋友們的教益。這次出書，承幼獅公司的瘂弦、沈謙、黃力智先生的協助，並得白先勇、柯慶明兩先生寫序。作者將分別向他們一一致謝。在這裏，他願意以他的第一本書，感念兩位姐姐、哥哥，以及他們各自的家庭。他們曾努力使胡適先生紀念他的叔祖高夢旦先生的一段話，成為作者寫作時的規矩。那段話是這樣的：

「他的賞識我，也是因為我一生只提出一兩個小問題，鍥而不舍的做去，不敢好高騖遠，不敢輕談根本改革，夠得上做他的一個小同志。」（胡適《高夢旦先生小傳》，一九三七年一月一日《東方雜誌》三四卷一號）

索引

由幾個形構學觀點論歐陽子
一九七二年九月，《現代文學》

張愛玲的女性本位
一九七三年八月，《幼獅文藝》

以〈悲憫的笑紋〉分期論水晶小說
一九七五年二月，《幼獅文藝》
收入柯慶明主編《中國文學批評年選》，一九七六年八月，巨人出版社

司馬中原英雄的衰亡與昇揚
一九七五年十月至十二月，《幼獅文藝》
收入余光中總編輯，李瑞騰主編《中華現代文學大系》評論卷，一九八九年五月，九歌出版社

三民叢刊書目

①邁向已開發國家	孫　震著
②經濟發展啟示錄	于宗先著
③中國文學講話	王更生著
④紅樓夢新解	潘重規著
⑤紅樓夢新辨	潘重規著
⑥自由與權威	周陽山著
⑦勇往直前 ・傳播經營札記	石永貴著
⑧細微的一炷香	劉紹銘著
⑨文與情	琦　君著
⑩在我們的時代	周志文著
⑪中央社的故事（上） ・民國二十一年至六十一年	周培敬著
⑫中央社的故事（下） ・民國二十一年至六十一年	周培敬著
⑬梭羅與中國	陳長房著
⑭時代邊緣之聲	龔鵬程著
⑮紅學六十年	潘重規著
⑯解咒與立法	勞思光著
⑰對不起，借過一下	水　晶著
⑱解體分裂的年代	楊　渡著
⑲德國在那裏？（政治、經濟） ・聯邦德國四十年	郭恆鈺 許琳菲等著
⑳德國在那裏？（文化、統一） ・聯邦德國四十年	郭恆鈺 許琳菲等著
㉑浮生九四 ・雪林回憶錄	蘇雪林著
㉒海天集	莊信正著
㉓日本式心靈 ・文化與社會散論	李永熾著
㉔臺灣文學風貌	李瑞騰著
㉕干儛集	黃翰荻著

㉖作家與作品　謝冰瑩著
㉗冰瑩書信　謝冰瑩著
㉘冰瑩遊記　謝冰瑩著
㉙冰瑩憶往　謝冰瑩著
㉚冰瑩懷舊　謝冰瑩著
㉛與世界文壇對話　鄭樹森著
㉜捉狂下的興嘆　南方朔著
㉝猶記風吹水上鱗
・錢穆與現代中國學術　余英時著
㉞形象與言語
・西方現代藝術評論文集　李明明著
㉟紅學論集　潘重規著
㊱憂鬱與狂熱　孫瑋芒著
㊲黃昏過客　沙　究著
㊳帶詩蹺課去　徐望雲著
㊴走出銅像國　龔鵬程著
㊵伴我半世紀的那把琴　鄧昌國著
㊶深層思考與思考深層
・轉型期國際政治的觀察　劉必榮著
㊷瞬　間　周志文著
㊸兩岸迷宮遊戲　楊　渡著
㊹德國問題與歐洲秩序　彭滂沱著
㊺文學關懷　李瑞騰著
㊻未能忘情　劉紹銘著
㊼發展路上艱難多　孫　震著
㊽胡適叢論　周質平著
㊾水與水神
・中國的民俗與人文　王孝廉著
㊿由英雄的人到人的泯滅
・法國當代文學論集　金恆杰著
51重商主義的窘境　賴建誠著
52中國文化與現代變遷　余英時著
53橡溪雜拾　思　果著
54統一後的德國　郭恆鈺主編
55愛廬談文學　黃永武著
56南十字星座　呂大明著
57重疊的足跡　韓　秀著
58書鄉長短調　黃碧端著
59愛情・仇恨・政治
・漢姆雷特專論及其他　朱立民著

㊿60 蝴蝶球傳奇　顏匯增著
・真實與虛構
61 文化啓示錄　南方朔著
62 日本這個國家　章　陸著
63 在沉寂與鼎沸之間　黃碧端著
64 民主與兩岸動向　余英時著
65 靈魂的按摩　劉紹銘著
66 迎向眾聲　向　陽著
・八〇年代臺灣文化情境觀察
67 蛻變中的臺灣經濟　于宗先著
68 從現代到當代　鄭樹森著
69 嚴肅的遊戲　楊錦郁著
・當代文藝訪談錄
70 甜鹹酸梅　向　明著
71 楓　香　黃國彬著
72 日本深層　齊　濤著
73 美麗的負荷　封德屏著
74 現代文明的隱者　周陽山著
75 煙火與噴泉　白　靈著
76 七十浮跡　項退結著
・生活體驗與思考
77 永恆的彩虹　小　民著
78 情繫一環　梁錫華著
79 遠山一抹　思　果著
80 尋找希望的星空　呂大明著
81 領養一株雲杉　黃文範著
82 浮世情懷　劉安諾著
83 天涯長青　趙淑俠著
84 文學札記　黃國彬著
85 訪草（第一卷）　陳冠學著
86 藍色的斷想　陳冠學著
・孤獨者隨想錄
A・B・C全卷
87 追不回的永恆　彭　歌著
88 紫水晶戒指　小　民著
89 心路的嬉逐　劉延湘著
90 情書外一章　韓　秀著
91 情到深處　簡　宛著
92 父女對話　陳冠學著

93陳冲前傳　嚴歌苓著
94面壁笑人類　祖　慰著
95不老的詩心　夏鐵肩著
96雲霧之國　合山　究著
97北京城不是一天造成的　喜　樂著
98兩城憶往　楊孔鑫著
99詩情與俠骨　莊　因著
100文化脈動　張　錯著
101桑樹下　繆天華著
102牛頓來訪　石家興著
103深情回眸　鮑曉暉著
104新詩補給站　渡　也著
105鳳凰遊　李元洛著
106文學人語　高大鵬著
107養狗政治學　鄭赤琰著
108烟　塵　姜　穆著
109河　宴　鍾怡雯著
110滬上春秋　章念馳著
111愛廬談心事　黃永武著
112吹不散的人影　高大鵬著
113草鞋權貴　嚴歌苓著
114是我們改變了世界　張　放著
115夢裡有隻小小船　夏小舟著
116狂歡與破碎　林幸謙著
117哲學思考漫步　劉述先著
118說涼　水　晶著
119紅樓鐘聲　王熙元著
120寒冬聽天方夜譚　保　真著
121儒林新誌　周質平著
122流水無歸程　白　樺著
123偷窺天國　劉紹銘著
124倒淌河　嚴歌苓著
125尋覓畫家步履　陳其茂著
126古典與現實之間　杜正勝著
127釣魚臺畔過客　彭　歌著
128古典到現代　張　健著
129帶鞍的鹿　虹　影著
130人文之旅　葉海煙著

⑮① 沙漠裡的狼

白樺 著

像在冷冽的冬夜裡啜飲著濃烈的茶，感受一種在蒼茫大地上，心海澎湃的震顫。那麼地古老、深沈，剎時間，恍若置身廣闊的大漠，一回首，就是長城。這是金鼎獎作家又一直指人性，內容深刻的作品，請您在一個適合沈思的夜晚，漫步中國。

⑮② 風信子女郎

虹影 著

一本能深刻引起讀者共鳴的小說，其必然與人世現實生活有著緊密的關連。本書作者秉持著對人的命運的關切，遠勝於對以往藝術形式的關注，賦予了文學創作的生命。從本書作者對人物刻劃描述的過程中，可窺知作者對此一理念的堅守。

⑮③ 塵沙掠影

馬遜 著

生命的旅途中，有許多可掌握的機運，但似乎一半早已註定……。馬遜教授從故鄉到異國求學，最後來臺定居，繼而與佛結了不解之緣。滿懷豐富的情感，細膩的筆觸，深刻的寫下了旅赴歐美等地之點滴情事，而念舊懷恩之情愫亦時時浮現於文中。

⑮④ 飄泊的雲

莊因 著

歲月的洗禮，在人們內心深處烙印著痛苦、悲哀、快樂與美好的回憶。由於時代的變動、戰爭的摧折，作者歷盡滄桑的輾轉遷徙，使那些漂流不定、幻化多變的過往，煥發出人生的智慧。就讓我們乘著飄泊的雲，領會「知足常樂，隨遇而安」的生活哲理。

⑮⑤ 和泉式部日記

林文月 譯．圖

本書為日本平安時代文學作品中與《源氏物語》、《枕草子》鼎足而立的不朽之作。書中以簡淨的日記形式，記錄了一段不為俗世所容的戀情。優美的文字，纏綿的情詩，展現出愛情生活中細膩的起伏感受與歡愁，穿越時空，緊扣你我心弦。

⑮⑥ 愛的美麗與哀愁

夏小舟 著

愛情之於女人，常常是引誘飛蛾撲火的明燈，是絢麗的毒花，可女人偏偏渴望愛情。作者列舉許多男女的愛情、婚姻故事，郎才女貌未必幸福，摯情摯愛未必有緣，只是男人與女人之間如同萬物的規則，一物降一物，鹵水點豆腐，魔高一尺，道高一丈。

⑮⑦ 黑月

樊小玉 著

丁小玎隨著所在的中國公司到國外做勞務承包。因為是公司的英語翻譯，加上辦事勤快，見了人又總是一個柔柔和和的笑，於是很快就引起當地大部分男人的注意；而小玎能否在心儀的外交人員與愛慕自己的餐廳老闆間找到最後情感的歸宿？……

⑮⑧ 流香溪

季仲 著

作者透過一群「沿江吉普賽人」在流香溪畔發生的動人故事，牽引出現代觀念與傳統文化的價值矛盾、中日文化的碰撞衝突、人與自然的挑戰，以及善與惡的拉扯等；全書行文時而如行雲流水，時而又如波濤洶湧，讀來意趣盎然，發人深省。

⑮⑨ 史記評賞

賴漢屏 著

司馬遷《史記》一三〇篇，既是「究天人之際，通古今之變」的史學鉅著，也是我國古代傳記文學的精華。本書作者自幼即喜讀《史記》，從師學習，如今蘊藉已深，以其深厚的治學基礎，發為見解獨具的文采手華，帶領讀者一探《史記》博雅的世界。

⑯⓪ 文學靈魂的閱讀

張堂錡 著

文學的力量使孤寂的心靈得到慰藉，貧乏的人生變得富有，唯有肯駐足品味的人才能透晰其所傳達出最深藏的祕密。本書共分三輯，窺視文學蘊含的殷情深意；感受其求新求變以及對大環境的價值。各自激發不盡的聯想與深沈的感動。

⑯① 抒情時代

鄭寶娟 著

在平淡無奇的生活中，你可曾留意生命中點點滴滴不平凡的小故事？作者以其平實的筆觸，刻劃出看似平凡卻令人難以遺忘的人生軌跡，你我都可能身在其中。書中情節所到之處，或許平凡、或許悲傷，但卻也不時充滿著生命的躍動，值得細細體會。

⑯② 九十九朵曇花

何修仁 著

人生有多少夢境會在現實中重複出現？是山間的樵歌？白雲間的群雁？還是昔日遠方純樸、悠閒的鄉間漫步？作者來自屏東，以濃郁深摯的筆調，縷縷細述人生中最動人的記憶，伴隨你我，步履於南臺灣的舊日情懷，一同感受人間最純摯的情感。

⑯3 說故事的人

彭歌　著

這是作者多年來觀察文壇、社會與新聞界的肺腑之言。輯一故事與小說自不同角度探討小說寫作；輯二人與文刻劃出許多已逝人物卓然不凡的風範；輯三海外生涯則寫遊記、觀賞職籃等旅居海外之觀感。讀了此書，彷彿親身經歷了一趟時空之旅。

⑯4 日本原形

齊濤　著

從明治維新以來，日本的一舉一動都對世界有著深遠的影響，尤其對臺灣來說，其影響更是巨大。作者長期旅日，摒除坊間「媚日」或「仇日」的論調，以客觀的描述，剖析日本的現形。對想要了解日本時勢與脈動的人來說，是不得不看的一本好書。

⑯5 從張愛玲到林懷民

高全之　著

作者以嚴謹誠虔的態度，客觀分析的筆調，來評論臺灣當代小說，深深讓讀者了解近代文學的特點，進而深入九位作者的作品中，提供一些深刻的創見，帶領你我欣賞文學的美與實，進而體驗文學對生命喜悅、悲哀等生動的描述。

⑯6 莎士比亞識字不多？

陳冠學　著

莎士比亞識字不多！一直以來被誤認是個偉大的作者。讀過本書，應能還莎士比亞一個清白，他絕對不是一個掠美者。這把聖火在臺灣重新點燃，希望將來這聖火能夠由臺灣再度傳回英國，傳到世界各地，也好讓莎士比亞的靈魂得到真正的安息。

⑯⑦ 情思・情絲

龔華 著

「妳，像野薑花；清香，混合在黎明裏，催我甦醒。沒有妳，我睜不開眼睛，走進陽光的世界。她，是我在黃昏裏，永遠踩不到的影子。像夜來香，惑我走進黑夜的濃郁……」本書集結了龔華在〈中副〉發表的散文，篇篇情意真摯，意境深遠，值得細細品味。

⑯⑧ 說吧，房間

林白 著

一個是離婚、失業的中年婦女，一個是愛熱鬧的單身貴族。兩個背景、個性迥然不同的女子，為何會發展出一段患難與共的交情？且看兩個女子的心情告白。本書在作者犀利細膩的筆調下，深刻描繪出都會女子的愛恨情仇、悲歡離合，值得細細品味。

⑯⑨ 自由鳥

鄭義 著

六四事件的悲憤情緒才剛平復，對八九民運功過的批判聲音竟已隨之響起。對此，大陸流亡作家鄭義，以一幕幕民運歷程與鐵幕紀實，申訴著他的心痛與不平。文中流露對同胞的關懷和自由的嚮往，深深地牽引著每一個中國人心中的沈痛與感動。

⑰⓪ 魚川讀詩

梅新 著

詩是抒情的天堂，但並非每個人都能領會其中的意涵。本書是梅新先生的遺作，首創以雜文式的筆調評論詩作，不依恃理論，反而使篇章更形活潑，有就事論事的評述，也有尖銳的諷喻，語帶機鋒，趣味盎然。引領您一窺知性與感性的詩情世界。

⑰ 好詩共欣賞

葉嘉瑩 著

本書作者葉嘉瑩教授，融會西方接受美學、符號學及中國詩論，來解讀陶淵明、杜甫、李商隱的作品，分析了三人作品的形象、情意和其中所含的隱微深意，並從興發感動讀者的角度來詮釋作品的成功與否，是喜愛古典詩的讀者不可錯過的好書。

⑰ 永不磨滅的愛

楊秋生 著

現代人的生活壓力大，使得人生危機四伏，生活充滿徬徨、疲倦和無力感。如何化解此一危機？作者以多年學佛的體驗，以及和家人朋友互動的點點滴滴，而了解到愛的真義，並希望能將愛分享給每個人，以重燃信心和希望。

⑰ 晴空星月

馬遜 著

大崙山上，晴空萬里，夜色如銀，星月交輝。作者因佛緣，追隨曉雲法師的步履，出掌華梵大學，以發揚佛教教育為己任。本書除叮嚀青年學子的話語外，還有對社會大眾闡發佛法精神的演講。其智慧的話語，如醍醐灌頂，為淨化心靈的一帖良方。

⑰ 風景

韓秀 著

韓秀，一個出生於紐約，卻長年往返於世界各地的奇女子。在雅典、在開羅、在布達佩斯、在臺北、在高雄、在北京，作者皆能以其敏銳的心觀察她所造訪過的每一寸土地，以其向具纖細的筆觸，使一幅又一幅的動人「風景」躍然出現在您的面前！

⑰⑤ 談歷史　話教學

張　元　著

作者以二位高一新生對歷史課程的困惑為引子，藉著師生座談對話的方式，從北京人時代到西晉，針對高中歷史教材，試圖以「史料閱讀」的方法鮮明地建構各代的歷史圖像，在活潑的對白間既談歷史意涵又話歷史教學，相當適合高中教學的參考。

⑰⑥ 兩極紀實

位夢華　著

任何人想要親臨兩極之地恐怕都不是件容易的事。作者因從事研究工作之便，足跡跨越兩極，將在極地所見所聞之動物奇觀、自然景致乃至當地所受文明衝擊，或以幽默輕鬆，或以深沈關懷的筆調娓娓道來，是無緣親至極地的讀者絕不可錯過的佳作。

⑰⑦ 愛是心甘情願

夏小舟　著

世上只有兩種人，男人和女人。然而男女之間的恩愛情仇，卻糾葛難解。本書作者以一篇篇幽默的短篇故事，道盡世間男女的愛恨嗔痴。在她細膩委婉的筆下，愛情的本質和婚姻的面貌都一一呈現，必可帶給你前所未有的感受與體悟。

⑰⑧ 時間的通道

簡　宛　著

「人生，是一條時間的通道，每一個人所走的方向和目標雖然不一樣，但是經過的路程卻是相似的……」當人們沈溺於歲月不待人的迷茫和感嘆時，作者平實的筆調將帶著我們對生活多用一點心思和一點執著，會使我們的「通道」裏，留下一點痕跡。

⑰⑼ 燃燒的眼睛

簡宛 著

作者以自身多年來在美國的異域生活為背景，輔之敏銳的觀察力、豐富的情感、濃郁深摯的筆調，從而幻化出一篇篇感人肺腑的故事。尤其對於旅居海外異鄉遊子們的心境描寫更是深刻動人，是一本值得再三玩味的小說。

⒅⓪ 月兒彎彎照美洲

李靜平 著

沒來美國時還不知那生活啥款；來了才知樣——啊！真夭壽！　來到美國，是穿梭在黑白紅黃人群間；或在房裡看華語電視？是在壁爐邊吃耶誕大餐；還是窩伴著一桌熱火鍋？在忙碌的陽光下，可想起夜空裡一彎新月？月兒彎彎，訴說的又是誰的故事？

國家圖書館出版品預行編目資料

從張愛玲到林懷民／高全之著. -- 修
訂初版. --臺北市：三民，民87
面；　公分. --(三民叢刊；165)
ISBN 957-14-2721-7（平裝）

1. 中國小說-評論-論文，講詞等

827.807　　86014444

網際網路位址　http://Sanmin.com.tw

著作人　高全之
發行人　劉振強
著作財產權人　三民書局股份有限公司
臺北市復興北路三八六號
發行所　三民書局股份有限公司
地　址／臺北市復興北路三八六號
電　話／二五〇〇六六〇〇
郵　撥／〇〇〇九九九八——五號
印刷所　三民書局股份有限公司
門市部　復北店／臺北市復興北路三八六號
重南店／臺北市重慶南路一段六十一號
修訂初版　中華民國八十七年二月
編　號　S 82087
基本定價　叁元捌角
行政院新聞局登記證局版臺業字第〇二〇〇號

ISBN 957-14-2721-7（平裝）